魔法を描くひと

二〇XX年十月・東京

キュルキュルキュル、と生まれたての小動物が鳴くような音がする。

それが自分のお腹から聞こえていることに、西真《にしま》琴《こと》はすぐには気が付かなかった。悲しげで必死で、胃が体の主である真琴に抗議しているみたいだ。私の欲求を無視しないで、と。

　スタジオ・ウォレスの初期の短編アニメーションに、お腹を空かせたカールキャットと親友のフレッドフラッフィーが、それぞれのお腹を鳴らして演奏する間にランチを盗まれてしまう、というエピソードがあった。古き良きアメリカのアニメらしい単純なギャグものだが、現代版より顔がシャープで腕白なカールキャットが新鮮に映ったことも思い出す。

　今の真琴にはすきっ腹で合奏する相手もいない。ウォレス日本支社コーポレートPRチームの社員たちは、ランチへ行ったかミーティングで出払っている。真琴は周囲を改めて確認したあと、バッグからスマートフォンを取り出し、田丸《たまる》からのメッセージをもう一度読み返した。

　――さっきうちの派遣会社の担当が来て、やはり次の更新がなくなったと言われました　来週の約束はもしかしたら引き継ぎやら何やらで難しくなるかもしれない　早めに連絡するようにします彼女へ何と返せばいいのか。絵文字やスタンプでぼかせる類《たぐい》の内容じゃない。事実のみで感情がまったく書かれていない文面だからこそ、田丸のショックがひしひしと伝わってきた。既読マークは付いてしまったし、このままスルーは絶対にしたくない。でも何をどう書いても、田丸の気持ちを逆撫《さかな》でしてしまう気がする。今こうして刻々と広がっていく、既読からメッセージ送信までのタイムラグすら、もしも自分が田丸だったら、いたたまれない。

(やっとまた普通に話せるようになれたのに)

真琴がやるせないのは、自分ではなくてよかったと、安堵する気持ちも否定できないことだ。しかし上層部やアジア本部、アメリカ本社の視点で俯瞰《ふかん》してみれば、田丸たち派遣社員と、契約社員に成り立ての自分と、どれほどの違いがあるというのか。〝明日は我が身〟という現実が、よりくっきりと、確かになっていく。午前中は気付くとこのことばかり考えて、集中できなかった。昼までに終わらせるべきだったルーティーン業務が三分の一ほど残ってしまっている。今は通常業務のほかに、特別なタスクを任されているというのに。この状況で無駄に残業時間を増やそうものなら、生産性の低さを喧伝《けんでん》することになりかねず、「早く契約を切ってください」と自ら手を挙げるようなものだ。

不安に追い立てられるように隣のデスクに移ると、真琴は黒光りする大型モニターに向き合った。最新モデルのパソコンを起動し、複雑なパスワードを打ち込む指に、いつも以上に力が入る。

このモニターとパソコンは、会社から通常貸与されているラップトップとは別に、今回のプロジェクトのためだけに特別に設置してもらったものだ。「考えうる最大級のセキュリティ対策を施した環境下でのアクセスを原則とし、アカウントの複数人での共有も禁止」——そういう厳しい条件付きで、アメリカ本社のアーカイブ部門から特別にアクセス許可が下り、いま真琴がログインしているデータベースは、本社の外ではこれまで誰も触れたことがなかったという代物だ。

ここには二〇世紀初頭の創業時からスタジオ・ウォレス社で作られてきたアニメーション作品にまつわる、あらゆる資料がアップロードされている。コンセプト画や原画、背景画、絵コンテ（英語ではストーリー・スケッチと呼ばれる）だけでなく、戦前から専門スタッフが手作りしてきた立体モデルの3Dスキャンデータや、原画と動画を組み合わせたもの、つまりアニメーションの動きそのものまで細かく分類され、保管されていた。オリジナルはカリフォルニアの、二四時間徹底して温湿度管理のなされた本社倉庫にある。今後の保存の観点からと、現役アニメーターたちが気軽に過去作を参照できるように、デジタル化に着手したのが二〇〇〇年代半ば。一〇年以上経った今でもまだ作業が完了していないというのだから、その膨大さが窺える。

自分はこのウォレス社の核とも呼ぶべきデータベースを使うような業務を任されるくらいなのだから——大丈夫、と思いたい気持ちを覆い隠すように、いく通りもの反証が、真琴の頭の中でリスト化されていく。

「半世紀の時を超えて蘇ったスタジオ・ウォレスの宝」

そんな見出しが全国紙の文化面に躍ったのは、ほんの二ヶ月前のことだ。

記事が出た日からさらに遡《さかのぼ》ること約一年前、建て直しを控えた上総《じょうそう》大学の資料室の片隅に、大量のアニメ原画やセル画二〇〇点あまりが保存されているのが発見された。それらは調査の結果、一九六〇年代に東京に本社を置く大手デパートの本店と各地の支店で順次開催された、「スタジオ・ウォレス：漫画映画の芸術展」の展示品だったことがわかった。

上総大学からウォレス日本支社を経由して連絡を受け、真贋を鑑定したアメリカ本社アーカイブ部門、本社と日本支社の上層部、日本支社と繋がりの強いテレビ局らが協議を重ね、すぐに新たな展覧会の開催が決まった。都内有数の規模を誇る美術館を皮切りに、一年をかけて全国巡回の後には改めて同美術館で凱旋《がいせん》開催することまで、話し合いは水面下でトントン拍子に進んでいった。展示規模は六〇年前の比ではなく、上総大学の作品群から修復可能なものを選定した上に、世界の支社で初めて、アーカイブ部門から新たに大量の作品を借り受けられることになった。

追加する作品群については、展示構成担当者と監修を担うアニメーション研究者たち、会場となる美術館の学芸員が本社を訪れて、アーカイブ部門のスタッフたちと共に選定した。その第一次リストが出てきたのが今月の始め。見るなり、展覧会の広報・PRの責任者である大田《おおた》原《わら》は首を振った。

「芸術的観点から〝イレブン・ナイツ〟の作品を中心に構成するのはわかるんだけど、ちょっと玄人受けに過ぎる。メディアでの露出や商品化を考えても、もっと日本の一般のファンに受けそうな作品やキャラクターの原画も加えないと、鑑賞者を満足させられないと思うんだよね」

一九三〇年代後半から六〇年代始めの、スタジオ・ウォレスの第一黄金期を支えた一一人のトップ・アニメーターは、円卓の騎士になぞらえて〝イレブン・ナイツ〟と呼ばれている。社員でも二、三人の名前をあげられればいい方で、一般のファンで彼らを知っているのは相当なマニアの部類だろう。

現代の日本のファンのほとんどが、アメリカを含め世界七都市で展開するテーマパーク、ウォレスマジックワールドか、九〇年代以降に公開されたヒット映画群――社の象徴的キャラクターであるカールキャットとルネサンスをかけて、〝カールネサンス〟と呼ばれる――や、そのキャラクター・グッズのファンたちだ。展覧会のメインターゲットがマジックワールドとカールネサンスと共に成長した二、三十代の女性ということを考えても、大田原の意見はもっともだった。

展示チームがリストを最終決定するために、二ヶ月後にアメリカ本社を再訪する。それまでに、ウォレス日本支社としての希望リストのたたき台を作成し、彼らと調整する下地を準備するように。大田原は真琴にそう指示を下した。

そんな大事な業務を契約社員に任せていいのか。ウォレス正社員としての勤務歴が長く、英語も堪能な山野《やまの》の方がいいのではないか。真琴を含めたチームメンバー全員がそう思っていたはずだ。当惑する真琴に、大田原は畳み掛けた。

「デジタル部門で、パートナー会社と社内プロデューサーたちの企画リソースになるように、短編から長編までぜんぶ観て完璧なリストを作ったと高木《たかぎ》君から聞いてる。ライセンス事業と同じ比重で、最初から対コンシューマー事業を展開してきたデジタル部門はファンの直接の反応を熟知してたし、ターゲットのF1層でもあるあなたが、総合的に判断して最適でしょ」

「劇場未公開作までぜんぶ観たわけでは……」

人気のキャラクターや映画は、ビデオ用にいくつものシリーズ作が作られており、DVDやブルーレイ化からこぼれた作品などは網羅できず、公式通販サイトで販売中の作品のみに絞っていた。おまけに三十代も半ばを超えている真琴は、マーケティング用語で二十歳から三四歳以下を指すF1層では既になく、F2に分類されるのだが、それは言わなかった。

「でも優に一〇〇作超えるでしょう。川島《かわしま》君はウォレス作品、いくつ観たことある？」

PRチームでただ一人の男性であり、異動前から大田原の部下だった川島が思案顔で答えた。

「えーと、入社してから劇場公開されたのは、たぶん全部観てますよ」

「じゃあ一〇本もないよね。私が知る限り、ウォレス作品とマジックワールドに本当に精通してたマネージャーは、日本支社では高木君だけなの。彼が推薦した西さんなら間違いないでしょ」

今は日系の大手ゲーム会社の部長職にある高木は、前の部署の元上司で、真琴を派遣から契約社員にしてくれた人だ。ゲーム会社がウォレスからライセンスを受ける形で作り出したオリジナルスマートフォンゲームが世界的大ヒットとなり、ウォレス側のプロデューサーだった高木は当の会社へ引き抜かれたのだが、転職するとき、直属だった真琴の処遇を心配し、懇意にしていた他部門のマネージャーたちへ推薦してくれた。彼の推薦がなければ、そして大田原が拾ってくれなければ、部署の再編成のときに、真琴は他の非正規社員と共に契約を切られていたはずだ。その上そんな細かい仕事まで覚えていてくれたとは。真琴は新旧二人の上司に恵まれて、つくづく幸運だった。

とはいえ、今も正社員ほど立場が保証されているわけではない。あれから一年も経たないうちに、日本支社のいくつかのビジネス権限をシンガポールにあるアジア本部へ委譲するために、部門再編成のときよりもずっと苛烈なリストラが始まりつつある。そんな状況下で、この新しく特殊な仕事が自分の首を繋いでくれるかもしれない。真琴は密かにそう期待していた。

データベースから『クララとベルのにちようび』を呼び出す。

この作品は原題を『Melody Seasons』といい、第二次大戦後間もない頃に公開されたオムニバス短編集で、様々な音楽に乗せて春の花畑や冬のスケートリンクなど、四季折々の背景と音楽の中を二人の少女が遊ぶ。明確な筋はなく、ウォレスの他作品と比べて知名度も低いが、鮮やかな色調がおしゃれで可愛い。ウォレスマジックワールドのアーケードの一角にある人気ショップは、実はこの作品のイメージで設計されており、真琴は常々、絵柄が大人の女性向けの商品デザインにぴったりだと思っていた。それに、創業者のダニエル・ウォレスが最も信頼をおいていたコンセプト・アーティストの一人で、紅一点でもあったマリッサ・ブレイクが主要スタッフに名を連ねている。マジックワールドの人気アトラクション、『ワン・ワールド・サウザンド・ソングズ』のデザインを担当した彼女の作品のいくつかは既に展示が決まっていて、この展覧会の目玉の一つになると言われていた。

検索結果を絞り、キャラクター・デザイン画だけを表示する。一つ一つを拡大表示していくと、頭身や髪色、表情など、作り手たちが試行錯誤を重ねたことが窺える。主人公二人のコスチュームも、開拓時代風のドレスから、男の子のようなオーバーオールスカート、現代でも着られそうな五〇年代スタイルまで、驚くほどのバリエーションがあった。

リストを順繰りに調べ、一番下のサムネイルをクリックすると、三人の女の子の画《え》が現れた。

(三人?)

真琴は思わずページを一つ戻り、検索条件を確認する。間違いなく「クララとベルのにちようび」だ。

深い赤や緑、くすんだピンクといった色調の上品なドレスは、本編と似ていないこともない。だが二人がクララとベルだとして、三人目は誰なのか。さらに、本編ではせいぜい十歳前後の子供だが、このデザイン画では三人ともハイティーンから二十歳前後くらいに大人びて見える。彼女たちがそれぞれ手にしているアイテム――本、竪琴、望遠鏡――も、思い起こせば本編にはまったく登場しない。

当初の設定ではもっと違う物語だったのだろうか。不思議に思いながらも、真琴はこのデザイン画に強く惹かれた。これまでに観たスタジオ・ウォレス作品のヒロインたちとは、何かが決定的に違う。特にカールネサンス以前の作品群のヒロインたちは全員がお姫様やお嬢様で、好みはどうあれ、その世界観の中の美人と相場が決まっており、夢見るような眼差しといつも微笑を浮かべた赤い唇、細い手足に優雅な所作が特徴だ。でもこの三人はそれぞれ、目が少し離れていたり、そばかすがあったり、男の子のようなポーズを取っていたり、敢えて美しく描いていない気がする。何より印象的なのは、彼女たちの意志的な瞳だ。映画の中のほわんとしたクララとベルも可愛らしいが、彼女たちの撥剌《はつらつ》とした笑顔は、隣のクラスのかっこいい女の子みたいな親しみやすさと魅力がある。

よくよく見れば、デザイン画の下には小さく鉛筆書きで「M・S・HERSEA」という署名が入っていた。だがアーティスト名で横断検索してもヒットしない。まだデータ化できていないか、エンドロールではクレジットされない立場の人だったのかもしれない。

スタジオ・ウォレス作品に限らず、ハリウッド映画のクレジットに全スタッフの名前を載せるようになったのは、七〇年代くらいからと聞いたことがある。一九二〇年代にスタジオが創設されてからそれまでの間に、数々の映画作りを支え、大きな歴史の陰に消えていった〝名もなき〟人たちがどれほどいたことだろう。

真琴は指先がキーを叩くのに任せて、この不思議な画を仮の希望リストに加えた。それは外から何かの力に引っ張られたようでもあったし、無意識下の自分の願望が取らせた行動のような気もした。

ようやくいつもの集中力を取り戻し、隣の自席へ戻る。使い慣れたパソコンで通常業務に取り掛かったところで山野がオフィスへ戻ってきた。ランチだったとしたら、三〇分足らずの早飯だ。小さく「お疲れ様です」と声を掛け合う。もう少し親しければ、先ほどのちょっと不思議な発見を共有するところだが、一年あまり同じチームにいても、山野と真琴の間には気軽に会話を交わせるような雰囲気はない。

ウォレス以前に派遣されていた会社では、真琴たち〝ハケンさん〟を下に見て、まともに挨拶すらしない正社員は珍しくなかった。ウォレス社では幸いそこまでぞんざいな扱いを受けたことはないが、それでもオフィスのそこかしこに、目に見えるものから見えないものまで、エリートである正社員たちとのラインは確かにあった。山野はそうしたラインをはっきりさせたいタイプに見えた。

異動間もない頃に情報通の田丸から山野のプロフィールを聞いたときには、同年代である自分とのあまりの違いに目眩《めまい》がしそうだった。三ヶ国語に堪能な帰国子女で、前職は誰もが知るフランス系ハイブランド、ウォレス社に転職後は直営ショップなどを統括するリテール部門で活躍し、外資系投資銀行勤務の夫との間に娘が生まれると、一年の育休を取得。復帰して半年後には、自ら望んでこのコーポレートPRチームへ異動してきたという。見た目もいかにも都会的センスに溢れて洗練されていて、真琴は彼女を前にすると、どうしても気後れしてつい顔を俯《うつむ》けてしまう。

チームの他の二人の正社員も、眩いばかりの経歴の持ち主だった。

欧州の名門ビジネススクールのMBAを持つ大田原は、イギリス系広告代理店出身で、テレビ部門のマーケティング・ディレクターをしていたが、会社全体が新社長の元で今の形へ再編されたとき、コーポレートPRチームを率いることになった。川島はもともとテレビ部門にいたときから大田原の部下で、一流の国立大卒、世界的コンサルティング・ファーム出身。絵に描いたような爽やかエリートは、社内の様々な部門から合コンの誘いが途切れないと聞く。

アラサーの頃よりもずっと諦めるのがうまくなり、幸せアピールと「いいね」数の対抗戦のようなSNSで心が乱されることも少なくはなったが、こうして至近距離で、彼ら圧倒的〝勝ち組〟たちとの歴然とした差を見せつけられると、真琴は心の表面が波立つのを抑えられない。

地方大卒で、社会人としてのほとんどのキャリアを国内中小企業の非正規スタッフとして重ねてきた自分は、彼ら勝ち組の脇役、あるいは背景に過ぎないのだと自嘲したくなる。特に年齢も近い山野とは、油断するとすぐに比較の沼にずぶずぶと入り込んでしまう。田丸の解雇のメッセージを見たあとではなおさらだ。

山野たちにとって「スタジオ・ウォレス日本支社勤務」というのはいくつもの手札のうちの一つだろうが、今の真琴にとっては唯一のカードだ。そして今また、それすらも失う可能性が大きくなっている。考えてもどうしようもないことを考えるくらいなら、少しでも前向きなことを考えたいのに、キャリアや人生といった大きな単語は真琴の手にあまり、先にはただぽっかり空いたような薄暗く底の知れない闇しか見えない。

(未来から振り返ったら、私は〝名〟もなきスタッフどころか――)

翌週には、アーカイブ部門のスミスさんから、問い合わせていた件《くだん》のキャラクター・デザイン画とその作者であるＭ・Ｓ・ＨＥＲＳＥＡについての返信があった。

メールによれば、あの画は「企画構想段階のものかもしれないが、該当する記録はないので、他の作品のものが紛れてしまった可能性もある」という。アーカイブ部門は会社の文化的意義を負う一方で、基本的に売り上げのない部門なだけに、デジタル化作業は最小限のスタッフで進めているらしく、まだまだ途上なのだ。そしてＭ・Ｓ・ＨＥＲＳＥＡについてのスミスさんのコメントは、少なからず真琴を驚かせた。

――確かに印象的な絵だけど、どの作品のスタッフリストにもこの名前はないし、そもそもこんな綴《つづ》りの名前、僕はこれまで見たことがないね。普通はチョコレートと同じで〝Ｈｅｒｓｈｅｙ〟または〝Ｈｅｒｓｅｙ〟だから――

謎の絵の謎は深まるばかり。

というほどのことでもないのかもしれない。単にミスや偶然が重なっただけの可能性の方が大きい。あるいは誰かの悪戯か。それでも真琴は、あの絵をリストから外す気にはなれなかった。たとえ〝名〟もなきスタッフの絵だったとしても、自分が感じたあの絵の女の子たちの魅力そのものは、名前などよりずっと大事だと思った。

一九三七年五月・ロサンゼルス

キュルキュルキュル、とお腹が悲痛な声を上げる。最後にまともな食事にありついたのはいつだったか。レベッカ・スコフィールドは、いつか美術解剖書で見た胃袋の絵を思い浮かべながら、自らの胃に深々と謝りたくなる。

目の前のガラス一枚隔てた高級レストランの店内には、無慈悲にも、肉汁の光るステーキや、見るからにホクホクしたベイクドポテトが並んでいた。食事そっちのけでワインばかり飲んでいる真っ赤な口紅の女、話に夢中でステーキを半分以上残している太った男らに、レベッカは殺意すら覚える。

七年前からじわじわとアメリカ合衆国を蝕《むしば》んできた大恐慌はいまだ収束を見せず、シェパード美術学院の同級生たちの中には、デッサン中に栄養失調で倒れたり、父親が失業したか蒸発したかで学費が途切れ、泣く泣く学校を辞めて働きに出たりした者も多かった。一日食事を我慢してでも絵を描きたいという情熱も、空腹に耐え切れず、絵の具を買うはずだった金で缶詰を買ってしまったときの悔しさも、飢えを知らない彼ら贅沢の国の住人には、想像もつかないだろう。

ワシントン州の実家の父は禁酒法廃止前から呑んだくれ、祖父の代から続く農場の経営はずっと火の車だ。兄たちが一年前からコロンビア川のダム建設の職にありつけたおかげで、家族はなんとか食いつないでいる。レベッカの学費・生活費はワシントン州芸術協会からの奨学金と、学院の創立者であるシェパード夫人の温情で賄われてきた。でも卒業した今、レベッカの手元に残っているのはわずか四ドル、来月の家賃さえ払えない。

いつかサンフランシスコのギャラリーで個展をするような画家に、なんて無邪気に夢見ていた頃が懐かしい。現実を、何も知らなかった。実績のある芸術家たちが〝フェデラル・ワン〟と呼ばれる連邦芸術家支援計画の職に殺到するご時世で、美術学校を出たてのレベッカの絵画作品に買い手がつくはずもなかった。せめて絵で食べていければと、三セントの切手代すら惜しい生活の中で、ここカリフォルニアだけでなく、ニューヨークの出版社やシカゴの広告代理店にまでイラストの仕事を求める手紙を出した。だがどこからも、返事すら来なかった。

「卒業生が何人も入社してるし、挑戦してみたら」と、スタジオ・ウォレスを紹介してくれたのは非常勤講師のメイナード先生だった。レベッカは門下生ではないが、学内展覧会で「君の描く線には生命がある」といたく気に入ってくれたのだ。メイナード先生は定期的にウォレスの社員向けにデッサンを教えている関係で、知り合いのアニメーターへ推薦状を書いてくれた。レベッカを含め、優秀とされる五人の学生が推薦を受けた。

スタジオ・ウォレスの漫画映画は、数年前に一度だけ映画館で観たことがある。映画本編前に上映される、一〇分にも満たない短編で、三匹の子羊と彼らを食べたい灰色熊が、あの手この手で騙し合うコメディだった。劇中で子羊たちが歌う『こんなのへっちゃらさ』はこの大恐慌の応援歌みたいになっていて、その辺の子供たちもよく歌っている。

あれは確かに楽しい映画だった。これまで観たどの漫画映画よりずっと良質なのはわかる。だがレベッカは「アニメーターになりたい」と思うほどには、心を動かされなかった。応募する理由はあくまでお金、それ以上でも以下でもない。この不況下でもスタジオ・ウォレスは大きく業績を伸ばしていて、アニメーターになれれば週給一〇〇ドルも夢じゃないという噂だった。それだけあれば、生活に困らないのはもちろん、両親にも十分な送金ができる。そして早々にお金を貯められれば、いよいよ画家としてのスタートを切れる。

レベッカはスタジオ・ウォレスが自分を雇うのは当然だと思っていた。十歳の頃には既に地元で絵の才能を認められ、州の奨学金まで得た。シェパード美術学院の今年の卒業生では指折りの描き手と自負している。だが一緒に推薦を受けた同窓生たちが、次々とスタジオから面接に呼ばれる中、待てど暮らせど、レベッカの元には連絡が来なかった。

(考えられる理由は、たった一つ)

他の四人よりずっと優れた画力を見せる機会ももらえない。返事を出す手間すら惜しまれる。書類上明らかな、彼らとレベッカの違いとは――以前応募した出版社や広告代理店も、たぶんそうだったのだ。今まで気が付かなった自分のまぬけさがいっそおかしい。

(私の名が、女のものだということ)

これまでルームメイトや学院の同級生たちが、男女平等憲法修正案やフェミニストと自称する女性たちについて興奮して語るのを、大して真剣に聞いていなかった。でも今ならずっと深く、共感できるし、応援できると思う。

(男に生まれ直せとでも？　努力のしようがないことで判断されたら、どうしようもないじゃない)

胸いっぱいに堆積していく悔しさと諦めに、いつか潰されて死ぬんじゃないかと思った。そんな頃にようやく返事が来た。でもそれは、レベッカが期待していた内容からは程遠いものだった。

――仕上げ部門に照会したところ、先ごろ新たな彩色とトレースのスタッフを雇ったばかりでした。メイナード氏によれば貴女は絵が得意とのことですので、空きが出ましたら改めてお声がけします。なお、漫画映画制作の中核を担う作業に携われるのは、厳しい競争をくぐり抜けた才能ある若い男性のみとなります。それらの部門はトレーニングに長い時間を要するため、結婚・出産などで数年内に退職することになる女性を雇うことは今後もありません。あしからず――

読んだ途端に視界がくらくらしたのは、空腹のせいばかりじゃなかった。

男だってなかなか職にありつけないこのご時世、返事が来ただけでも感謝すべきなのかもしれない。それでも、「絵が得意」という言葉が、レベッカのたった一つの、しかし何よりも大事なプライドを刺激した。湿気らないよう握りしめていたマッチの束に、いっぺんに点火されたように。

空腹が全身を蝕んで空洞となった体内に、自分の鉛筆を滑らせる音が響く。意識が遠のきそうになるのを、いつの間にか足元にすり寄ってきた白黒のブチ猫が、辛うじて引き戻してくれる。

(あんたも空腹同盟の仲間だね)

五月にして既に鋭いカリフォルニアの午後の日差しが道路から照り返し、世界はどんどん白く褪《あ》せていくようだった。目が回りそう――でも、まだ手は動く。

スタジオ・ウォレスの幹部が毎日のようにこのブレアカンというレストランで昼食をとることは、メイナード先生から聞いた。五人の男たちが座る奥のテーブルの真ん中で、スコッチグラスを傾けているハンサムな男が創業者のダニエル・ウォレスだろう。思ったよりずっと若い。レベッカの一番上の兄とそれほど変わらないくらいかもしれない。レベッカは素早く彼のよく手入れされた口髭を書き加え、鷲鼻気味の鼻を少し調整し、スケッチを仕上げた。

勢いよく扉を開けて店内に入ると、いきなり「こら！」とウェイターに怒鳴られた。既に早鐘を打っていた心臓が、そのまま止まるかと思った。店内中の客がレベッカに注目する——正確には、レベッカの足元に。するりと飛び出したブチ猫は、まっすぐにウォレス氏のテーブルへ向かう。レベッカは導かれるように、ふらふらとその後を追った。

「これはこれは、猫の化身かな？　当ててみせよう、君の名前はキャロルだろう」

ほろ酔いのウォレス氏は、突然現れたレベッカに気さくに笑いかける。

「ボーイフレンドの名はカールだ！」「その頭の上に巻いてるのは尻尾だろう？」

周りの男たちが囃《はや》す声は、妙に遠く聞こえた。

カールキャットとキャロルキャットのカップルは、スタジオ・ウォレスの代名詞ともいうべき人気キャラクターで、今や全米各地にファンクラブができていると聞く。

「キャロルじゃなくてレベッカです。レベッカ・スコフィールド。猫にはこんな絵、描けないでしょう？」

スケッチをウォレス氏に差し出す。持つ手が細かく震えてしまうのを抑えられない。

「僕らのカールにできないことはない……」ウォレス氏はゆっくりと手を伸ばしてそれを受け取る。

彼の目が一瞬見開かれたのを、レベッカは見逃さなかった。周りの男たちも次々と身を乗り出してくる。

「こいつは……俺たちじゃないか！」「後ろ姿でも誰かわかるな」「この目つき、お前そのものだ」

中心にいるウォレス氏だけが何も言わない。ただ静かな眼差しで、スケッチを端から端まで丁寧に眺めている。

(駄目押しだ)レベッカは失礼、とスケッチブックを取り返すと、先ほどのブチ猫がテーブルの上のステーキにかじり付く様を素早く描き足した。最小限の線で形を捉え、筋肉の膨らみを表現する。当の猫は隣のテーブルの脇で、ちょうどウェイターに捕まったところだ。

「おまけです」

もう一度スケッチブックを差し出すと「ハハッ!」と遂にウォレス氏が吹き出した。

「……大胆にして、正確な線。構図も完璧で、見事なスケッチだ……」

ウォレス氏は、宝物を披露するように、レベッカの絵を幹部たちの前に掲げる。

「見てみろこのカール、動いてるぞ!」

男たちはおお、とため息のような感嘆の声をあげる。息をのみ、顔をしかめる者もいる。レベッカは、動物の絵なら誰にも負けない自信があった。

「漫画映画を描くのにぴったり、でしょう? お願いします、私をあなたのスタジオで、雇ってください!」

レベッカは一語一語をフランス語のレッスンのごとく、ゆっくり、はっきりと発音した。懇願を通り越して半ば脅すような心持ちだった。ウォレス氏は手元の絵に再び見入る。その視線がどんどん鋭くなる気がする。

これでダメだったら、どんな捨て台詞を言おうか。「私を雇わないなんて、このまぬけ」? それとも「世界一の愚か者」? もっと何か、この人たちのプライドを徹底的に傷付ける言葉を……。

「来週月曜の朝九時、私宛にスタジオへ来なさい。ハンティントン通り沿いの、青と赤のサインが入った白い建物は、わかるね？」

不意をつかれたレベッカがなんとか頷くのを、ウォレス氏はじっと見守り、続ける。

「守衛には新入社員が来ることを伝えておく。ストーリー部門長に紹介しよう」

先ほどまでの気さくな様子とは打って変わり、威厳に満ちた声だった。やはりこの人は〝ハリウッドの若き天才〟、〝漫画映画の革新者〟ダニエル・ウォレスなのだ。隣に座っていた幹部が、素っ頓狂な声をあげた。

「本気ですか⁉　仕上げ部門じゃなくて？　ストーリー部門？」

「女なんて、現場がまた混乱しますよ。スタッフがますますやり難《にく》く……」

テーブルの反対側に座っていた男が言いかけるのを、ウォレス氏が鋭く遮った。

「少なくとも女の一〇倍は男を雇ってる。僕の映画を最高の形で実現させる才能であれば、女だろうが猫だろうが、なんだって雇う」

その気迫に気圧されたように、男たちは黙った。レベッカも言葉が出ない。頭の中ではまだ今の状況が信じられず、「ハンティントン通り」「ストーリー部門」を呪文のように反芻していた。

(でも、現実なんだ。私はやったんだ！)

実感が押し寄せてくると同時に、朝からずっと気負っていたのが一気に力が抜け、その場に崩れ落ちてしまいそうだった。思い出したように、食欲をそそる肉の匂いが鼻をくすぐる。すっからかんの胃にはほとんど劇薬だ。お腹の音はググゥという苦悶の声に変わり、周りの景色がぐにゃりと歪み、重苦しい回転を始める。気持ち悪い――。

「顔色がよくない。タクシーで帰って、ゆっくり休みなさい。それからこれを」

ウォレス氏はテーブルの中央の皿に残っていた手付かずのパンをかき集めると、手早くナプキンで包み、二枚の一ドル札と一緒にレベッカの手に握らせてくれた。呆然としている間にも、ウェイターにタクシーを呼ぶように頼んでいる。タクシーなんて、生まれてから一度も乗ったことがない。家まで行くフリをしてバスに乗り換えればいくら手元に残せるか、ああでも、そんなことじゃなくて。

「なんて言っていいか……ミスター・ウォレス、ありがとうございます。心から感謝します！」

「ダニエルだ。社員はみんなそう呼ぶ。君のことはベッカ、それともベッキーと呼ぼうか？」

「ベッカでお願いします」

「じゃあベッカ、来週待ってるよ」


翌週バスを乗り継いでハンティントン通りのスタジオに着いたときは、レベッカはここ数ヶ月で一番気力に溢れていた。昨晩はルームメイトと前祝いとばかりに、とっておきのスープ缶にコーンブレッドを奮発した。あの日ウォレス氏にもらったパンは、タクシーの中で食べてしまった。

名高い白亜のスタジオ・ウォレス本社は、何度かバスで前を通ったことがあった。社名の青と赤のネオンサインが掲げられている三階建てのメインビルの周りに、様々な形・大きさの建物が所狭しと並んでいる。その間に点々と芝生の広場があり、無計画に増改築を繰り返したことが窺える。

「ごきげんよう、ミス・スコフィールド。あいにくダニエルは、急用でまだ到着してませんの。

とりあえず私がストーリー部門までお連れしますわね」

イギリス人みたいに気取った話し方をする秘書は、最新スタイルのペプラムブラウスとスカートのツーピースに真珠のネックレスが華やかで、女優と見紛うほど美しい。レベッカは一張羅の木綿スカートの裾に目を落とし、せめて靴を磨いておけばよかったと思う。

「社員が増えて手狭になったので、ストーリー部門は通りの向かい側の別棟を使ってますのよ。メインビルにあるのはアニメーション部門と管理部門、そしてダニエルのオフィスです。あちらに見えますのが彩色・トレースを担当する仕上げ部門、そちらがカフェテリア。スナックやお菓子はメインビルのラウンジで購入することができますわ」

ちょっとした大学のキャンパス並みの敷地を通り抜け、道を渡ると、白亜の本社屋とは打って変わり、古い工場のような外観の建物に案内された。「スタジオ・ウォレス社ストーリー部門」という小さなサインがなければ、廃屋か何かかと思っていただろう。

「ミスター・スプリングスティーン、ミス・スコフィールドをお連れしましたわ。あとはダニエルの指示通りにお願いしますわね……」

ストーリー部門の部門長と紹介された男はろくに挨拶もせず、面倒臭そうにレベッカを一瞥すると、あからさまにため息をついた。その意地悪な顔は三匹の子羊を襲う灰色熊そっくりだ。レベッカにはストーリー部門がどういう役割の部署なのかもわからない。だがこの灰色熊に気軽に質問できる雰囲気でもなかった。

「こっちへ」

大股でさっさと先を歩く六フィートの男を、五フィートに満たないレベッカは小走りで追いかける。廊下にはずらりと同じような部屋が並び、半ば開いたそれぞれの扉の中で、三、四人の男たちが天板の傾斜した机に向かっている。各机の間のパーティションや壁には、隙間なく様々な絵が貼られ、床にも紙片が散らばっているのが見えた。どこかシェパード美術学院のスタジオに通じるものがある。

「どうしたお嬢ちゃん、迷子か？」

「誰か保安官を呼んでやれ。今頃ママが捜してるぞ」

「お前が誘拐したんじゃないのか？」

目ざとい男たちが背後で軽口を叩き、口笛を吹いて、ゲラゲラと笑う。小柄でやせっぽちのレベッカは、確かに実年齢より幼く見えた。だがこんなことで怯むものかと自分を奮い立たせる。来月の家賃とパンのためなら、「こんなのへっちゃら」なのだ。

「テッド、サム、お前たちの新しいルームメイトだ。世話してやれ」

階段の手前、他の部屋より少し狭く見える個室にいた凸凹コンビが、上司の背後から顔をのぞかせたレベッカを見て、ぽかんと口を開ける。精一杯感じのいい笑顔で「よろしく」と言ったが、返事はない。二人ともレベッカと同年代と思われた。

「えっと……秘書……？」

「ストーリー・スケッチ・ウーマンだ。言っとくが、俺じゃなくてダニエルの考えだからな！」

二人はまだ事態が飲み込めないようだった。灰色熊の苛立ちが募るのが、背後のレベッカにもひしひしと伝わる。

「とりあえず『レックス・レパートリー』のバッカスのシークエンスでも描かせて……サム、なんだこの絵は？」

灰色熊はのっぽの男が描いていた紙を取り上げる。

「あの、『ニーノ』の狼のシーンを……」

「こんな流れじゃ飼い犬がはしゃいでるようにしか見えないだろう！　このシーンにもう何日かかってる？　必要なのは野生の狩りの迫力なんだよ！」

彼はバシバシとそのスケッチ画を叩いた。今にも破けてしまいそうだ。この人の怒り方は酔ったときの父に似ている。陰湿で、じわじわ退路を塞いでいく感じ。レベッカは先が思いやられる。

「……そうだ、ミス・スコフィールドは我々男よりも優れた描き手なんだったな。どうだろう、一つ手本を描いて見せてくれないか？　どう猛な狼が仔馬を襲うシーンなんだがね」

お手並み拝見、この小娘が俺たちと働く資格があるのかどうか見てやろう――灰色熊のそんな胸の内が聞こえてくるようだった。

脚本家が書いたのか、タイプされた一枚の紙を小柄な方の男から示される――〝二匹の狼がニーノを襲い、崖まで追い詰める。仔馬はすんでのところでかわし、狼の一匹が崖から落ちる。〟

数年前に話題になった、野生の仔馬が主人公の小説『ニーノ』だろうか。本は未読だが、あらすじはどこかで読んだ。あれを漫画映画にするとしたら、これまでのカールや三匹の羊とはずいぶん趣が違う。一〇分程度で収まるような話ではないはずだ。

レベッカは幼い頃に、家のそばでコヨーテに遭遇したことがあった。夏の明るい夜のことで、鶏も馬も牛も恐慌状態に陥り、連鎖する鳴き声を聞くだけで肌が粟立った。〝コヨーテに決して背中を見せるな〟という父の教えを忠実に守りながら、レベッカはその温度のない小さな瞳を凝視した。視界の隅で、下の兄が父を呼びながら家へ駆け込んだ。硬そうな毛が月明かりに縁取られ、そいつは音もなく距離を詰めてきた。

　突然、レベッカの後方から飛び出した飼い犬のオリバーが鋭く吠え立て、二匹はあっという間にもみ合いになった。そこへ父のウィンチェスターライフルが一発、二発と威嚇すると、コヨーテはあっという間に身を翻して逃げ出した。オリバーも深追いはしなかった。自分より小さくとも、野生の敵の俊敏な身のこなしに、銃の援護がなければ危険だと判断したのかもしれない。

　あのコヨーテを、よりたくましく、もっと恐ろしげに。顔の筋肉を大きく歪めて描いてみよう。襲いかかる瞬間の四肢のカーブをドラマチックに、むき出しになった歯茎と牙が一番残虐に見える角度で、瞳だけはあくまで冷たく、美しく。レベッカは持参したスケッチブックに、木炭が赴くまま、様々な狼の表情や一瞬の動作を描いていった。早い筆致がそのまま狼の勢いに変わる。時には仔馬の体の一部も描き込んで、緊迫した瞬間を表現した。

　三人の男たちが固唾《かたず》を飲んで見守っているのを、頬のあたりにピリピリと感じる。でもレベッカの集中は妨げられない。三枚ほど描いたところで、灰色熊に促されたのっぽが、レベッカの絵を画帳から切り離し、一枚一枚壁に貼っていった。

「いいねー！」

　いつからそこにいたのか、ダニエル・ウォレスその人が戸口に立っていた。つかつかとレベッカの絵に歩み寄ると、端から端まで舐めるように確かめながら「見事だ」と頷く。

「ダニエルが褒めるなんて……」凸凹のどちらかが呟くのが聞こえた。

「こんなあらゆる角度から描けるとは……君は狼を熟知しているようだね？」

　灰色熊は一抹の悔しさをのぞかせながら、それでもさっきよりずっと丁寧に、レベッカに尋ねる。コヨーテに遭遇した話をすると、ダニエルも興味深そうに振り向いた。

「子供の頃は、うちの農場の動物たちを毎日描いてました。シェパード学院に通ってた頃は、毎週のようにグリフィス動物園かサウザンドオークスのジャングルランドに行ってました」

美術学院の方針だった。〝動き〟の瞬間をいかに捉えるか、皮膚や体毛の異なる質感をどう表現するか、骨格や筋肉構造の熟知……先生たちは「動物園は最高の教科書」といつも言っていた。

「大抵の動物は描ける、と？　得意な動物はあるのか？」

ダニエルが尋問するような目で聞いてくる。

「馬を描くのが好きです。実家のエイプリルという牝馬とは大の仲良しだったので、馬がめったに見せない仕草や表情だって描けます。あとは猿も表情が人間っぽくておもしろい……」

「決まりだな。ブラッド、彼女にこのシーンのスケッチをぜんぶ任せろ」

「わかりました」灰色熊が神妙に頷いた。

「そしてベッカ！　君には大急ぎでこの絵の動かし方も学んでもらおう。アニメーション部門に案内するからついておいで」

ほとんどスキップするような勢いで出て行くダニエルの後を急いで追うと、背後で三人からそれぞれ驚きの声が上がった。何がどうなっているのか。レベッカはハリケーンのただ中で、なす術もなくグルグル回る箒にでもなったような気分だった。

秘書に案内された道を、再びダニエルと引き返す。

「この前よりずっと顔色がいいね」

「はい、あのときは本当にありがとうございました！」

行き交うスタッフたちが気さくに「ハーイ、ダニエル」と挨拶をして行く。彼が社員たちから慕われているのがよくわかる。カールキャットの生みの親、陽気で優しい〝アンクル・ダニエル《ダニエルおじさん》〟のイメージそのままだ。おじさんと呼ぶには少し若々しすぎるけれど。

アニメーション部門はダニエルのオフィスの下にあった。コツコツと靴音を廊下に響かせながら、ダニエルは盛大に咳き込む。

「大丈夫ですか？」

「ああ、心配しないで」

そこここの扉の隙間から漏れ聞こえていた笑い声や話し声がぴたりと止まっているのに、レベッカはしばらく気が付かなかった。ダニエルが廊下の奥の扉を開いて、レベッカを先に通す。

「エドガー、新しいスタッフを紹介するよ。ミス・レベッカ・スコフィールドだ」

「ああ、〝ブレアカンの奇跡〟のことは聞いてるよ。スケッチで幹部たちの度肝を抜いたそうじゃないか。よろしく、エドガー・ラングストンだ」

その恰幅のいい紳士は、着ているベストがはち切れそうな勢いで笑った。輪郭はいつか新聞で見たアフリカのカバを思わせる。灰色熊と違い、彼は「ようこそスタジオ・ウォレスへ」と誠意のこもった握手をしてくれる。彼が『ニーノ』のアニメーション責任者だという。

「彼女に狼のシーンのストーリー・スケッチを任せることにしたんだが、アニメーションもやらせてみたい」

ダニエルの言葉に、カバ紳士の笑顔が固まり、「え？」と聞き返す。

「彼女の絵を見たら君にもわかる。最終チェックは君に任せるとして、一からみっちり指導してやって欲しいんだが、誰かいないか……」

「ちょっダニエル！　ちょっと待ってくださいよ。彼女はストーリー・アーティストとして雇うんじゃないんですか？」

「そうだが、アニメーション原画もできると判断した。あと何度説明すればいい？　何か問題でも？」

「いや、その……ストーリー・スケッチならまだいいですけど、アニメーターは……しかもクリーンアップや中割りじゃなくて、いきなり原画？」

「画力は確かだ、僕が保証する。通常の倍のスピードでトレーニングしないとな」

「でも、そんないきなり、しかも女になんて、アニメーションができるわけがない……前例もない！」

「僕らは今までいくつ前例のないことをやってきた？　いいか、僕は今後、半年に一本長編を公開するようにしたい。いま制作中の二本、企画中の二本、並行して短編。何人スタッフがいたって足りないんだ。優秀なアニメーターが一人でも多く欲しい！　すぐモノになるなら、尚いい!!」

　レベッカはぼんやりと、熱を増していく二人の会話を聞いていた。なぜそんなに熱くならなければいけないのか、理解もできないままで。

（いまフィーチャー・フィルム《長編》と言った？　漫画映画の長編てこと？　三匹の羊みたいなドタバタ劇を何十分も？　でも『ニーノ』なら短編じゃ無理か……）

　レベッカを取り巻くドタバタ劇は、人事課に行っても続いた。

　入社手続きを頼むと、机から顔を上げた女性の代わりに、なかなかハンサムな黒髪の若い男が微笑みながら、「ハロー」と近寄ってきた。外は夏日のような気温だが、三つ揃いのジャケットのボタンをきっちりと留めている。

「誰の秘書？　君みたいな子と毎日一緒に働けるなんて羨ましい」

「いえ、秘書じゃないです、タイプもできません」

「ああ新しい彩色係？　それともトレース係かな？」

「違います。えっと多分、ストーリー・アーティストで、アニメーターです」

「ハハ！　冗談は漫画映画の中だけで十分だよ。ユーモラスなお嬢さん、君の名前は？」

「レベッカ・スコフィールド……あのう、女性のアーティストはそんなに変ですか？　性別と画力って何か関係あります？　絵筆やスケッチブックの重さが六ポンドとかなら、まだ少し納得できそうな気がするんですけど」

　そろそろ我慢の限界だった。どうして何もかもすんなり進まないのか。マナーを知る女性らしく、感じよく笑うことも忘れて、とうとう疑問符を重ねるレベッカを、三つ揃いは珍しい生き物のように見返す。そこへ別の若い男が慌ててやってきて、周囲に聞こえるようにまくし立てた。

「いま覗いてきたんだけどさ、ストーリー部門にものすごい新人が入ったらしいぞ！　絵の感じからすると、いかつい図体で眼光鋭い、狼みたいな奴だと思う。〝シンデレラマン〟か、〝動くアルプス〟もかくやって感じの……」

　先ごろ全米を熱狂させたボクシング・チャンピオンたちを挙げて、シャドー・ボクシングの真似をする男と、ぽかんとした三つ揃いを交互に見て、レベッカはゆっくりと自分を指差した。

　女性用トイレがこんなに落ち着く場所だったなんて。

レベッカは水に濡れた手を頬に当ててようやく人心地がつく。わけもわからないまま、女というだけで繰り返し否定されるのは、ひどく消耗する。この先いつまで男に劣らない画力があることを証明し続けなければならないのか。ビジネス界というのは、どこもかしこもそうなのか。当時は考えもしなかったが、男だ女だと意識することもなく芸術を追求できたシェパード美術学院は、もしかしたら天国のような場所だったのかもしれない。

個室から出てきた女性の、夏を先取ったようなストライプ柄のブラウスがパッと目を引いた。さりげなく鏡越しに眺めると、女優のように肩へふわりと下ろした髪はレベッカと同じ明るい金髪だ。彼女は誰かの秘書なのだろうか。鏡の中で、淡い青の瞳と目が合う。形のいい高い鼻、薄い唇や流行の細い眉がひんやりした印象を与える美人だった。そしてその顔に、レベッカは見覚えがあった。

「マリッサ……ブレイク！」

彼女はガラスの双眸《そうぼう》を見開いて鏡の中のレベッカを凝視する。

「……どこかで、会ったことある？」

「あの、私もシェパード学院生だったんです！　在学期間は被ってませんけど。カリフォルニア水彩派の展覧会も行きました。嵐のビーチの絵、素晴らしかった。あなたもここの社員なんですか？」

レベッカは興奮が抑えられなかった。在学中にデザインコンテストで優勝したり、若くして新しい芸術運動の中心にいたり、自分もいつかこうなりたいと思った本物の画家が、目の前にいるのだ。展覧会では話す機会がもてず、悔しい思いをした。

「……入社してまだ半年も経ってないけどね。夫や義兄が先にここの背景部門で働き始めて」

「うそっ、ロニー・ブレイクまで⁉」

レベッカはここにきて、スタジオ・ウォレス社のレベルの高さをようやく認識した。

漫画映画なんて、と下に見ていたのが正直なところだが、とんでもない思い違いをしていたのかもしれない。マリッサの夫のロニーは、先のオリンピック芸術競技の金メダリストで、夫婦揃ってシェパード学院生憧れの卒業生なのだ。

「あなたは、なんの職種で入ったの？」

「ストーリー・スケッチと、アニメーションも学ぶように言われましたが、まだよくわかってなくて」

「……忠告するけど、ここで芸術的な仕事ができると勘違いしない方が身のためだと思う。自分のスタイルを潰されないように気を付けてね」

レベッカが質問する間も与えず、マリッサは「失礼」と踵を返して出て行ってしまった。話したくて溢れ出る寸前だった言葉たちが行き場を失い、つるりとしたトイレのタイルの床に、次々と吸い込まれていくようだった。


ダニエルの秘書が教えてくれた社員用カフェテリアからは、美味しそうなチリビーンズの匂いが漂っていたが、レベッカはその値段を見て、さり気なく方向転換する。木曜の給料日まで生活はギリギリの綱渡りだ。見れば、レベッカと同じようにブラウンバッグ《弁当袋》を持った女性たちが、小さな芝生広場のそこかしこで思い思いにくつろぐグループへ、それぞれ合流していく。

「こっちへいらっしゃいよ」

納屋のような建物の脇に陣取った五人グループが、レベッカを手招きする。彼女たちの輪の隅におずおずと腰を下ろすと、皆がにこやかに「ハーイ」と挨拶してくれた。その笑顔にホッとする。

「あなた新人だね。歩き方でわかる」

中心にいた茶色い髪の、他の皆より少し年かさの女性が微笑んだ。

「歩き方、ですか？」

「そう。私たちウォレスの女子社員は普段から足音を立てないようにそっと歩くの。〝ウォレス・ウォーク〟なんて呼ぶ人もいる。あなたは大股で、靴音が響いていたから」

「……いけなかったでしょうか」

レベッカは困惑する。がさつと言われているのだろうか。画力だけじゃなく、そんな所まで見られているとすれば、堪らない。それに社長であるダニエルの靴音だってずいぶん大きかった。

「やだ、非難してるんじゃないよ。ただ私たちの歩き方は、アニメーターたちの集中力を妨げないためだから」

一番近くに座っていた大柄な女性が陽気に言った。彼女の隣の女性たちが続ける。

「従業員が今よりもっと少なかった頃は、仕上げ部門はアニメーション部門の上階にあってね、アニメーターたちがしょっちゅう『ヒールの音がうるさい』って文句を言いに来たの。その頃の名残」

「アニメーション部門のそばを通るときはくれぐれも気を付けなさいね。決して彼らの邪魔はしちゃダメ。ところであなたは彩色？　トレース？　それとも……」

レベッカが、マリッサ・ブレイクや人事部員に伝えたのと同じ答えを繰り返すと、驚いた彼女たちの表情が、徐々に強張っていった。灰色熊や他の男性たちの、拒絶や困惑の気配とも少し違う。

「そうなの——あっといけない、もうこんな時間。急ぎの作業があるからお先に失礼するわ」

茶色の髪の女性がそう言って立ち上がると、まだサンドイッチを食べかけだった人も、みんなそそくさと彼女の後について行ってしまった。一人残されたレベッカは、ブラウンバッグを開けてすらいなかった。芝生に点在する他のグループの人たちが、チラチラとこちらを見ている気がする。だが誘ってくれる様子はない。眩しい日差しの向こうで、彼ら彼女らがどんな表情をしているのかも、レベッカにはよく見えなかった。

わざわざバッグに入れるまでもなかったチョコレートバーをそっと取り出す。食欲は失せたが、この天候で溶けてしまったら勿体ない。それに、余計惨めだ。

「ねえ、あなたのチョコバーとあたしのビスケット、半分こしない？」

顔を上げると、真っ青な空を背景に、リスのようにつぶらな瞳の女の子がレベッカを見下ろしていた。黒い髪に綺麗にパーマをあて、タイトスカートを穿いてはいるが、そばかすの広がった目元といい、服がぶかぶかに見えるほど痩せっぽちで小柄な体といい、〝女の子〟と呼ぶにふさわしい。

「いいけど」

ありがとう、と彼女はレベッカの隣にちょこんと腰を下ろした。

差し出された五枚ほどのビスケットと、半分に折ったチョコレートバーを交換する。なるほど、これならずっと腹持ちがよさそうだった。

「あたし、エステル・コロニッツ。トレース係だよ。あなたはレベッカでしょう？」

「どうして知ってるの？」

「ストーリー部門の人からさっき聞いたの。ブレアカンでいきなり幹部をスケッチしてみせたんだって？　すごい度胸だね！」

「あのときは無我夢中で……でもダニエル以外の人には、あまり歓迎されてなかったみたい」

「まあ、女の子に負けるんじゃないかって、みんな戦々恐々としてるのは確かだね」

エステルの率直な物言いに、レベッカは思い切って朝からずっと抱いていた疑問を口にする。

「ここでアニメーターになるのは、そんなにすごいことなの？」

「もちろん、スタジオ最高のアーティストってことだから。集める尊敬も給与も一番高い、選ばれし精鋭――え？　まさかあなたアニメーターなの!?　ストーリー・アーティストじゃなくて？」

エステルの驚愕の表情に、レベッカは慌てて訂正する。

「あくまで見習いだって。とりあえずストーリー・スケッチと同時にアニメーションも学んでみろってダニエルが」

「それでも十分すごいことだよ……そっか、サラたちがあんな態度をとったのは、そういうわけだったんだね」

「サラって、あの茶色の髪の女性？」

「うん、彩色チームのベテランで、皆のリーダー格なの」

エステルはレベッカの顔色を窺うように続ける。

「彼女たちのこと、悪く思わないでくれると嬉しい。きっと応援したい気持ちの前に、嫉妬が先に立っちゃったんだよ。ストーリー部門もアニメーション部門も、これまで〝女人禁制〟

だったから、応募しても仕上げ部門に回されたって人が結構いるの」

「……ああ、私も『漫画映画制作の中核を担う作業に携われるのは、才能ある若い男性のみ』って手紙を受け取った。悔しくて収まらなくて、それでブレアカンに乗り込んだんだから」

「そこまでガッツがある子はなかなか……」言いかけたエステルはいたずらっぽく微笑むと、そっとレベッカに耳打ちする。

「あと、たぶん別の嫉妬もあると思う。ダニエルほどではなくても、アニメーターは女子社員の間ではちょっとしたスター並みの人気だから。みんな彼らと親しくなりたくてしょうがないの」

そんなこと？ ずるずると力が抜けて、芝生に思い切り体を投げ出したくなった。今のレベッカには、色恋よりも明日のパンの方がよほど大事だ。

「とにかく気に病むことはないよ。それどころか、あたしはとっても感謝してる。あなたのお陰で『一人も二人も一緒』って、あたしもやっとストーリー・スケッチの研修を受けられることになったんだから！」

「え……じゃあ、あなたも描く人なの？」

「そう、ずっとメイナード先生に写生を習ってて、推薦してもらったの。これから研修を受ける女性はあたしたち二人だけだよ」

レベッカとエステルはどちらからともなく手を差し出し、しっかりととり合った。

「頑張ろうね」

朝からの困惑の嵐が過ぎ去って、厚い雲間からようやく太陽が見えたような気分だった。芝生までさっきより煌《きら》めいて見える。強張っていた肩がゆっくりとほぐれて、これからの新しい日々にも、明るい予感が入り込む。でも――〝女人禁制〟――女性は二人だけ？

「マリッサ・ブレイクは？　彼女はどこの部門にいるの？」

「ああ彼女はコンセプト・アーティストだよ。作品全体のトーンを考えたり、他のアーティストにインスピレーションを与える絵を描くの。ちょっと特殊な役割だけど、所属はあなたと同じストーリー部になるね。彼女と知り合いなの？」

「同じ美術学校の卒業生で、午前中にトイレで初めて話した。ブレイク夫妻はみんなの憧れだったの。でもさっきの彼女は、なんて言うか素っ気なくて、暗い感じがした……」

以前に展覧会で見かけたときは、もっと明るくて自信に満ちた、社交的な人に見えた。

「無理もないかも」エステルがぽつんと呟く。

「ミスター・ブレイクと違って彼女の絵は漫画映画向きじゃないって、スタッフから敬遠されてるらしいよ。噂じゃダニエルは格別お気に入りみたいだけど。『旦那や義兄の七光り』、美人だから『色仕掛けだ』なんて、口さがない人もいる」

「そんな！　彼女は本当にすごいアーティストなんだよ。誰だって彼女の絵を見ればすぐわかるはずなのに」

「――女だから」

エステルは自分に言い聞かせるように言葉を切る。職を求めて右往左往していた間、レベッカの中でも、何度も呪いのように響いたフレーズだ。

「男じゃないから。仕事の能力以前に、容姿や性格、年齢、既婚か否か、なんて見当違いの眼鏡で見られる……あたしたちもこれからそんな視線に晒されることになるかもよ？　偏見と嫉妬渦巻くスタジオ・ウォレスへようこそ」

冗談めいた言い方とは裏腹に、エステルの表情は硬かった。先ほど見たマリッサの顔が浮かぶ。朝から目まぐるしくレベッカの周りを通り過ぎていった人たちの顔も。

見当違いの眼鏡なんかに負けないで――負けるもんか。

マリッサへの祈りが、自分の中の決意に変わる。石にかじりついてでも、ようやく得たこの仕事を守り抜いてやる。でなければ、この先本当に石しかかじるものがなくなってしまう。

レベッカとエステルは、ほとんど同時に、口いっぱいに頬張ったビスケットとチョコレートバーを、むしゃむしゃと力一杯嚙みくだいた。

二〇XX年十月・東京

重い木の扉を押し開けると、想像もしていなかった空間が広がっていた。太い木の柱に隙間なく絡みつく亜熱帯植物のフェイクグリーン、古さを感じさせるサッシ窓の前にずらりと並んだ白い小さな貝殻、否が応でものんびりした気分にさせられるハワイアンミュージック。ようやく秋の空気に馴染んだ体が無理やり夏へ巻き戻されるかのようだった。

「アロハー」と挨拶してくる店員に待ち合わせだと告げると、奥の席に通された。先に来ていた田丸は既にロコモコ丼を頼んでおり、真琴は慌ただしくポキ丼のランチセットを注文する。

「こんなとこがあるなんて知らなかった。可愛いお店ですね」

「一階は金券ショップで、二階は流行ってなさそうなバー、ビル全体が場末感満載だからね。

うちの会社のリッチな人たちは絶対来なそうで、いいでしょ」

出された水はレモン水で、一緒に運ばれてきたミニサラダの鮮度も悪くない。本題に入る糸口を探していたら、どちらもあっという間に半分ほどを空にしてしまった。真琴の逡巡は田丸にも見透かされていた。

「気を遣わないでって言っても無理だよね。まあ今日はぶっちゃけさせてもらうから、構えないで聞いてもらえたら嬉しいな」

こういうとき、田丸には敵わないと思う。真琴より六歳上という年の功を加味しても、自分が六年後、後輩の気まずさをこんなふうに和らげられるとは、とても思えない。

「……最終出社日は、いつなんですか？」

「有休消化させてもらえることになったから、来月一七日。パーっと旅行とか行けたらいいんだけど、お金を少しでも節約しときたいし、ちょっと実家に帰るだけになるかも」

田丸の実家は福井県の、京都に近い沿岸部だ。三重県の和歌山寄りの地方出身の真琴とは、「真っ直ぐ列島縦断したら着くんじゃない？」なんて話したことがあった。

「次の仕事は……」

「一応担当営業が紹介してくれる予定だけど、もうあまり期待してない。自分でもエージェントに登録したり、直接応募を始めてる。でも年齢からして対象外って会社がやっぱり多そう」

ようやくメインの丼が運ばれてきたが、田丸は堰《せき》を切ったように続けた。

「本当は、派遣の三年ルールができると知ったときに、転職しようと思ってた。でも『できるだけすぐに契約社員にするから』って言われて。会社も仕事も好きだったし、その言葉を信じて転職活動を止めたのに。あのときだったら、私もまだ三十代だったのに……！」

真琴もその話は傍でつぶさに聞いていた。

数年前に施行された改正派遣法の下では、派遣社員は同じ会社の同じ部署に勤められるのは三年までと制限され、政府としては派遣先へ正社員登用を促しているつもりだったのだろうが、多くの派遣社員の間では「三年で切られる」と恐慌状態になった。「いくらでも替えが効く存在」として扱われているのは、自分たちが一番わかっていた。真琴もなんとか転職活動をしようとしたが、当時は毎日の業務に疲れ果てて、気力も体力も残っていなかった。それに田丸と同じで、できるなら知名度も好感度も世界屈指の企業であるこのスタジオ・ウォレスで働き続けたかった。

上司の高木の推薦によって真琴が田丸より先に契約社員になることが決まり、遠慮から報告できないでいる間に、田丸は先に他所《よそ》でそのことを聞いてしまい、気まずさに一時やりとりが途切れた。別部署であっても、それまでしょっちゅう一緒にランチを食べていて、社歴の長い田丸に相談に乗ってもらうことも多かったから、真琴はずいぶん落ち込んだ。最近になり、部門の再編で何人もの仲間たちが会社を去ったあと、二人の間でゆっくりと関係を修復している最中だった。

「ごめんね、美味しいもの食べる前に、消化の悪いもの出しときたかった」

「どうかご遠慮なく……どんどん出しちゃってください」

「冷めないうちに食べよっか」

田丸の言葉通り、ポキ丼のまぐろの切り身は原価率を心配するほどのボリュームで、わさび醬油ベースのソースはネギとミョウガがたっぷり入って美味しかった。こうして会社のそばで田丸と一緒にランチをすることはもうないのかもしれない。そう思うと、寂しさがこみあげる。

「小泉《こいずみ》さんは今回のこと、何て言ってたんですか?」

田丸の上司の小泉は、日本支社で最も歴史あるビデオ部門でも一、二を争う社歴を持つベテランだ。田丸の契約社員への登用を約束していたのは彼だった。田丸とは卒業年は大きく違えど出身大学どころか学部まで同じだそうで、真琴がそれを知ったとき、バブル期と氷河期の残酷な差を、まざまざと見せられた思いだった。

「……私の処遇を上に掛け合ってくれたのは本当だと思う。でもそもそも〝上〟がシンガポールになっちゃったでしょ。小泉さんもかなり立場が危ういんじゃないかな。年齢と給与の高い順に退職パッケージが提示され始めてるって噂だし」

「そうなんですか?」

「うん、まだ噂の域を出ないけどね」

人当たりはいいが、仕事ができるという評判を聞いたことがない――そんな小泉でも、給与は相当高いだろう。年齢もおそらく五十代の後半くらいか。

「もうさ、思う存分怒れる相手もいないのかよって。私たち派遣社員をこういう立場に追いやった、政府とか財界とか社会とか主義とかに怒りをぶつけようにも、大きすぎて実体があるんだかないんだか。身近な実体は『お互い大変だけど仕方ないことだから、有休は消化できるようにしとくよ』って。その程度で感謝を期待されてもね。有休は私の正当な権利だし」

田丸の手元でロコモコ丼の目玉焼きとハンバーグがどんどん細かく押し潰されていく。

「小泉さんは解雇されるとしても、たぶん退職金に上乗せして一年分くらいの給与が出て、ウォレスのマネージャーって職歴も残るけど、私には何もない。再就職先だって選択肢なんか多分ほとんどない。無責任に〝お互い大変〟とか並列させないでよ、この理不尽な違いはなんなんだよ！　何もかもずるいんだよ！……て、言ってやれたらなー」

田丸が「西さんも」と続けたので、「ずるい」に掛かるのかとどきりとした。逆の立場だったら、その三文字はきっと真琴の頭にも過《よ》ぎっていたと思う。

「西さんも、絶対に彼らを信用したり、会社に未来を預けたりしたらダメだよ。結局あの会社も社員たちも、カールキャットみたいに外面は最高の笑顔で、私たちを利用するだけ利用する。それで都合が悪くなれば、私たちのこれまでの仕事も取り巻く苦境も知らんふりして、躊躇なく私たちを切る」

田丸の言うことは尤《もっと》もだった。そんなケースをいくらでも見てきた。

でも一方で、高木や大田原のような人もいる。特に高木は、自分が辞めた後のいち派遣社員のことなど、いくらでも〝知らんふり〟ができたはずだ。真琴はそうした思いをすべて飲み込んで、田丸の話に誠心誠意、耳を傾ける。それくらいしか自分にはできないから。いま取り掛かっている特別なプロジェクトのことなど、なおさら田丸には話せない。


一時間ぎりぎりでオフィスへ戻ると、殺気立った山野に急な引き継ぎを頼まれた。保育園に預けている娘がまた熱を出したのだという。病弱な子なのか、異動してからこれまで、似たようなやりとりが何度かあった。

「プロダクト部門とリゾート部門の四月以降の情報が来次第、資料に反映して各部門に展開しておけばいいんですね」

「一八時までに連絡が来なかったら、各担当に電話でプッシュしていいので！」

言うなり、真琴の返事も待たずにオフィスを飛び出していった山野の靴音が、募る焦燥や心配をあたり一面に撒き散らすように、廊下で加速するのが聞こえた。

真琴はデジタル部門にいた頃を思い出さずにはいられない。育休中だった女性社員二人が立て続けに復帰してきたときのことだ。様々な要因から、収益の柱だったビジネスに翳《かげ》りが見え始め、正規、非正規問わず皆が忙殺されていたときだった。

彼女たちが休業中、多くの業務を真琴がカバーしていたこともあり、復帰後も自然とサポートを求められた。彼女たちも、他の正社員たちより真琴に頼むのが気楽そうだったし、真琴もできるだけ応えようとした。必要とされることで、契約更新も強固になると信じていた。何より、当時付き合っていた恋人と結婚を意識し始めた頃で、近い未来の、母になった自分を想像すると、彼女たちのためにできるだけのことをしたいと思ったのだ。

「手伝ってもらえたらすごく助かる!」「度々で本当に申し訳ないんだけど……」と当初遠慮のあった依頼の言葉も、やがて「言われる前に進めておいてくれないかな」に変わり、気が付けば手間のかかる、しかし評価にはまったく結びつかない作業ばかりを押し付けられていた。自分の主業務も変わらずあったので残業がどんどん増え、派遣会社の担当営業から注意が入り、仕方なく契約外の業務量が増えていることを相談したが、「もう少し様子を見ましょう」と、のらりくらりとあしらわれた。

当時のチーム責任者だった高木へ状況を話すのを長く躊躇《ためら》っていたのは、部門の大変な状況がわかっていたことが何より大きいが、「女の敵は女」「独身子なし女性vs既婚子持ち女性」のような構図に陥って、後々彼女たちと気まずくなりたくなかったというのもある。独身のまま三十路を越えてから、真琴は周囲や世間のそうした扱いに敏感になっていた。そうこうしている間に、やがて終わりの見えない忙しさに疲弊して、客観的な判断ができなくなっていった。

真琴の中で一番ダメージが大きかったのは、妊娠していた別チームの派遣社員が、プロジェクト終了を理由に契約を切られたときだった。思えばあれが、その半年後に一気に始まる人員整理という名の怒濤の前兆だった。

「まあ仕方ないよね、あの人がそういう働き方を選んだんだし」

「私たち、早めのタイミングで復帰しといてよかったね」

「そもそもうちらは派遣みたいに簡単に切られないでしょ」

「そうだけど。でも西さんまでいなくなったらやだなぁ。今さらああいう仕事したくない」

「誰でもできるような仕事をするために、保活を勝ち抜いたわけじゃないもんね」

階段脇の小さな休憩スペースで話していた彼女たちは、遅いエレベーターを避けてたまたま階段を使っていた真琴に気付いていなかった。一瞬「お疲れ様です」、と声をかけて気まずい思いをさせてやろうかと思った。でも視界まで薄暗くするような虚しさが、全身を重たく覆い、真琴から声を出す力を奪っていた。

(私はこの立場を、働き方を、選んでなんかいないよ! 何も選べなかったんだよ!)

誰でもできるかもしれないけれど、誰かがやらなければならない仕事をする自分は、こんなにも見下されるべき存在なのか。

どれだけ身を削って頑張っても、同じ職場の仲間だと認められることは決してない。お互い様、持ちつ持たれつ、支え合い。そんな世間が囁く美辞麗句は、正社員たちとの間には、始めから存在していなかった。うすうす気付いていたのに、気付かないふりをしていた。

同じ女なのだから理解できるはずだと、応援して支えることを期待される。でも同じ女である彼女たちは、人間なのに〝雇用の調整弁〟呼ばわりされる真琴たちの境遇をどれだけ理解できるというのか。応援して、支えてくれることはあるのか。真琴たちにばかり安価なサポートを要求して、見返りを求めれば裏切り者のような罪悪感まで背負わされる。仕事で活躍していない、結婚もせず子供も産んでいない、〝輝いていない〟女は、劣等感と世間への後ろめたさを強いられて、今まで通り男たちと、そして新たに〝輝く女〟たちにも奉仕しなければならない人生なのか。

この状況は彼女たちのせいじゃない。本を正せば権力を持つ男たちが作ったシステムの所為《せい》――そんなことはわかりすぎるほどわかっていた。でもこの怒りや虚しさを、どこへ持っていけばいいのか、どれだけ考えてもわからない。わからないから、真琴は身の内から蝕まれていくしかなかった。

折しも派遣法の改正が施行され、気力体力が伴わなくとも、転職活動を始めねばと考え始めた頃、高木から契約社員登用の打診があった。

「西さんは実質一・五人分のキャパシティがあるからね。会社としては、人員整理と最低限のスタッフ確保を両立するために、あなたを直接雇用した方が理にかなってるんです。僕としても、デキるスタッフには、より安定した立場で部に貢献してほしい」

仕事に忙殺されている間に恋人の心は離れ、その分、高木のポイントを稼いだという皮肉だった。でも社会に出て初めて、仕事を認められたという実感をもらえた。

以来、真琴は正社員たちにとって、必要だけど便利すぎない存在でいられるよう、慎重に距離を取ってきた。

山野の業務に備え、真琴は通常業務をいつも以上に速いペースでこなしていった。集中力を要する作業が一段落すると、息抜きのように例のデータベースに触れる。

今日は短編も含めたスタジオ創成期の作品群に的を絞って探すつもりだった。それらの映画を実際に観たことのある若年層は稀《まれ》だろうが、最近ウォレスマジックワールドでは、メリーゴーラウンドや観覧車といった昔ながらのアトラクションが人気と聞く。若い女性たちの間で、人気のカメラアプリを使い、〝レトロ可愛い〟動画を撮ってSNSに投稿するのが流行っているらしく、専用のタグは国内に限らずアジア圏まで広がっている。それらのアトラクションのデザインに使われているのは、たいてい一九三〇年代から四〇年代の、スタジオ創成期の作品だった。

メリーゴーラウンドのモチーフである『仔馬物語』の背景画やコンセプト画は、ため息が出るほど繊細で美しく、柔らかい色彩は万人受けするものだと思う。一連の絵コンテの中に主人公の仔馬ニーノと仲間たちが花に埋もれた可愛らしい絵を見つける。かつてDVDで観た印象よりずっと色鮮やかで緻密だ。シーンの一つ一つがこんな完成度の高い絵から構想されていることに、真琴は改めて畏怖を覚える。アニメーションの制作過程の絵までを美術館で展示する意義が、今ならよくわかった。スクリーンショットを撮り、作品ごとに用意したフォルダに保存した。

原画カテゴリーの配下には、様々な動物を描いた、素人目にも卓越した鉛筆画が並んでいた。姿はデフォルメされていても、いきいきとした線はそれ自体が動いているみたいだ。馬に始まり、狼、狐、兎、リス……と膨大な数の絵をスクロールしていく。真琴が「ｎｅｘｔ《次へ》」ボタンを押して最後のページを表示させると、一段と迫力のある絵が目に飛び込んできた。前足を高く上げ、今にも走り出しそうな優美な馬——その背には猛禽類のような大きな翼が生え、勇ましい顔の女の子がまたがっている。

（なんだこれ）

主人公のニーノは普通の仔馬ではなく、成長するとペガサスになりヒロインと冒険へ、などというくだりが初期の設定にはあったのか――そんなわけない。

『仔馬物語』は最初から最後まで野生動物たちの物語だ。ニーノの母馬が罠にかかったり、焚き火が燃え移って森が火事になったり、銃声が近付いてきたり、そこここに人間の気配はあっても、姿は一切見えない。動物たちが言葉を話し、種を超えて友情関係を結ぶという点ではファンタジーだが、ペガサスの類が出てくるような物語ではない。

それは予感だった。真琴は絵を拡大表示して、左下へスクロールしてみる。サムネイルの状態ではまったく見えなかった、かすれかけた鉛筆の跡が現れる。

M・S・HERSEA

とん、と心臓が跳ねた。ハーシー。謎の絵の、謎の作者。

誰かのミスや、何かの偶然や、あるいは誰かの悪戯という可能性を、大きな羽の生えた美しい馬は軽く踏み越えて飛び立っていく。『クララとベルのにちようび』の三人の少女たちにも意思の強さが滲み出ていたが、ペガサスの乗り手はさらに力強く、その静止画とは思えない躍動感は、彼女の大胆な性格まで想像させた。挑むような、そしてそのことを楽しんでいるような。見ているこちらも、否が応でも心の奥を奮い立たせられてしまう。

やはりM・S・HERSEA氏は実在しているのだ。

マウスを握る右手、そして拡大表示コマンドを叩く左手に力が入り、じわりと汗ばむ。ハーシーの絵を探して、『仔馬物語』のカテゴリー下にある絵をしらみつぶしに見ていく。もはや業務に関係ないのはわかっていたが、止められない。真琴は記録のどこにも残っていない、スタジオの歴史から忘れ去られた作者の実在を、もっともっと確かにしたかった。

結局その日は他のハーシーの絵は見つけられず、アーカイブ部門のスミスさん宛に、ペガサスと少女の絵についての問い合わせメールをなんとか送信し終えたときは、すっかり定時を過ぎていた。真琴は慌てて山野から指示された、プロダクト部門の内線番号を押した。


「昨日は迷惑をかけてごめんなさい。カバーしてもらって本当に助かった」

山野が真琴の席の横まで来て、ぺこりと頭を下げた。

迷惑なんて、謝らないでください、といったフォローの言葉が山野の気持ちを多少なりとも和らげることは想像できても、口には出さない。こうして謝罪されるのはいつまでだろう、と真琴はどうしても斜に構えてしまう。

「娘さん大変でしたね。今日は大丈夫でしたか？」

「熱は下がったけど、まだ咳が……でも今日は病児保育のシッターさんに頼んできたから」

そういえば前回も山野はそんな話をしていたな、と思い出す。病児保育専門のシッターなる職業があることを、真琴はあのとき初めて知った。結婚や出産を経ないと関わることも、知ることすらない事柄が、この世にはいくつあるのだろう。山野の顔色の悪さが気になったが、気遣いの言葉は心を鬼にして、寸前で止めた。

（一線は越えない。いい人面しても、付け入る隙は与えない。そうしなければ何が起こるのか、自分がどういう状況に陥るのか、私は嫌と言うほど味わったんだから）

「迷惑だなんて思わないで、どんどん僕らに任せちゃってくださいね。お子さんが小さいうちはお母さんとの時間が大切だと思うし」

川島が気さくに会話に加わってくる。作業を手伝ってもいないお前が言うかと思いながら、真琴は頷くことなく微笑んだ。山野の夫と同じように、こういう人は結婚したら、子供が病気でも、きっと同じ理由で妻にすべてを任せて、早退もしないのだろうと思う。

「……なんで〝お母さん〟だけなの？」

独り言のような、ごくごく小さな呟きだった。山野の口元もほとんど動いていなかった。

「え？」川島が聞き返す。

山野のひやりとするような無表情の前に、一瞬奇妙な空気が流れた。彼女はすぐに「お気遣いありがとう！」と不自然なほど明るい声で言うと、自席へ戻っていく。意図せず目が合った川島は、軽く肩をすくめた。

「リスト作り、順調ですか？」

「はい、今週の会議で途中経過を報告する予定です」

「西さんから見て人気の出そうな、埋もれているキャラクターがいたら、ぜひ教えてください。僕、会社全体のシナジー・プロジェクトを手掛けてみたいんですよね」

スタジオ・ウォレス日本法人は一つの会社に見えても、各部門のアメリカにある本体はほぼ別会社のため、大型の映画公開がないときは部門ごとに独立独歩で動く。だが映画以外でも稀に全部門で足並みを揃えてキャラクターのブームを仕掛けたり、統一キャンペーンを張ったりすることがある。川島が言っているのはその指揮を執りたい、ということだろう。コーポレートPRがこれまで主導したプロジェクトはなかったはずだ。各部門にも広報担当がいるし、そもそも大田原が来る前は社長室直属の二人だけのチームだったのだから。鼻につくほどソツのない若いエリート男の野心を、真琴は「ああそうですか」と遠く眺めているだけで、何の感慨も覚えない。

今や真琴を興奮させるのは、ハーシー氏の作品だけだ。どんな人だったのか、他にどんな絵を残したのか。知りたい、見つけたい、という子供のような欲求が溢れてくる。

真琴の熱が伝わったように、翌朝受け取ったアーカイブ部門のスミスさんの返信も、いつもの淡々とした調子ではなく、やたら長文な上に、感嘆符が二つも付いていた。

——なんとも不思議なことになったね！　あのペガサスが『Nino』のものでないのは誰が見ても明らかだけど、データ化プロジェクトの初期はインターンに保管箱単位で機械的にスキャンさせていたから、中身をじっくり確認したり分類したりできていなかったんだ。

僕は、あの絵は『Nino』ではなく『Sinfonia』に属するのでは、と考えている。どちらにせよ、『Melody Seasons』とは制作時期が結構離れてるんだけど、二つの作品に原画もしくはキャラクター・デザイナーとして関わるほどのスタッフだったとしたら、記録にないのも、名前が変な綴りなのも、まったく腑に落ちない！　それに、僕とアシスタントの所感では、あの二つの絵は作者が違うと見てる。サインの筆跡は同じに見えるけどね。君はどう思う？

個人的にも興味があるので、ちょっと時間を見つけてアニメーション部門の現スタッフや、引退したスタッフの伝手《つて》を辿って調べてみようかと思う。何かわかったら連絡するよ——

『Nino』は『仔馬物語』の原題で、『Melody Seasons』の邦題は『クララとベルのにちようび』。『Sinfonia』は邦題も同じ『シンフォニア』で、マジックワールドにも同名アトラクションがあるくらい、スタジオ・ウォレスを象徴する映画の一つだ。

あの二枚の絵の背後には一体何があるのか。胸の辺りがざわざわと落ち着かない。

本来のリスト作りには関係がないので、上長の大田原にはまだ何も報告していなかった。もう少しだけ、真琴はこれまで仕事で味わったことのなかった種類の手応えを、自分の掌の中で確かめていたかった。

一九三七年〜一九三八年・ロサンゼルス

重い両開きの扉を開くと、想像を超えた巨大な空間が広がっていた。小さめの映画館のように、正面のスクリーンに向かってずらりと椅子が並び、すでに半分ほどが埋まっている――当たり前だが、全員が男だ。すぐそばで誰かが指笛を吹くと、皆が一斉にレベッカを見た。部屋中の男たちの無遠慮な視線を全身に浴びて、一瞬足がすくみそうになる。

「そこのあなた、こっちこっち」

ちょうど部屋の真ん中あたりの、そこだけがらんと空いた一列で、背の高い女性が手を振っている。大袈裟でなく、迷い込んだ暗い部屋でようやく出口の灯を見つけたような安心感を覚えた。レベッカは慌てて彼女の元へ向かう。

「はじめまして、シェリル・ホールデンよ。私も初めてこの会議に参加するの」

「よろしく、レベッカ・スコフィールドです。三週間前に入社しました」

「噂は聞いてる。すごい絵を描くんですってね」

軽く握手をして腰掛ける。きつくカールした短髪の赤毛に、切れ長の緑の眼が鮮やかな印象を与える人だ。歳は三十代半ばくらいか。ハスキー・ボイスにはわずかだがイギリス訛りがある。
「映画スターじゃなくてよかったとつくづく思わない？　いつもこんなふうに部屋中の注目を浴びる生活なんて考えられない」
「本当に……初めて服を着て歩いた人みたいな気分」
レベッカの言葉に彼女は目尻を和らげ、あっはっは、と快活に笑う。
「さしずめここにいる殿方たちは裸の原始人の群れってわけね。あなた、なかなか言うじゃないの」
そこまで言ったつもりはなかった。でも彼女の解釈もなるほどと思う。
突然、前方の席に座っていた誰かが、「ぼくのめんどりすごい美人」と歌い出す。子供の頃に聞いた記憶のある、マザーグースの歌だ。声はどんどん大きくなり、一人、また一人と加わって、またたく間に部屋中の男たちが唱和し始めた。
ぼくのめんどりすごい美人
皿を洗ってお家ピカピカ
粉屋で粉買って一時間とかからない
パンを焼いてビールかもして
暖炉のそばで楽しいお話聞かせてくれた
二巡目に入ると、ひときわよく通る声が「皿を洗って（washed me the dishes）」を「おんどり洗って（washed me the cocks）」、「お家ピカピカ（kept the house clean）」を「下着ピカピカ（kept my jockeys clean）」と替え、追随する歌声は、やがてけたたましい哄笑《こうしょう》になった。

雄鶏を意味するＣｏｃｋは男性器を指すスラングだ。

怒りと恥ずかしさで顔が熱い。せめて一対一であれば「やめて」とはっきりと言ってやるのに。今はきっと何を言ってもこの耳障りな笑いの渦にかき消されてしまう。隣のシェリルを見上げると、口元が引きつってはいたが、無表情を保っていた。その瞳には軽蔑の色が浮かんでいる。

「十歳から成長しない男性がこんなにいるなんてね。うちの息子も気を付けなきゃ」

確かにこの雰囲気は小学校の教室みたいだった。あのときと違うのは、女子の人数と、私たちが皆、大人であるということ。

「下品な真似はやめろ！　紳士らしく振る舞え！」

振り向くと、背後のドアにダニエルが立っていた。途端、部屋中が水を打ったように静まる。

今日のダニエルは寝起きのように髪が乱れ、シャツもズボンもよれよれだ。彼が不機嫌そうに歩きながら血走った眼差しで通路の左右を見渡すと、男たちは慌てて自席に戻った。彼が最前列の中央の席にどかりと腰を下ろした後も、その無言の威圧が場を完全に支配していた。

「さすがはダニエル」

シェリルの囁きにレベッカも深く頷く。男たちの気まずそうな様子に胸がすくような思いがする。

入社初日にダニエルがアニメーション部門の廊下を歩きながら大きな靴音を立てていたのも、咳払いをしていたのも、「今から行くぞ」という先触れ代わりだったことは、最近知った。

ダニエルの後から部屋へ入ってきた男たちが「急げ」「もう来てるぞ」とバタバタと席を求めた。前方も後方の席もすっかり埋まったあとも、誰もレベッカたちの隣に腰掛けようとせず、二人がいる一列だけが不自然に空いていた。

スクリーンに映されたのは『ヴェニスの休暇』と題された漫画映画だった。カールキャットやその仲間たちのシリーズもののドタバタ劇で、ゴンドラを操舵していて橋に引っかかったり、壮麗な宮殿に突っ込んだりと忙しない。五分ちょっとの映像が終わり、画面が黒く変わると、監督らしき男にダニエルが話しかけた。

「あのスパゲティのシーンはうまく処理したようだな……ご苦労だった」

「ええ！　そうなんです！　改良を重ねてようやく」男が勢い込んで言うのを、ダニエルは手を上げて遮る。

「うまくまとまってはいるが、それ以上のものはない。とはいえ納期もあるし、これで進めろ」

来たときと同じように不機嫌なまま、ダニエルは静まり返った部屋を出て行った。ドアが閉まるのと同時に部屋の皆が緊張をとき、一斉にため息をついたようだった。資金繰りがどうの、長編スケジュールがどうのと様々な噂話の断片が聞こえてくる。だがレベッカは人が変わったようなダニエルの様子の方が気になった。

シェリルもブラウンバッグ持参派と聞き、その日のランチに彼女も誘った。仕上げ部門のスタッフでありながら、ストーリー部門の研修生でもあるエステルはさすがの情報通で、シェリルの存在も知っていた。

「カナダ人建築家で背景部に入社したって聞いてたけど」

「先週からストーリー部門に異動になったの。先祖代々イギリスだけど、亡くなった夫がカナダ人」

シェリルは同じく建築家だった夫の死後、息子の療養のためにカナダのブリティッシュ・コロンビア州からカリフォルニアに来たが、州の建築士資格がないため、仕方なくグローブスタジオのアニメーション部門で背景デザインやレイアウトを担当していたという。

「でも子供たちと一緒にすっかりスタジオ・ウォレスのファンになってしまって」

グローブスタジオといえば実写も手がけるハリウッドの最大手だ。シェリルのように他の有名アニメーションスタジオからウォレスへ移ってきたアーティストは何人もいるらしい。それだけスタジオ・ウォレスに勢いがあるということだろう。

ランチタイムの芝生広場は今日もいっぱいだ。レベッカは持参したピーナッツバターサンドを半分エステルに渡し、代わりにジェリーサンドを受け取る。これで二人の口の中では念願のピーナッツバター&ジェリーになる。互いに次の給料日にはもう一方の〝パンのお供〟を揃えることに決めていた。チーズサンドを頬張るシェリルは二人の様子を「可愛いギャグシーンになりそう」と面白そうに眺めている。

「それで新作の試写はどうだった？」

研修期間中は引き続き仕上げ部門でこれまでの仕事を続けているエステルは、ストーリー部門とアニメーション部門合同の会議に参加できない。今日のこともひどく羨ましがっていた。

「ヴェニスの迷路みたいな水路を奥へ奥へ進んでいくレイアウトが面白かった。水の特殊効果もさすがウォレス、あんな表現は見たことない。ベッカはどう思った？」

「ところどころ笑えたし、キャラクターも自然に動いて見えるのはすごいと思うんだけど」

シェリルとエステルの期待に満ちた眼差しに、レベッカは一瞬ためらう。きっと漫画映画が大好きな二人に、こんなことを言っていいのか。

「私はそんなにギャグに興味が持てなくて、わざわざ映画を観なくても、ギャグは新聞や雑誌の漫画で満足しちゃう。水や風景の描写は、リアリティという点では実写に敵わないし、素晴らしい絵なら一枚でダイナミックな動きも広がりも表現する。どうして漫画映画にするのかって思ってしまうの」

レベッカの脳裏にあったのは、かつて展覧会で見たマリッサ・ブレイクの嵐の浜辺を描いた水彩画だ。劇的に変わる空には雲がすさまじい速さで流れていくのが見えるようで、パラソルを飛ばされかけた少女の表情には不安と興奮が交錯し、それらすべてがマリッサ独特の色彩バランスと、シンプルに様式化されたタッチによって見事に表現されていた。彼女のコンセプト画も数枚だけ見る機会があったが、平面的と言われる絵柄は明らかにフォーヴィスムや抽象絵画の流れを汲《く》む挑戦的なもので、彼女の豊かな色彩と相まって、心躍るような世界の美しさが画面の其処《そこ》ここに見えた。

あれほどのアーティストをないがしろにする漫画映画に、どんな価値があるというのか。レベッカはずっとその答えを見つけられないままだ。

「漫画映画である意義、ということね」

シェリルとエステルは意味ありげな視線を交わす。「それはこの年末に公開する長編で、はっきり見えると思う」

ウォレス初の長編作品、しかもフルカラーとなる映画の噂は新参のレベッカの耳にも入ってきている。制作スケジュールが大幅に遅れているため、エステルたち仕上げ部門も残業続きだと言っていた。「どんな内容なの?」

「私も同僚の噂を聞いただけだけど、間違いなく漫画映画の、というか映画の歴史が変わる傑作になるんですって」

「誰も見たことのないクオリティを実現するために、とにかく作画の量が膨大なの。ベッカもアニメーション部門の基礎研修が終わったら、年末までクリーンアップや中割りのアシストに駆り出されると思うよ。頑張ってね!」

結局二人はそれ以上詳しくは教えてくれなかった。

ランチが終わる頃、ダニエルとその一行がカフェテリアへ歩いていくのが見えた。シェリルによると「背景とコンセプト画それぞれの主要メンバー」らしい。マリッサとその夫のロニーもいた。女性はマリッサだけで、タイトスカートとヒール靴のために、さっさと先を歩く男たちの集団に遅れがちなのが、レベッカの目にはどこか痛々しく映った。


毎週水曜の夜間研修では、エステルを含めた他の新人たちと一緒に、まずはウォレス映画の全制作過程を叩き込まれた。脚本からコンセプト画、ストーリーボードへ、ストーリーボードからレイアウト、背景、作画、特殊効果からセル画の彩色に至るまで、それぞれのチームのスタッフによる気の遠くなるような作業を経て、ようやく一〇分にも満たない作品に結実する。ニューヨークやハリウッドの他のスタジオを経験した者たちによると、専任のアーティストが描くコンセプト画や、ラフ画段階でのテスト撮影一つとっても、「他ではこんな贅沢に、いちいち手間暇かけない」らしい。しかもアニメーション部門に至っては、シェリルも言っていた通り、各スタジオの看板作品を手がけた凄腕アニメーターたちが続々とウォレスへ集結していて「まるでアニメーターのＭＬＢオールスターゲーム」と言う者もいた。

それまでレベッカは多くのウォレス・ファンと同様、カールキャットを描いたのも、その映画を監督したのも、ダニエルなのだと思っていた。作品のオープニングには彼の名前しか出てこないし、新聞や雑誌にもそう書いてある。しかし実際は彼が絵筆を執ることはなく、取りまとめ役となる〝監督〟も作品ごとに違うのだと言う。

では一体、ダニエルの役割とは何なのか――「語り部」「最高権力者」「預言者」「始まり《アルファ》であり終わり《オメガ》」と、人によって呼び方は違うが、作品の中身も質も、すべて決定付けるのはダニエル、という認識は共通していた。トーキー作品を作るようになってから、カールの声もずっとダニエルが吹き込んでいるのだが、こちらは公然の秘密ということだった。同室のサム曰く、「特に子供たちにとって、カールはリアルに存在しているんだ。〝声を演じている〟おじさんがいるなんてこと、あっちゃいけないんだよ」

制作過程を学んだあとは、より実践的な授業になった。ストーリー部門の新人たちに最初に与えられた課題は、いくつかの有名誌から切り取られた漫画の演出を改良する、というもので、ストーリーを伝えるための演出やギャグ、各キャラクターの表情、感情、アクションが適切か、といった、ストーリー・スケッチを描く上でのチェックポイントが自然と理解できた。参加者でどんなに討議しても、結論は大体「改良すべき余地はない」で、如何《いか》にプロの漫画家たちのストーリーテリングが洗練され、卓越しているかがわかる。

「ストーリーボードは全制作スタッフの踏み台だ。各担当にヒントを与え、議論の出発点となるものだ。どんなに上手く描けたと思っても、君らのスケッチは常にこき下ろされ、変更を強いられ、ゴミと化す。ああそれから、ダニエルの最初のサンドバッグになる覚悟も持っておくように」

講師であるベテランのストーリー・マンの言葉を、新人を脅かす決まり文句くらいに捉えていた者たちは、間も無く現場でそれが真実であることを知った。レベッカも初めて描いた『ニーノ』のストーリー・スケッチを、灰色熊や先輩アーティスト、カバ紳士率いるアニメーターたちに「流れが平凡すぎて観客の眠気を誘う」「絵本と勘違いしてるのか」などと完膚なきまでにこき下ろされ、その日は一日中動揺して仕事に集中できないくらいだった。

実作講習では進行中の作品のために、ギャグの案を出すというのもあった。男性の同期たちは発表のとき、講師たちの真似をして、まるでコメディアンのように、大袈裟な身振り手振りや擬音を駆使して自分の案を演じていた。語りが最もうまいのがダニエルと言われており、それはストーリー部門では画力と同じくらい重要なスキルだった。

エステルとレベッカは居並ぶ男性たちを前に、気恥ずかしさが先に立ち、説明をするだけでいっぱいいっぱいだった。お陰で更に、格好のからかいの的になってしまった。だが、皆の予想に反し、最終的に賞金の一ドルを手にしたのはエステルだった（「これでピーナッツバターをいっぱい買うわ！」）。

そのとき初めて見たエステルの絵は、カールキャットの後をついてまわる、生まれたてのヒナたちを描いたもので、カールにもヒナたちにも独特の柔らかさがあって可愛らしかった。解剖学的には不正確でも、ここぞというところで体のバランスが取れている。レベッカにはそれが不思議でしょうがなかった。

水曜以外の夜は、エステルはデッサン講習や仕上げ部門の残業で、レベッカはもっぱらアニメーターのアレックス・ベイリーについて作画研修を受けた。アレックスはレベッカも観た『三匹の子羊』のメイン・スタッフで、カールキャットの親友でとぼけた楽天家のフレッドフラッフィーを生み出した、最高階級のアニメーターの一人ということだった。今回の長編映画でもいくつか重要なシーンを任されていたが、担当分の作画がほぼ終わったために、レベッカたち新人の教育係になったのだ。

「お？　チビッ子が来たなー！　小さめの机と椅子を特注しとくか」

最初に紹介されたときのアレックスの第一声だった。レベッカはまた「女なんか」という態度を取られるかと身構えていたから、そのあっけらかんとフレンドリーな態度に拍子抜けした。アレックス自身、向かい合ってみるとレベッカよりは大きいが、男性にしてはかなり小柄な人だった。

「誰かを見下ろすのは久しぶりだよ。でも俺たちリトル・ピープルは、アニメーターとしては最強なんだ。なんせ大抵のウォレス・キャラクターは俺たちくらいの身長だから」

そう言ってアレックスは件の長編のものと思われる、一枚の絵を示した。花びらのようなドレスに身を包んだ少女を、五人の妖精たちが取り巻いている。蝶のような羽を持つ妖精たちは老若男女、個性も服装も様々だが、皆一様に背が低く、少女の腰の高さぐらいしかない。

「……いくらなんでも、ここまで小さくはないかと」

「〝誇張〟だよ、こ・ちょ・う！　アニメーションにおいてもギャグにおいても基本だから、よく覚えておくように」

最初の研修で、レベッカと他の七人の研修生たちは馬や犬が走ったり、人が歩いたりする連続写真や、記録映像を見せられた。映像をひと通り見た後でゆっくりと逆回転させ、それを繰り返す。形の違う生き物がそれぞれどんな風に動くのか、そのアクションの一つ一つを分解して見る訓練だった。

「こうした生き物の動作のメカニズムを理解した上で、自分が描いているキャラクターがどんな状況のとき、どんな感情のもとで、どんな行動をとるか、常に想像してそれを具現化していく。アニメーターは観察者で、俳優で、演出家でもある特殊な絵描きってこと」

今回の初長編のために、ダニエルはハリウッドの俳優を招いて、メインアニメーターたちにその演技をスケッチさせるだけでなく、演技そのものを学ばせたという。しかもアレックスは数日のワークショップだけでは飽き足らず、外部の俳優養成講座にも通ったらしい。彼を実際よりずっと大柄に見せる豊かな動作や感情表現も納得だった。「俺のあまりのスター性に」某有名監督にスカウトされたというのが嘘か本当かはわからないが、浅黒く精悍な顔や筋肉質な体付きは、銀幕の中にいても確かに違和感がなさそうだった。

「苦労して何百枚も描いてやっと一〇秒のシーンを作るよりも、俳優が演技しているところを撮影して、映像をどうにか写し取る方法は開発されてないんですか？　その方がずっと効率がいいですよね」

東部の大学を出たという研修生の一人が質問すると、アレックスは「まぁそう思うよな」と頷いた。レベッカも同じことを考えていた。

「確かに俳優たちのリアルな表情や動きを参考にすることは多いし、今回の長編でもダンスシーンなんかは実写をトレースして作られた。ロトスコープというんだけどな。でも根本的に違うんだ。漫画映画は現実をコピーするためのものじゃない。漫画映画でしか表現できない世界がある。実際、漫画世界を生きるキャラクターに現実の動物や人間の動きをそのまま重ねると、大抵はひどく平面的で窮屈なものができあがる。これは現場で描いてないと、実感としてわかり難いと思うけど」

「まあ、カールやキャロルみたいな寸法の猫は実際にはいないから、引き写そうにもできないだろうし」

別の研修生が言うと、ヤンキー《東部の男》は、

「それはベッカに猫のマスクを着けて演じてもらえば何とかなるんじゃないか？」

と真顔で言った。「上半身はキャロルらしく、脱いでもらう前提で」

おぉ～と研修生たちがにやにや笑いながらレベッカの胸元を舐めるように眺め回す。

この会社でからかいが大事なコミュニケーションであることは、レベッカもこれまでで嫌と言うほど理解している。でも男ばかりの空間で、性的なニュアンスを含んだ冗談を言われるのだけは、どうにも居心地が悪いままだった。仕上げ部門の女性スタッフたちのように「いやあね」と笑ってあげれば、彼らは喜ぶ。「いい加減にして」とでも怒れば〝キルジョイ《興醒めな奴》〟としてからかいはエスカレートする。レベッカはいつもどちらにも振り切れず、中途半端にやり過ごすしかなかった。

「なーに言ってんだ、キャロルもカールも白黒の毛に覆われた猫だぞ？　ただの裸でいいわけないだろ！　ちょっと待ってろ」

アレックスはそう叫んでいきなり部屋を出て行ったかと思うと、一〇分もしないうちに戻ってきた。全身カールキャットの格好をして。

「……それ、ハロウィーンの仮装ですか？　いつも会社に置いてあるんですか？」

ヤンキーは啞然として聞いた。

「れっきとした仕事用だよ！　君みたいな考えの奴と相談して揃えたんだ。ハッハー！」

立体マスクでくぐもって聞こえるが、一応カールキャットの口調を真似ているらしい。ぴっ

たりとした黒いハイネックセーターはカールたち同様に腹回りが白く、緑色のぶかぶかのパンツ、白い大きな手袋、黒い厚手タイツに黄色い長靴まで履いている。いくら夜で室内は外気温より低いとはいえ、相当暑いはずだ。

「試しに俺がカールのお決まりのポーズをしてみるから見てな？　ホラ！　ホラ！　ほーら！」

アレックスのカールもどきは両手を上に広げてみたり、腰に手を当てたり、何かを覗き込むようにお尻を突き出したり、さすが見事に特徴を捉えているが、レベッカも含め、研修生たちは笑いを堪えるのに必死だった。

「これを映像に撮って、動きをトレースしたらカールになると思うか？」

「ぜんぜんなりません」

「その理由は？」

体のバランスが違う、動きにリズムがない、可愛くない、など皆が口々に言う。レベッカはエステルの描いたカールを思い浮かべた。

「やわらかく、ない」

「グッド・ポイント、ベッカ！　カールたちの体は正にアニメートするのに最適な形と柔らかさを備えているんだ。そうデザインされているからな。その動きは漫画映画的な誇張と実在感を両立させる。代表的な誇張のテクニックに〝潰し〟と〝伸ばし〟があるんだけど、次回はその辺りを実際に描かせるから。以上！　ハッハー！」

研修生たちは駆け足でノートを取り、その日の授業は終わった。

「ベッカ、君も着たかったら遠慮するなよ？　一度も洗濯してないからレスリング部の籠ったロッカールームみたいに臭うけど、キャロルのマスクと衣装もあるんだ」

「ありがとう、でも結構です！」

「せっかくリトルサイズなんだけどなぁ」

アレックスのからかいは他とは違う。レベッカは自然に「意地でも着ません」と笑い出していた。

〝潰し〟と〝伸ばし〟に始まり、動きの前の〝予備動作〟、〝あと追い動作〟など、漫画映画創世記から各スタジオで編み出され、スタジオ・ウォレスで洗練させてきた作画技法を学びながら、改めて記録映像を見ると、アニメートされた絵がいかに現実を誇張して明快にしているかということがよくわかる。アニメーターたちは動作メカニズムの正確な知識を基に、テクニックを駆使してメインのアクションを描くだけでなく、副次動作や演出を考え、原画と原画の間の中割りの入れ方やその枚数で場面のスピードや印象を操作する。それらはすべてストーリーのポイントをわかりやすく伝えるという目的のための工夫でなければならない。ただ楽しいだけだと思っていた一〇分足らずの映像に、どれほどの創意工夫が詰まっているのか。知れば知るほどレベッカは圧倒された。漫画映画なんて、と下に見ていた自分の無知が恥ずかしい。

実作画研修では、半分中身の詰まった小麦袋という、極限までシンプルな物体で喜怒哀楽を表現することから始まり、弾むゴムボールの一連の動きを描いてみたり、〝喧嘩に向かう太った中年男〟や〝悲しいことがあった老女〟など、お題の人物が歩く様をアニメートしたり、過去作の実際の原画を使い、その間のフレームを埋める中割りを描いたりと、ぐんぐん難易度を増していった。頭で理解しても、実際に描くのとではまったく違う。レベッカは研修生の中で誰よりも絵が上手かったが、その絵を動かす、という点においては劣等生だった。

「たぶん女は分析的な見方が難しいんじゃないか。何においても男と比べて感覚的だから」

「アニメーターが伝統的に男なのは、やっぱり理にかなった役割分担なんだと思う」

「女性は線をなぞるとか、色をはみ出さないように塗るとか、やっぱり丁寧さと繊細さが必要な仕事に向いてるんじゃない？」

レベッカがアレックスにダメ出しをされる度にそんなコメントをする同期たちに悪意はなく、むしろ落ち込むレベッカを元気付けようとしてくれていたと思う。

レベッカ本人を含め、誰もこれまで女性アニメーターを見たことも、聞いたこともなく、ただ判断する材料がなかったのだ。絵の巧さに性別は関係ないと固く信じるレベッカも、アニメーション技術においては、そう言い切る自信がなかった。でも同期たちの話をエステルとシェリルに伝えると、彼女たちはレベッカが驚くほど真っ直ぐに、怒りと闘志を露わにした。

「勝手な決めつけだよ。感覚的な男や大雑把な女が、この世に存在しないとでも？」

「ちょっと思い込みが過ぎるようね。そんな考えは絶対にひっくり返してあげましょう！」

レベッカは実作で見返せない間は、不本意な評価を受け入れるしかないと思っていた。だが今やプライドは崩壊寸前だ。同期たちと違い、正式な美術教育を受け、メイナード先生の研修生向けデッサンクラスも免除されているというのに。ストップウォッチを見たくなくなるほど、空き時間もひたすら練習に励んだが、タイミングの取り方への苦手意識は消えなかった。

研修を終えて、いよいよ実際のアシスタント作業に携わるようになると、同期生たちとの差がますます開いていくように思えた。作画スピードがまるで違うのだ。レベッカが辛うじて一日に一〇枚から一五枚の中割りを仕上げる間に、彼らはその倍の枚数を描いてしまう。件の長編映画の公開日が刻一刻と迫る中、上司たちも新人同士を競わせるようなところがあり、誰が前日最も枚数を描いたチャンピオンか、そして最低枚数の負け犬かは、翌日には全作画スタッフが知っていた。同期たちに言われた言葉が、そこかしこで囁かれているのを、あるいは皆の視線の中に見え隠れするのを、レベッカは必死で気付かないふりをした。

少しでも枚数を増やすために、レベッカは残業のあとも家に仕事を持ち帰るようになった。せっかく十分な食料を買える給料を手にするようになったのに、仕事や睡眠と秤《はかり》にかけたら、食事時間は一番に削るものになってしまった。トレース部スタッフとして、週末もほぼ返上で残業続きのエステルと二人、昼時に芝生の上で眠り倒しては、シェリルに起こしてもらう日が続いた。間も無くスタジオはほぼ二四時間体制になり、朝昼夜と八時間の交替制で最後の追い込みに入った。

疲れが溜まれば溜まるほど、そして焦れば焦るほどミスが増え、監修するアレックスにダメ出しを受ける頻度が増える。「これはちょっと急ぎだから」と目の前で半分以上の絵を捨てられ、半日分の仕事を二時間で直されてしまったとき、張り詰めていた糸がフッと切れるのを感じた。失くした自信でぽっかり空いた穴を、同期たちの言葉、あるいはそれらを自分自身で言い換えた言葉たちが埋め尽くし、レベッカはいつからか、それを疑いようのない真理として受け入れていた。何が「ブレアカンの奇跡」だ。

「やっぱりみんなの言う通り、私はアニメーターに向いてない……あなただって本当は、これだから女はって思ってるんでしょう？」

その日アレックスから何度目かの「最初からやり直し」を命じられたとき、レベッカは思わず泣き言を口に出してしまった。

「これだから新人は、となら思ってる。向いてるか否かは俺が判断することで、君らヒヨッ子の仕事じゃない」

「もうハッキリしてると思います。私は他のみんなみたいに速く描けない。どんどん遅れるばっかりで、残業して追いつこうにも、体力だって男の人に敵わない。もう無理なんです」

レベッカはこみ上げるものをぐっと堪える。悔しくてずっと認めたくなかった事実を、自ら口に出して認めてしまった。せめて「女はすぐ泣く」という言説だけは、否定しなければ。

「確かにスピードは大事だけど、それだけじゃない。アニメーターを辞めるのは、少なくとも年末の映画公開まで待ってくれないか？　今は正直、猫の手だって借りたいくらいなんだ」

レベッカが黙っていると、アレックスはぼそりと「そこは『ウフフ♪』ってキャロルの真似をするとこ」と呟いた。こんなときまでギャグか。心ならずも少し脱力してしまった。

「……でも、みんなが」

「君がまず聞くべきは俺の評価だろう。女だからって同期の男ども〝みんな〟に認められる必要なんかない、自分が本当にすごいと思った奴だけ見てればいい。俺で不足ならダニエルに認められることを目指せ。俺にとっては君が女ということより、彼が直々に入社させた新人ってことの方が重要なんだよ」

アレックスのいつになく真剣な表情に、レベッカはそれ以上何も言えなかった。

体は相変わらず重たかったが、お腹のあたりにわずかに残った力だけは失わずに済んだ。目の前の一枚を描いて、それを積み重ねていく他に、今のレベッカは前に進む術を知らない。

（とにかく、明日も描こう）

深夜にスタジオ前の大通りをバス停へ向かう道すがら、後ろから来たピカピカの車が一〇ヤードほど先で止まった。運転席から顔を覗かせたのはダニエルだった。

「遅くまでお疲れさま、よかったら家まで送ろう。ローレルキャニオンの方だったよね」

ダニエルは今日も髪がぐしゃぐしゃで、薄闇にも無精髭が目立ち、表情は冴えなかったが、声音は初めてブレアカンで会った日と同じように優しいものだった。レベッカの背丈ほどもある豪華なオープンカーの助手席は革張りで、高級ソファのように座り心地がいい。油断すると眠ってしまいそうだ。ダニエルの娘のものか、後部座席には大きなカール人形が転がっている。

「いま中割りを描いてるんだってね。アレックスに指導してもらって、なんとか」

「……まだまだですけど、アレックスに指導してもらって、なんとか」

「ああ彼なら安心だ。スタジオのトップ・テンだからね。うちのトップということは、世界でも有数の腕を持ったアニメーターってことなんだよ」

アレックスはダニエルに認められている。そして二人とも余計な眼鏡をかけずに、レベッカを育てようとしてくれている。その事実は、改めてレベッカの心を少し軽くする。

「毎日本当に多くのことを教わって……彼には、すごく感謝してます」

「うん、最高の先生だと思う。これまでに何人も育ててきたから、社内にはちょっとした彼の一派ができてる。ただね」

不意にダニエルが口をつぐんだ。「え？」

「いや、なんでもない。とにかく成果を期待してるよ。今夜はゆっくり寝て、明日は遅めに出社すること、いいね？　アレックスには僕から伝えておくから」

「はい……」

こんな父親の元で育っていたら、どんな風だったろう――。故郷の父が嫌いなわけじゃない。ただ学校帰りに、仕事もせずに酒に潰れた姿を見るのが情けなかった。理不尽な怒声の恐ろしさなど知りたくなかった。

窓の外を遠ざかるダウンタウンの灯りと夜風の匂いに誘われるようにして、小さな空想に遊ぶのを、レベッカは今だけ自分に許すことにした。

一二月の半ば、世界初の長編フルカラー漫画映画『なでしこ姫』の仮編集フィルムがスタジオ内の試写室で上映された。レベッカたち新人スタッフも同席させてもらい、自分たちがひたすら描き積み上げた画が、鮮やかな物語世界の中で動くのを初めて目の当たりにした。原理はわかりすぎるほどわかっているのに、それは本物の魔法のように美しく鮮やかで、こんな作品に携わった誇らしさと喜びで、涙が溢れ出そうだった。

『なでしこ姫』のストーリーはグリム童話の『なでしこ』と『マレーン姫』を融合させたオリジナルで、魔女の呪いでなでしこの花に変えられ、妖精たちに守られながら夜だけ本当の姿に戻れるなでしこ姫と、彼女に恋した王子、姫の国を乗っ取ろうとした魔女の波瀾万丈の物語だ。

五人のユニークな造形の妖精たちの掛け合いに笑い転げ、美しいなでしこの花が姫に変わる特殊効果に嘆息し、恐ろしい魔女の高笑いに戦慄した。呪いの雨でなでしこが枯れ落ちてしまい、妖精たちが泣き伏す森の葬儀のシーンでは、自然と涙がこぼれた。王子のキスで生き返った姫が花嫁として王子の故国へ向かうラストシーンが終わったとき、スタッフたちの割れんばかりの拍手と歓声が試写室を揺るがせた。レベッカの隣に座るエステルやシェリルも飛び上がりそうな勢いで、頭の上で手を叩く。最前列の真ん中で、今日ばかりは身なりを整えたダニエルが、ふらりと立ち上がって振り返り、皆を祝福するように両手を高く上げる。

「僕たちはやり遂げた！」

ダニエル！　ダニエル！　ダニエル！　数百人の叫び声と手拍子がすさまじい熱狂を加速さ

かった。

せる。レベッカは映像世界と現実の境界線上に立ち止まったまま、ひとり呆然として動けな
夜には玄関ホールで、全社員のためにビールと軽食、そして完成記念のケーキが振る舞われた。追い詰められた日々からようやく解放され、ほとんどヒステリックにはしゃぐスタッフたちと、その間をぬって走り回る幹部の子供たちの笑い声。誰の目にも映画の成功は間違いなく、達成感と安堵がパーティー会場の隅々まで満ちていた。

レベッカはそっと階段を登り、作画室を目指す。さっきスクリーンで目にしたもの——自分が知らず携わってきた途方もない何か——その核に触れたい、この手で少しでも近付きたい。そんな気持ちが抑えられなかった。

階下の喧騒から遠く離れ、暗い廊下の先に、一室だけ灯りが点いている。

アレックスは机に向かい、一心不乱に鉛筆を動かしていた。部屋に入るのがためらわれるほどの集中力だ。失敗したのか床には何枚もの画が無造作にばら撒かれている。拾い上げると、昆虫の妖精の泣き顔だった。いつも不機嫌で、なでしこ姫にそっけない態度をとっていた妖精だ。彼がなでしこの葬儀でなりふり構わず泣き崩れるシーンでは、試写室中から鼻をすする音が聞こえた。

「あのシーン、あなたが描いたんですね」

「あー……」上の空で、その分ものすごい速さで鉛筆が紙の上を滑る。手元を覗くと妖精がしかめ面になっていた。やがて最後の線を描き終えると、アレックスは作画台から外した紙束を整えて、レベッカへ差し出す。

「見れば見るほど、もっとできるって直したくなる」

パラパラと捲《めく》ると、妖精はぽかんとしたあとで顔をしかめ、そのしかめ面が次第に崩れ、唇が震え出し、両目から涙が溢れた。しかめ面、つまり彼は泣く前に怒ったのだ。死んでしまった姫に対して、彼女に意地悪ばかりしていた自分に対して。怒りは行き場をなくし、それこそが彼女は死んでしまったということで——。何か言おうと口を開くと、喉がグッと詰まった。両目と鼻の回りが痛いくらい熱い。

ずっと厳しい表情だったアレックスは、レベッカを見て吹き出した。

「その顔をモデルにすればよかったな」

「……なんで、こんな……？」

白い紙の上の絵の連なりに、なぜこんなにも心を揺さぶられるのか。レベッカはどうしても知りたかった。

「アニメーションってすごいだろ？　語源の通り、紙の上にあらゆるアニマ《生命》を生み出せる。俺たちは描いてアニメートさせることで、キャラクターたちに命を吹き込んでるんだよ」

ギャグの手段でもなく、現実の模倣でもなく。心を動かされるのは、心が描かれているからだ。「漫画の中の世界を生きる」。研修でのアレックスの言葉が、ようやく腑に落ちた。

堪らずレベッカはアレックスの紙と鉛筆を奪い、猛然と画板に向かった。なでしこ姫が花から人へ変身した、あの直後の姿を捉えたかった。まぶしさ、手足の解放感、喜びで震える背骨。命のありかを探して、赴くままに鉛筆を滑らせる。夢中で描き終えたときは、はるか遠くまで走って戻ってきたような心地よい疲労感に、爪先から頭の天辺まで満たされていた。

アレックスがそっとその画を取り上げて眺める。

「ある程度経験を積めば、描く速さはなんとかなる。タイミングの勘所も摑める。でも経験だけじゃなんとかならないのが、絵のアピール力なんだ。それがなければ原画はできない。実在感があって、感情豊かな、見ているだけでわくわくするような、見る者にアピールする絵を、君は描ける」

アレックスの背後の窓を抜け、スタジオの屋根もロサンゼルス川もひと息に越えて、レベッカの心はこの世界の中と外に満ちあふれた生命たちをまなざす。

（アニマ――！）

この手の先から、命が生まれる。その命の光が、一瞬でも観る人の心の中に息づいたなら。漫画映画の仕事は、画家になるまでの場つなぎのはずだった。今やそんな考えは、レベッカの中から跡形もなく消え去っている。

『なでしこ姫』は公開直後から大ヒットとなった。各地の劇場にファンが詰めかけ、連日長蛇の列となり、いくつもの劇場の観客動員記録を塗り替えた。名だたる新聞や雑誌の批評欄はすべて「二十世紀アメリカ芸術の到達点」「映画の歴史が変わる瞬間を目撃せよ」「世界大戦以来最も幸せな事件」といった手放しの賛辞で埋め尽くされ、合衆国内のみならず、世界中で記録的な興行収入をあげた。漫画映画として異例のアカデミー特別賞を受け、劇中の曲も、三匹の羊が歌う『こんなのへっちゃらさ』以上に人気となり、雑貨や漫画本といったキャラクター関連商品も飛ぶように売れ、季節が巡るころには、レベッカたち末端のスタッフまでボーナスが出る、という嬉しい噂が社内を駆け巡った。

「私たちはここからが本番。なでしこに続かないとね！」

はりきるシェリルは、『なでしこ姫』の制作の陰で着々と準備が進められていた、通称『コンサート映画』のシークエンス責任者に抜擢されていた。映画はダニエルが著名な指揮者と二年近く前から企画していたもので、数曲の有名クラシック音楽をそれぞれ独立した短編映画にして、それらを繋いだ長編に仕立てるという構想だった。

「抜擢はすごい幸運だった。昔から音楽が大好きなものだから、曲目から何から好き放題にアイデアを出してたら、ダニエルから直接声がかかったの」

エステルはとうとう正式なストーリー部門のメンバーとなり、シェリルのアシスタントに就くという。

「トレースの同僚たちの中には、あたしがメイナード先生の推薦を受けたときから『ずるい』って不満を持っていた子もいたんだけど、最後にはみんな応援して、送り出してくれた」

それはきっとエステルの人柄と、速さと正確さで神業と評判だったトレース技術で、人の倍の仕事をこなしてきたことへの敬意からだと、レベッカは思う。

嬉しくてたまらない様子の二人がレベッカは羨ましい。『ニーノ』は、レベッカがストーリー・スケッチを担当したシークエンスにはなんとかOKが出たものの、他のシーンにダニエルがなかなか納得せず、アニメーション作業にもかかれないでいた。

「そうだ、ベッカも一緒にシェリルのピアノを聴かない？　今回の映画に使う曲を弾いてくれるって」

「すごい、シェリルってピアノまで弾けるの？」

「寄宿舎に入るまでは母に、学校では音楽の先生に、ずっと教わってたの。小さい頃はピアニストを夢見たこともあった」

レベッカはピアノの生演奏すら、これまで数回しか聴いたことがない。そう伝えると、エステルも「あたしも教会のオルガン演奏くらいしか聴いたことない」と言う。

初めて足を踏み入れるディレクター室は、作画室より遥かにゆったりした部屋に、重厚な机とソファのセットが置かれ、大きな窓のそばにピアノがあった。シェリルはスタジオ所属の音楽家に頼んで、ときどきここで弾かせてもらっていたのだという。

「間違えても許してね」

その曲はひどくゆっくりと、穏やかな曲調で始まった。

シェリルが弾きながら「これは男性が女性をダンスに誘ってるところよ」と解説してくれる。言われると確かにそんなふうに聞こえてくる。やがて曲は一転し、明るく跳ね回るような音に変わり、ダンスが始まったことがわかった。

きらめくような音の粒が、そこかしこで翻るドレスや靴音を思わせる。跳ね回り、軽快で小さなステップから、二人が優雅に水の中を滑るような調べへ。ドラマチックな連なりを経て、名残のきらめきを残し、また静かな曲調に戻る。結ばれていた二人の手がゆっくりと離れていく様が見えるようだった。

「この踊りは絶対スウィングじゃないよね。優雅に浮かんでいるような……やっぱワルツ？名前だけでどんな踊りか見たことないけど」

エステルと一緒にレベッカも考え込んでしまう。知っている踊りのバリエーションは、むかし見た地元のダンスホールと、最近見た映画に出てきたものくらいだ。

「この曲に合わせたバレエがあるの。子供の頃にロンドンで観たことがある。少女が眠っている間に、彼女が胸に差していた薔薇の精が現れて、二人でロマンチックに踊るんだけど、一夜明けて目覚めたとき、床に落ちていた薔薇を見て、少女はそれが夢だったと知るの」

「うわぁ、素敵！」エステルが目を輝かせる。

「薔薇の精は男性のダンサーなの？」

「そう、とっても美しい男性。あれを発想の出発点に、花々の舞踏会みたいな物語を考えてる」

「なら水仙！　水仙の花って産着を着た赤ちゃんみたいじゃない？　水仙の赤ちゃんたちのダンスなんてどうかな」

「いいわね！　花によってダンスの振りを変えて、葉や蔓でできた楽器のオーケストラ……季節の花を配して、時の移り変わりを表現してもいいかもしれない」

次々と湧いてくる二人のアイデアは聞いているだけで楽しく、一体どんな映像になるのかわくわくする。同時に、自分も早く作画机に向かいたくて、アレックスのように白い紙から命を生み出してみたくて、レベッカの心は落ち着かなかった。


レベッカの願いは、間も無く、まったく予想していなかった形で叶えられることになった。

制作中の長編三作の公開順を、当初のものから入れ替えることが、上層部の間で決定されたのだ。『ニーノ』のあとに予定されていた『くるみ割り人形』を一番先に、その次に『コンサート映画』を公開する、という大々的な変更だった。『ニーノ』のチームは先に公開の二作、そしてシリーズ物の短編のチームのいずれかへサポートとして再編成されることになる。

戸惑うスタッフたちのために、アニメーション部門とストーリー部門の合同会議で、ダニエル自ら説明してくれた。

「これまで話してきた通り、『ニーノ』の動物たちは非常に高度で繊細なアニメーション表現を要し、実現には『なでしこ姫』より更に多くの熟練スタッフが必要になる。そこで、まずは二つの作品で研究を重ねて技術を磨き、満を持して『ニーノ』に臨もうというのが、制作幹部たちと導き出した結論だ。『ニーノ』チームはもどかしいと思うが、君たちの実力を底上げするためにも、新たな作品に集中して取り組んでほしい」

『くるみ割り人形』のリードアニメーターであるアレックスは、スケジュールを一気に巻き返していかねばならない状況にスタッフたちが悲鳴を上げる中、ひとり「ぞくぞくするなぁおい！」と、どこか嬉しそうに目をぎらつかせていた。

『ニーノ』で二つの部署を掛け持ちする形になっていたレベッカは、それぞれのボスである灰色熊とカバ紳士の協議で、『コンサート映画』のアシスタント・アニメーターとなることが決まった。

「紆余曲折はあれど、コンサートチームへようこそ、ベッカ！」

「一緒にいい作品を作りましょう！」

いつもの芝生の上で、エステルとシェリルとコーラでささやかに乾杯する。改めて二人に歓迎されると、『ニーノ』に取りかかれないという焦燥感がいくぶんか和らいだ。

「ストーリーボードはもう進んでるんでしょ？　見るのが楽しみ」

レベッカの言葉に、二人は苦笑いして顔を見合わせる。

「順調とは言えないけど、ね」

聞けば、エステルは発表前のストーリー・スケッチのアイデアを他のチームのスタッフに横取りされたり、シェリルは会議でいくら意見を言っても、真剣に聞いてもらえなかったりと、苦労が多いらしい。

「あたしが雑談で話してたアイデアをまんま描いてくるなんて、信じられなくない？　描き手としてのプライドや恥ってものを知らないのかな。しかもそれをさも自分が考えたように自信満々に発表して、アニメーターたちに褒められて悦に入ってるの。言葉も出なかったわよ！」

「例えば私が会議で『画面をダイナミックに見せるために、小鳥みたいな小さくて動き方も違う生き物も登場させたらどうか』と言ったとするでしょ。皆は『バランスが』とか『作画の手間が』とか、なんだかんだと文句をつけるんだけど、そのあと別のスタッフが『象との対比がはっきりする動物、例えば小さな鳥類や齧歯類《げっし》を登場させたら、おもしろい映像になるのでは』と提案すれば、彼らは『それはいい』『さすがだな』なんて褒め称えたりするの」

「……え？　それ同じこと言ってるんじゃないの？」

　レベッカが困惑して尋ねると、シェリルは苦笑した。

「そう、発言者と言い方が変わっただけ」

「あの人たちは余計な眼鏡だけでなく、不思議な受話器まで持ってるみたいよ。あたしたち女の話すことは、ぜんぶ間違いに聞こえるの」

　エステルが電話の受話器を耳に当てる真似をする。「もはやギャグでしょ。次のカールの短編にでも使わないと」

　さらに今は、スケジュールがどんどん厳しくなる中で、エステルの他にもう一人いたアシスタントが早々に交代となり、その新しいスタッフともあまりうまくいっていないのだという。

「私にあれこれ指図されるのは、殿方としてのプライドが許さないらしくて」

「ちっぽけな、ノミみたいなプライドがね！　ダニエルなり誰か上の人が、ちゃんとシェリルに従うように注意してくれればいいのに」

　憤慨するエステルの隣で、シェリルは肩を落としてため息混じりに言う。

「上司のディレクターにはもちろん相談した。『やっぱり君がシークエンス責任者というのは無理があるな。降りたらどうだ？』ですって。彼はそもそも私の抜擢も気に食わなかったらしくて、私とダニエルが直接話すのをことごとく邪魔するのよね」

レベッカは聞くだに怒りと疑問で頭が沸騰しそうだった。

すべては繋がっている——今やはっきりと理解した。女性だから、採用されない。採用されないから、女性スタッフは増えない。増えないのは、能力が劣るからだとみなされる。能力が劣るから、いいアイデアを出すことも、チームを率いることも、端《はな》からできないだろう、と『コンサート映画』のディレクターたちのような人は、思い込んでいるのだ。実際レベッカも、自分自身を見限るところだった。厄介なのは、彼らは自分が余計な眼鏡をかけていることも、受話器が壊れていることも、気付いていないということだ。どうしたらダニエルやアレックスのように、ただいい作品を作るということにフォーカスしてもらえるのだろう。レベッカはわからないまま、ぐるぐると考え込んでしまう。考える間にも沈澱する怒りが頭を沸騰させる。

シェリルはここ数週間で急速にやつれたように見えた。ただでさえ二人の子供を抱え、女手一つで仕事も育児もこなす大変さの上に、こんな気苦労を背負わねばならないなんて。あまりに理不尽だ。

「せめてメインアニメーターがアレックスだったらいいのに！　若手に尊敬されてる彼ならみんな言うことを聞くと思うし、公正な人だから、絶対にそんな状況を許さないはず」

アレックスは昼夜関係なく『くるみ割り人形』にかかりきりなので無理な話だったが、つい願望をこぼしてしまう。

二人が「あらベッカ、もしかして？」とあらぬ疑いをかけてきたので、慌てて否定した。

「ただリトル・ピープルの師として、信頼してるってこと」

「ならよかった。アニメーターが社内の女の子の間で人気なのは前にも言ったけど、彼らも相当の女好きだからね。仕上げ部門でも何人乗っかられたことか」

「エステル！　言葉遣い！　私の娘だったらお尻ペンペンよ」

「はぁい、失礼しました」

以前に車で送ってくれたダニエルが言いかけたのもこういうことだろうか。馬鹿馬鹿しくもあるが、そんな心配をしてくれたなら、それこそ父親みたいだ。

「ぜんぜん違うから、変な心配しないでよね」


ほどなく、ダニエルも参加する、再編成後の最初のストーリー会議で、シェリルたちのストーリーボードが発表されることになった。

シェリルは緊張のせいか朝から緑の瞳をギラつかせ、ほとんど怒っているように見えた。部屋に籠った、幹部たちの吸うタバコの煙が特殊効果さながらに、彼女の周りを漂っている。

「……ルピナスの王子がオダマキの姫を見初めて追いかけても、ケマンソウの道化が姫を守ろうとあの手この手で邪魔をします。実はケマンソウも姫に心を寄せていて……」

指示棒でスケッチを一つ一つ指しながら、ストーリーの全容が語られていく。シェリルは最初の頃のアイデアを何倍にも膨らませ、アンデルセンやグリムもかくやという、花々の童話を一編丸々作り上げていた。エステルが描いたのか、主人公のオダマキが可愛らしく、青い緑の花びらの衣装もうっとりするほど綺麗だ。こんな仕草をさせたら、あんな動きをつけたら、と、レベッカの中で想像が膨らんでいく。

スケッチの説明がボードの真ん中辺りに来たところで、シェリルの顔色が変わった。

「これは……間違いです。誰かのいたずらです」

慌てて剝がしたスケッチには、萎《しお》れて黒っぽくなったチューリップが描かれていた。シェリルが提案したいくつかのギャグ・シークエンスには誰も笑わなかったのに、そのときになって初めて部屋のそこかしこで笑いが起きた。

「年増の花か、いいアイデアじゃないか」

ディレクターが言うと、シェリルは「そうね、でもこの音楽にはふさわしくない」と口元だけで微笑んだ。彼がシェリル自身のことを揶揄《やゆ》しているのは明らかだった。自分が言われたかのように、レベッカの頭の後ろがカッと熱くなる。

ダニエルはボードに一番近い席でずっと腕を組んで黙っている。いつかの試写室のときと同様に、誰もが彼の様子を窺いながら、声をかけるのをためらっている。シェリルの説明が終わったあと、しばらく緊張をはらんだ沈黙が降りた。

「凡庸だな」

小さく、けれど鋭い針のような声だった。部屋の中の全員が息をのむ。ダニエルは組んだ腕の上を人差指でせわしなく叩き続ける。

「古典童話のようなストーリーラインが、この映画のコンセプトにふさわしいと思うか？　顔のない花々は、それでなくても演技させるのが難しい。複雑な役割を与えるより、その花の美しさそのものを引き立たせる、それでいて観客をあっと驚かせるようなアクションを考えろ」

ダニエルは話し続けながら席を立ち、スケッチを剝がしていく。「これも説明的すぎる」「これは明らかな蛇足だ」「つまらん」その手はどんどん加速し、画鋲を外す手間も惜しんで、ほとんど破り捨てる勢いだった。隣に座ったエステルの肩が細かく震えているのに気が付いて、レベッカは咄嗟に彼女の背に腕を伸ばした。捨てられた中には水仙の赤ん坊たちの絵もあった。

「音楽の純粋な映像化なんだ。ゆったりと風にそよぐ葉、静かに舞い落ちる花びら……水辺の花もいいな、水の流れに乗せることでアクションが生まれる。流れが速まる、くるくる回る渦、水辺にはまた他の花畑が広がり……ピアノの音色と共に通底するもの……タンポポの綿毛、ミツバチ……」

熱に浮かされたように喋り続けるダニエルの横で、秘書がすごい速さでメモを取っている。ダニエルは再び考え込み、しばらくすると突然ボードを強く叩いた。

「いちから考え直せシェリル！　これじゃぜんぜんダメだ！」

竜巻のようにダニエルと秘書が出て行ったあと、部屋には一気に弛緩した空気が広がった。まるでダニエルのお墨付きを得たとでも言うように、皆が口々に勝手なことを言い始める。

「綺麗なお花ばかりじゃ女々しすぎて、シーンの一つ一つに力強さがないな」

「ストーリー・マンはよほど線の細い奴に違いない……ああマンじゃなくてウーマンか」

「男も一応いるさ、タマ無しだろうがね」

カバ紳士をはじめベテランのスタッフたちは、一人、また一人と部屋を出て行く。中にはシェリルを気遣うように彼女の肩に触れたり、「特別に機嫌が悪い日に当たたっちまったな」と声をかけていく人もいた。彼ら全員が敵ではない——でも味方でもないのだ。イラついた様子で最後に出て行ったのは、シェリルのもう一人のアシスタントだった。

三人だけになった部屋で、シェリルはボードの前にぼんやりと佇んでいる。終業の五時半はとっくに過ぎて、傾いた日が窓から差し込み、床に散らばったスケッチを照らしていた。レベッカはそれらを一枚一枚、できるだけそっと拾い集める。紙の縁が破れているのを見つけると、胸が痛んだ。黒ずんで萎《しぼ》んだチューリップの絵には、よく見るとシェリルらしき似顔絵が描かれていて、その場で握り潰した。あのアシスタントが目の前にいたら、彼の顔面に叩きつけてやったのに。

「あのオダマキ、顔がなくても不思議と可愛く見えてすごく好き……動きをつけたらすごく表情豊かになるはず。ストーリーもとっても面白かった」

レベッカの言葉に顔を上げたエステルは、たぶん笑おうとしたのだが、口が奇妙な形に曲がっただけに見えた。これ以上、彼女たちに何を言えるのだろう。

ガタッという突然の不穏な音に振り向くと、シェリルがボードを抱えたまま床に蹲《うずくま》っていた。

「シェリル!?」

二人で駆け寄ると、俯いた彼女の顔は青褪め、額には汗の粒が浮いている。

「……大丈夫。ちょっと目眩がしただけ。ここのところあまり寝てなかったから」

エステルがシェリルを支えながら、絞り出すように言う。

「あんなの、ひどい」

瞳には堪まりかねたように涙が溢れた。

「前に言ってたことと違うし、もっと言いようがあるじゃない……!」

ディレクターよりも、追従ばかりのスタッフたちよりも、ダニエルの言動が誰よりもショックなのは、レベッカも同じだった。辛辣な暴君と優しい紳士と、一体どれが本当のダニエルなのか。なんの前触れもなく豹変するところは、泥酔した父みたいだと思った。

「……ダニエルは、出来不出来が一瞬でわかる。男女関係なく、誰であろうと容赦しないから、そこはフェアだと思う。私たちのストーリーが、本当にダメだったってこと……」

言いながら、シェリルは力無く首を振る。首と一緒に体もフラつき、その場に崩れ落ちてしまいそうだった。

以前レベッカの『ニーノ』のストーリーボードも厳しい批評には晒されたが、今日ほどではなかった。何より、シーン責任者として矢面に立つシェリルのプレッシャーは、はるかに重いものだろう。

結局その日は、エステルと二人でシェリルをパサデナ近くの彼女の下宿先まで送っていくことにした。

古そうな家の玄関を入ると、きちんとした身なりの人の好さそうな老婦人に手を引かれ、小さな女の子と、小学生くらいの男の子が奥のダイニングから出てきた。食事中だったのか、男の子は口をモゴモゴさせ、小さな女の子はシェリルを見るとスプーンを片手に「ママー」と嬉しそうに駆け寄ってくる。シェリルと同じ縮れた巻き毛が毛糸玉のようで可愛い。

「アンバー、今日もいい子にしてた？」

「ママのクレヨンでずーと絵を描いてたよ。ノアも夕方には熱が下がって、妹の相手をしてくれた」

老婦人が言うと、シェリルは男の子の頭の天辺にキスをした。

「ありがとうノア！　なんて素敵なお兄ちゃんなの」

男の子は照れ臭そうに笑う。シェリルと同じ緑の目の、とても賢そうな子だ。

「やもめハウスにはうるさ型の男はいないから、ごゆっくりね」

やはり未亡人だという家主の老婦人がお茶とクッキーを持ってきてくれる。アンバーはレベッカたちが皆「えかきさん」と知ると、家の前のアーモンドの木を描いた絵を見せてくれた。

「上手！　細かいところまでよく描けてるね」

「おはなかいたのおにーちゃん。アンバーはいろぬったの」

「ノアは花の絵をたくさん描き溜めているのよね。みんなに見せてあげたら？」

母に言われ、ノアは急いで二階に上がっていく。アンバーもその後をちょこちょこと追った。

「今回のストーリーは、あの子たちにも話して聞かせたの。二人ともすごく気に入ってくれたんだけどね……」

会議のことを思い出すと、また暗く沈んだ気持ちになる。三人ともクッキーをつまむ気力もなかった。無言のまま、ノアが持ってきてくれた花のスケッチを囲む。

「このクレオソート・ブッシュは、葉っぱはトゲトゲだけど花は小さくて黄色くて可愛いの。こっちはブローディア。青紫がとっても綺麗で、僕もママも大好きな花」

母から習ったのか驚くほど花の名前を知っていて、中にはレベッカが見たことも聞いたこともないものもある。細部までよく観察された、まっすぐで丁寧な、いい絵だった。

「……綺麗なものや可愛いものが女々しいって、バカみたいな意見よね。綺麗なものは綺麗だし、男だの女だのがどこに関係あるのよ。ねぇノア、綺麗な花は好き？」

「うん、大好き」

先ほどの会議のことを言っているのだと気が付いた。だいぶ落ち着いたのか、シェリルの中にも改めて怒りが湧いてきたのだろう。それはすぐにレベッカたちにも飛び火する。

「シェリル、私いくらでも描くから。絶対にあのおっさんたちを黙らせよう」

エステルが紅茶をひと息に飲み干して言った。再び目の縁が赤くなっている。レベッカも強く、何度も頷いて同意する。「私も何百枚でも描いて、動かす」

「ありがとう。あなたたちがいてくれて本当に心強い。すぐに新しいトリートメントに取り掛かるから、コンセプト画は別のアーティストに頼みましょう。ストーリー・スケッチはもっと私も描くことにする」

上司の指示に従わない、ましてあんな嫌がらせをするようなアシスタントはいらない――シェリルは決意したように口元を引き結んだ。

「……あらノア、これは花？　それとも何かのエンブレム？」

レベッカの目は紙いっぱいに描かれた、鮮やかな黄色の幾何学的な絵に吸い寄せられる。赤、焦げ茶、黄緑が黄色と強いコントラストを成し、面白いデザイン画になっていた。

「マリポサユリだよ。真ん中から描いたら、端の方で紙が足りなくなっちゃったの。虫眼鏡で見ると、花の中がわっさわさですごいんだ！」

「へぇー虫眼鏡……」

「植物たちをより平面的に、抽象化させてみるか。自然界の幾何学……思い切ったデザイン性の高い構図……」

「コンセプト画といえば、マリッサが今どこのチームにも入ってないって聞いたなぁ」

三人で顔を見合わせる。その瞬間は、たぶんまだ誰も、考えがまとまっていなかった。でも何かとても面白そうな糸口が、垣間見えた気がする。誰から口を開くか窺っている間に、アンバーが可愛らしいくしゃみをした。

二〇XX年十月・東京

喉を整えるために咳払いしようとして、真琴は出社してからまったく水分をとっていなかったことに気付く。ずっと熱に浮かされたようで、喉の渇きすら忘れていた。

定例ミーティングでひと通り各人の業務の状況を報告したあと、いよいよ作品リストの確認をすることになった。あらかじめ共有フォルダで案内しておいたリストを、チームメンバーが各自のノートパソコン上で確認する。そこには専門家たちが選び出した絵と、今回真琴が新たに追加した絵を並列し、選んだ基準も簡単なメモ書きで追記した。リテール部門が毎月集計しているキャラクター別グッズ売り上げや購買層、SNSの話題量や傾向分析などのデータも一部引用してある。

「明快ですごくよくまとまってる。これだけ完璧なロジックなら研究者や上層部も納得させられるでしょ。西さん、期待以上の資料をありがとう」

大田原の言葉に、真琴は慌てて頭を下げる。

大田原は物言いが直接的なのでキツく聞こえることも多いが、その分褒めるときもこちらが戸惑うほど手放しだ。周囲からの好悪が激しい所以《ゆえん》だった。

本来ならここで真琴の仕事は一〇〇パーセント完遂だ。このまま会議を終えて、通常業務に戻ればそれでいいはずなのだ。余計なことをすれば、どこかで波風が立ち、結果、労多くして功少なしの仕事が増え、負のループが始まる。そうならないためには、ソツなく〝使える〟スタッフとして、平均台を進むように目の前の仕事とその先だけを見るべし――ずっとそうやって仕事をしてきた。はずだった。

「最後に少しだけ、ご相談させていただきたいことが」

真琴は会議室のモニターに、共有フォルダに入れていなかった三枚の〝M・S・HERSEA〟の絵を映し出す。

『クララとベルのにちようび』に紛れていた三人の少女、『仔馬物語』にあった、ペガサスを駆る少女、そして今朝スミスさんから連絡が来たばかりの絵コンテだ。彼が相談したアニメーション部門のスタッフが、以前『マーリンの冒険』の絵コンテの中に、ストーリーにそぐわない絵を見たことがある、と教えてくれたそうだ。「僕らも見つけたよ！」という件名で送られてきたメッセージからは、スミスさんの抑えようのない興奮が見て取れた。

それは様々な年格好をした女性や老人や子供たちが次々に現れては、たくさんのご馳走の載ったテーブルを囲んでいくシーンだった。テーブルの傍には老女が二人、その背後には三人の少女たちが立っている。

真琴は一つ一つの絵を、サインも拡大表示しながら、これまでの経緯を説明する。

「今朝スミスさんが送ってくれたこの三枚目の絵は、長く『マーリンの冒険』でカットされたシーンだと看做《みな》されていたのですが、裏付ける記録は出てきていなかったそうです。そして右下にM・S・HERSEAのサインがあります。でもご覧の通り、他の二つの絵のサインと、この三番目のサインは明らかに筆跡が違います」

ここからだ。真琴は自分が高揚しすぎて、説明が混乱しないように、できるだけゆっくりと話しながら、次の画像をクリックする。

「特に先頭のM――スミスさんが、この装飾的な書き方に見覚えがある、と。こちらの画像の右下にご注目ください」

真琴はスミスさんが筆跡の比較のために、と送ってくれた新たな絵を画面の左端に並べる。五〇年代の作品であるにもかかわらず、最新作まで含めたウォレス・プリンセスたちの中でも高い人気を誇る『ドナテラ』。彼女が青い空間に浮遊したような、その美しいコンセプト画は、今回の展示リストに最初から含まれていたものだ。真琴は画像の右下に焦点を合わせて拡大表示していく。太田原たちもこれが誰の絵かわかっているはずだが、サインが隣の絵コンテのものと並んだとき、改めて皆が息をのむ気配がした。そこに映し出されていたのは、Marissa Blakeというサインだった。

「マリッサ・ブレイクが、M・S・HERSEAという別名でも描いていたということ？」

太田原がほとんど怒ったような勢いで声を上げた。

「いえ、スミスさんは、彼女がこうしたストーリー・スケッチと呼ばれる絵コンテを描いたことはまずなかっただろう、と仰ってます。他の二枚の絵についても、彼女の絵とは明らかにタッチが違うそうです」

「意味がわからない……自分のものでもない絵に他人の名前をサインした？　普通に考えたら、誰かのいたずらとしか思えないけど」

「HERSEAという署名も、珍しいスペリングですね」

山野がふと呟き、太田原も「確かに」と確かめるように真琴を見る。ネイティブ並みの英語力を持つ彼らは、ハーシーが普通の綴りじゃないことがすぐにわかったのだ。

「そうした腑に落ちない点も含めて、スミスさんもきちんと調査したいと仰ってます。タイミング的に厳しいのは重々承知ですが、これらの絵を次点候補としてリストに加えることを、検討してみてはどうかと」

真琴が続けようとするのを、川島が遮った。

「でもハーシーは記録に残るほどのスタッフでもなく、マリッサ・ブレイクである可能性もかなり低いんですよね？　経緯はどうあれ、そもそもこれらの絵を元にした映画は存在しないわけで。キャラクター認知もない、支える世界観もない絵では、時間も限られてますし、僕はこれ以上検討するまでもないと思うんですが」

川島の意見は、当然予想されたものだった。

世に溢れる数多《あまた》のキャラクターとウォレスのキャラクターが決定的に違うのは、背景に必ず映画という形で強いストーリーを持っていることだ。だから商品やサービス案内などのデザインでも、その世界観を感じさせる意匠なしに、単なるデザイン要素としてキャラクターを切り取ることは、基本的にはNGとされている。映画がなければ、その世界観もデザインで表現しようがないし、そもそも映画による認知がないからグッズの売れ行きも期待できない。でも。

「記録に残っていなくても、優れたスタッフはいたかもしれません。かなり長い間、スタッフロールにはごく限られた人しか載っていなかったわけですし。ここからはスミスさんのアシスタントの方の個人的な意見なのですが――ちなみにこのアシスタントは、修士論文がウォレス黄金期のストーリー作りだったそうです――この絵コンテは、シェリル・ホールデンというストーリー・アーティストのものではないかと」

皆の表情は動かない。聞いたこともないその人物がなんだというのだ、という川島の声が聞こえてきそうだ。

真琴は川島が遮らなければ、そのまま見せるつもりだった動画のタブをクリックした。すぐに優雅な音楽が流れ出す。夜明け前の静かな庭の片隅がゆっくりとフォーカスされ、花々が一輪一輪、震えながら開いていく美しいシーンだ。

「これは『シンフォニア』の中の、『舞踏への招待』シークエンスです。ホールデンは、このシークエンス責任者だった女性だそうです」

「それ、『シンフォニア』の中で私が一番好きなところ！」

大田原が前のめりになったので、思わず真琴も「私もなんです！」と強く相槌を打ってしまった。

「アシスタントがかつて論文のためにインタビューした方が、一九五〇年代に入社したとき、ホールデンのチームだったそうです。『音楽のようなストーリー・スケッチを描く人』だった、と」

これまでマリッサ・ブレイクは、創立者のダニエル・ウォレスの腹心のスタッフの中で〝紅一点の存在〟ということが殊更に強調されてきた。でも際立った存在の陰に、誰もいなかったわけじゃない。ダニエル・ウォレスという世界的なクレジット表記の陰に無数のスタッフがいたように、ブレイクの他にも、あの時代にスタジオで活躍した女性がいたのだ。

「なぜあの絵コンテがシェリル・ホールデンのものだと？」

山野の質問に、真琴はもう一度M・S・HERSEAの署名が書かれた絵コンテを映し、ある一点を拡大表示した。

「比較のために、今スミスさんたちがホールデンの『舞踏への招待』シークエンスの絵コンテを探してくれてますが、まずこの、レイアウトデザインまで考慮した描き方――ホールデンはウォレス入社前に背景画とレイアウトの経験があるそうで、ストーリー・スケッチの段階でアイデアをよく出していたそうなんです。そして決定的なのが、このメモ書きらしいです」

そこには半ば掠れてはいるが、印刷物のような美しい筆記体で、「城の晩餐会で人々が合唱する」という注釈のようなものが書かれている。

「ホールデンは字が綺麗で有名だったらしいんです。劇中の看板やパンフレットなどの制作物でタイトルのカリグラフィーを頼まれたりしたこともあったとか。当時、既にあまり使われなくなっていたスペンサリアン筆記体で、『絵だけでなく、文字も含めて一つの作品のようだった』とインタビューした方が話していたのを、アシスタントが覚えていたそうです」

「……それだけで断定するのは難しいんじゃないですか？　それに他の二枚は？　それぞれ違う作者の可能性が高いって言ってましたよね。M・S・HERSEAが複数いる？　マリッサ・ブレイクも関わっている？　どういうことか、そんな簡単に解明できるものではないですよね？　何年もかかる可能性だってある」

川島は相変わらず懐疑的な態度を崩さない。でも彼の疑問こそ、今日提案をしてみようと、真琴に決意させたもう一つの発見へ繋がるのだ。

「絵の鑑定については、スミスさんたちが外部の専門家と、アニメーション部門のベテランスタッフたちの協力が得られるかも、と仰ってました。この絵コンテ内の字体は、他の二枚の絵のHERSEAサインにも酷似してますから、ホールデンが署名したのかもしれません。そしてスミスさんによれば、ホールデンが関係しているなら、ほかの二枚のどちらかは、エステル・コロニッツのものだろう、と。社員記録によれば『舞踏への招待』制作時期に、ホールデンのアシスタントをしていた女性らしいです」

「アシスタントって、事務的な業務の担当ではなく、絵も描くの？」と大田原。

「そうらしいです。ホールデンのチームに入るまでは仕上げ部門のトレース係だったそうで、描く人なのは間違いないかと。『舞踏への招待』でどんな役割を果たしたのかは、まだ」

大田原は、ずっと厳しい表情で何かを考え込んだまま、真琴の目も見ずに「そう」と呟く。状況が複雑すぎて、自分の説明がしっかり伝わっているのか不安になってくる。

真琴にとっては、マリッサ・ブレイク以外に女性が二人も、スタジオ黄金期の歴史に現れ、あの『シンフォニア』の大好きなシークエンスに携わっていたというだけで、強く心を揺さぶられずにはいられなかったのに。

「ブレイクとの関係もやっぱり気になるね。なぜ彼女がホールデンの絵に、M・S・HERSEAとサインしているのか、なぜ、三人が、一つの名前を……」

「三人の在籍期間は重なっていて、当時同じストーリー部門に属していたのは間違いないそうです。それ以上は」

「調査してみなきゃわからない、ね――わかった！」

大田原は意を決したように顔を上げた。真琴は彼女に初めて異動の挨拶をしたときと同じように、その目力に気圧されそうになる。

「西さん、スミスさんと一緒にハーシー作品をもっと探して。ホールデンやコロニッツの背景もできるだけ詳しく調査をお願いするように。必要なら向こうのアーカイブ部門長に私からも申し入れるから。展示作品の確定スケジュールと枚数については、関係各所とテッドと、調整しておきます」

テッドとはスタジオ・ウォレス日本支社長のエドワード・チョウのことだ。元はアジア本部のシニア・バイスプレジデントだったが、日本支社長の退任と同時に兼務することになった。今吹き荒れているリストラの嵐を巻き起こしている張本人でもある。六本木《ろっぽんぎ》の五つ星ホテルの巨大ホールで、非正規スタッフも含む全社員を集めて開かれた就任の全体挨拶のとき、「コール・ミー・テッド」と言ってはいたものの、本当に呼んでいる人を初めて見た。田丸の情報では、大田原とは反りが合わないらしいと聞いたけれど、それなりに近しいのだろうか。

「待ってください。やっぱり納得できません。その人たちの作品だとわかったところで、何かPR効果がありますか？　その無名のアーティストたちではなく、マリッサ・ブレイクのハーシー名義の作品があるっていうならわかりますが」

川島が話すのを聞きながら、大田原は自分のラップトップにパタパタと何かを打ち込み始めた。

「……私は、探せばブレイクのものが出てくる可能性が高いんじゃないかと思う。そうしたらブレイクの他の作品群と一緒に、この展覧会の新たなアピールポイントになるかもしれない」

「何か根拠が？」

「もちろん推測でしかないけど……」大田原は尚もタイピングを止めない。

「少なくともマリッサ・ブレイクが、シェリル・ホールデンのものらしき絵コンテに、HERSEAとサインしたのはほぼ間違いないわけだよね。そしてホールデンはエステル・コロニッツと一緒に制作にあたっていた——ちょっとこれを見て」

大田原が乱暴なくらいの勢いでパソコン画面をこちらに向ける。そこには大きなフォントのアルファベットで、M・S・HERSEA、そして三人の女性たちの名が、SHerill、EStelle、MArissaと、それぞれの先頭二文字を大文字にして、並んでいた。

あ、と川島が珍しく間の抜けた顔で驚きの声を漏らした。真琴も、まるで鮮やかなマジックを見ているような気分になる。

「アナグラム……！」

「そう、子供の頃によく遊んだんだよね。ガリバー旅行記の〝ラングデン〟王国が〝イングランド〟のアナグラムだと知ったときの興奮を思い出した。変なスペリングなのはこれで説明がつくんじゃないかな。三人の先頭三文字だとエステルのTが余るし、西さんが見つけた二枚のうち一枚がまた別の作者の手によるものとすれば、四人目がいる可能性が高い。その名前の先頭二文字はRともう一つのE」

「レナ、リーガン、レジーナ、ERならエリン、エリカ……」

今度は山野がすごい勢いで自分のラップトップのキーを叩き始めた。

「あとはレッタ、レベッカ、エルマ、エルサとか。ああでも、女性とは限らないのか」

「……いや、やっぱり女性なんじゃないですか。M・Sはミズってことでは」

川島が言いかけると、「それはないと思う」と大田原が首を振る。

女性の既婚・未婚を問わないMSの敬称の一般化は一九七〇年前後、アメリカでウーマンリブ運動が盛んになった頃のことだという。これらの絵が、ファイリングで紛れ込んでいた映画と同時代に描かれていたとすれば、一九四〇年代から五〇年代ということになり、辻褄が合わない。

「でもPRでは『ミズ・ハーシー』と、敢えて利用してもいいかもね。実情はどうあれ、本当に女性主体のチームだったなら、うちの会社の先進性もアピールできるし、今の時流が追い風になる。普通の展覧会のパブとはまったく違う媒体も取り込めて、多面的なPR展開ができるかも……うちのチームを取材させるのも手かな」

大田原はちらりと山野に視線を走らせる。頭の中では既に様々な戦略の種が生まれているようだった。

彼女が言う時流とは、先ごろからハリウッドの映画業界を起点に、世界中に広まったフェミニズム運動のことだろう。著名映画プロデューサーによる十数年にわたるセクハラの報道をきっかけに、直接被害に遭った女性業界人たちだけでなく、類似の被害に遭った人々も〝Me Too《わたしも》〟と公に名乗り出て告発した結果、これまで当たり前のように業界で横行していた多くのハラスメントが白日の元に晒された。当のプロデューサーは元より、有名俳優、大手スタジオ幹部が何人も業界から追放された。〝Me Too〟を合言葉に、業界も国も超えて、加害者が有名・無名に拘わらず、今もこうした告発の輪が広がり続け、性差別を絶対に許さないという機運が高まっている。

ハリウッドにおいては、ハラスメント被害だけでなく、大手映画スタジオの意思決定レベルや、制作現場における女性やマイノリティスタッフの少なさといった長年の構造的差別も問題視され、早期から運動への賛同を表明したスタジオ・ウォレスも、この問題を改善する三ヶ年計画を発表していた。

ハラスメント加害者の解雇は元より、いくつかの作品ではディスク化の前にシーンの調整が行われた。例えばヴィランの手下の小悪党が、貧しい下働きの少女に「私の部屋付きの侍女にしてやろう」と持ちかけるシーンはセリフを変更し、プレイボーイで知られる王子に宮廷ダンサーたちが笑いながらキスされたり抱きつかれたりするシーンは全面カットされた。同時に古い作品においては、再生前に差別的な表現が含まれている旨の警告を出し、新たに立ち上げた特別サイトを案内している。そこで具体例を列挙しながら過去の過ちを認め、今後はウォレス作品が持つ影響力と責任を自覚し、観客一人ひとりが物語に阻害されることなく、キャラクターたちに自分自身を見出せる作品制作に向けて、あらゆる側面で必要な手段を取る、という社の公式声明を発表した。こうしたスタジオのいち早い対応は概ね世間で高い評価を得、CSR（企業の社会的責任）と企業価値の向上を両立させた好事例として、ビジネス誌でも紹介されていた。真琴はそうした記事をコーポレートPRの実績として、整理・保存する業務も担っていた。

「とにかく西さん、あなたとアーカイブ部門の調査にかかってる。なんとしてもマリッサ・ブレイクのハーシー名義の作品と、四人目がいるとすれば誰なのか、そしてハーシーが彼女たちだって証拠を見つけてもらわないと」

大田原に力強く念を押され、背筋が自然と伸びた。

「スミスさんにすぐ連絡します！」

気が付けばずいぶん大ごとになっている。これは真琴の手柄と言えるのだろうし、嬉しい気持ちがこみ上げる反面、思い出せない昔の夢のディテールみたいに、何かが胸の奥に引っかかる。

そのとき、山野のひどく冷めた声が上がった。

「女性が女性がって、そこまでいくとやぶ蛇になりませんか？　うちの日本支社もアジア本部も、女性マネージャー比率なんていまだお粗末だし、この先ウォレス社内でスキャンダルが出ないとも限らない。あと補助的な仕事ばかり振っておいて、表向きだけ〝ワーキングマザー枠〟みたいに持ち上げられるのは、正直不快です」

部屋の重力が一気に増したようだった。いびつな沈黙から、真琴は一歩身を引く。

「……懸念はもっともだけど、文句は頂けない。今この少数チームにあって、時短勤務で突発的な早退も多いあなたに担ってもらう業務に限界があるのは当然でしょう。今だってちょくちょく川島君や西さんにカバーしてもらわざるを得ないんだから」

「結局、子供がいてフルに働けない女はお荷物扱いですよね」

「子供がいようがいまいが、反対意見だけ言いっ放しで建設的なディスカッションもできない、チームの士気を下げるような人はお荷物。そうなりたくなかったらあなたも案を出してみて。女性スタッフをフィーチャーする以上に、PR効果がある案をね」

山野の顔がサッと赤くなった。それは怒りなのか羞恥なのか。川島は神妙な表情をしているが、目はどこか面白がっているのがバレバレだった。

「——検討して、出直してきます」

山野は静かに立ち上がると、そのまま会議室を出て行ってしまった。

主張の強い二人の性質から、もっと激しい言い合いが起きてもおかしくなかったが、あっけない幕切れだった。真琴は詰めていた息をそっと吐き出した。

一九三八年〜一九四一年四月・ロサンゼルス

息をのんだまま、レベッカの体は呼吸を忘れたかのようだ。

それは、ひとつの圧倒的な世界だった。

イーゼルに立てかけられた画板を前に、シェリルたちも言葉を失う。

一枚目は、黒い画用紙に描かれたパステル画だ。画面いっぱいに万華鏡のように並ぶ金や銀の幾何学模様は、よく見れば無数の雄しべや雌しべのようで、それらがしなやかに腕を伸ばして、周囲の色を淡いピンクからオレンジ、真紅へと塗り替えている。

二枚目は水彩画だ。白い薔薇の蕾《つぼみ》からは少女、赤い薔薇の蕾からは少年が顔を覗かせている。大胆なデフォルメがなされ、筆のストロークがそのまま葉を表現し、背景の花畑らしきものは洗練された図案のようだ。三枚目もやはり水彩画で、オレンジの画用紙いっぱいに、擬人化された色とりどりの花々が踊っている。ある者はペアで、ある者は三人で輪になって。ラインダンスを踊る植物たちがそれを取り巻く。真上から俯瞰した全景は、やはり万華鏡のようだった。

「マリッサ……素晴らしいわ！　なんて美しいの」

シェリルの頬が興奮で赤く染まっている。

「こんな色の取り合わせ方があるんだね……黒い紙の上のパステル画って、夢の中の光景みたい」

エステルも陶然とため息をつく。

二人の賛辞に、レベッカは同じ美術学院の後輩としてどこか誇らしい気持ちと、アーティストとして叩きのめされたようなショックとがないまぜだった。卓越した画力と唯一無二のスタイル、その上に優れたグラフィック・デザイナーでもあるなんて。でもやはり、マリッサの絵が好きだと思う。

これらの絵のお陰で、コンセプト画の役割も、レベッカは身をもって理解した。マリッサの絵を見た瞬間から、頭の中では次々と、火種が爆《は》ぜるように、花々の色が、音楽が、躍動が、生まれている。シェリルの上ずった声が皆の心の内を代弁していた。

「この絵を見ていると、じっとしてられない！」

部屋の少し離れたところで、ずっとどこか冷めた目でレベッカたちを眺めていたマリッサが、身じろぎする気配がした。

「あの花びらが落ちる最後のシーンをまた俯瞰から――マリッサ、どうしたの？」

シェリルが傍らへ寄ると、マリッサは目頭を押さえながら顔を背けた。

「何でもない……ただちょっと」

細い指の間に見える目尻が微かに光っている。

「……作品を黙殺されるのに慣れっこだったから、ちょっと驚いただけ」

マリッサの絵が平面的でアニメーションには不向きだと、ディレクター陣やアニメーターたちから敬遠されていることは、皆が知っていた。

レベッカはマリッサの才能への羨望が募れば募るほど、それが踏みにじられているということが許せなかった。

「……これを無視できるなんて、よほど目が節穴か馬鹿だよっ！」

「そんな人たちはあなたの才能が怖いだけの、ちっぽけな臆病者！」

レベッカとエステルがそうだそうだと互いの言葉に鼓舞されていると、マリッサはみるみる口元を歪めて吹き出した。

「あなたたち、なんだかあの蜜蜂みたい」

「あらご名答。あの二匹は私の中でエッシー・ビー《エステル蜂》とベッキー・ビー《レベッカ蜂》って名前なの」

「『え、そうなの？』」

また二人の声が揃ってしまった。

マリッサとシェリルが指しているのは、シェリルが書いた新たなあらすじに出てくる、狂言回しのような蜜蜂のキャラクターだ。薔薇たちの恋のキューピッドであり、花たちのダンスパーティーにちょっとしたユーモアのエッセンスをもたらす。

「小柄な二人が揃ってちょこまか動く様から発想したのよね」

「じゃああたしたちみたいにとびきりキュートに描かないと。ね、ベッカ？」

「エッシー・ビーはいつも口の周りに花の蜜を付けてるっていうのはどう？　ジェリーに目がないエステルっぽいでしょ」

ちょっと？　エステルが目を剝《む》くと、マリッサの顔がまた綻《ほころ》んだ。

「あ、わかった」

シェリルがふと声を上げる。「なにが？」「どうしたの？」と、レベッカたちが尋ねても、シェリルはぼうっと空を見つめたまま、ほとんど笑い出しそうな口元だけがゆっくりと動いた。

「あの人たちは、勝とうとしてるのよ。だから私たちや、下に見てる人たちのアイデアをとことん貶《けな》したり、盗んだりできる。だから、会議の場はあんなにアグレッシブで、緊張感に満ちていて、ぜんぜん創造的になれないんだ……」

「ストーリー会議の話？」とエステル。

「うん、でもそれに限らない。疑問に思ったことない？　ダニエルやアレックスは別として、何人かの同僚や上司たちがなんであんなふうに序列を意識した言動をしたり、相手をこてんぱんにやり込めたりするのか。私はずっと、そんなことしていい作品を作る上で何の意味があるんだろう、どういう意図があるんだろうって不思議だったの」

レベッカの脳裏には、ストーリー・スケッチの発表の場で、灰色熊や上級スタッフたちに、仕事どころか人間性や適性まで否定されるほど、言葉で叩きのめされたときのことが蘇る。レベッカたち新人を育てようとするアレックスの態度とは明らかに違う。

シェリルの声は次第に大きくなり、確信に満ちた口調になる。

「今のみんなとのやり取りで、はっきりわかった。私たちがこだわってるのは、どっちが優れてるかって勝ち負けじゃなくて、いいものを作ることでしょ。そのためなら誰のどんなアイデアだって糧になるし、面白がれる。そこからさらに皆で磨きをかけて、昇華していこうとする。だからみんなとアイデアを出し合うのは楽しいし、この場には信頼と安心があるの。『何を言っても大丈夫、ここでは受け止めてもらえる』ってね。私たちがディレクターたちと嚙み合わないのも当たり前ってわけ」

「……それ、なんとなくわかる気がする」

エステルが上擦った声で答えた。

「あたし、みんなと話しているときはアイデアがぽんぽん出てくるのに、会議の場では恫喝されたり貶されるのが怖くて、何も思い浮かばないし、言えなくなるの。それでまた『これだから女は意見の一つも出さなくて、役に立たない』とか嗤《わら》われて、次こそはって思っても余計に萎縮しちゃったり……」

「私も」マリッサが恐る恐る手を挙げた。

「みんなが同じ女性だからってだけじゃなくて、今この場が、びっくりするほどすごく、居心地が良い。こんなの初めて」

「誰が上か下か、誰の功績か、なんてどうでもいい。いいものを作りたいって意志と、あと、面白いものを見たいって好奇心の方がずっと――私、このメンバーならすっごくいい作品ができると思う」

興奮でまとまらない言葉を紡ぎながら、レベッカはどんどん頬が熱くなるのを感じた。

「あの人たちが絶対に無視できないものを、私たちが見せてやろうじゃないの！」

一人ひとりと目を合わせるように皆を見渡し、高らかに宣言したシェリルの緑の目が、鋭く光っていた。


マリッサのコンセプト画を元にシェリルとエステルが練り上げたストーリー・スケッチは、めでたくダニエルのGOサインをもらった。ディレクターと灰色熊は最後まで反対姿勢を貫き、他のチームのアニメーターやベテランのストーリー・マンまで連れてきて、ダニエルを翻意させようとした。だが、アレックスの「新しいアニメーションができそうじゃないか」という一言が潮目を変えてくれた。

「あースッキリした。あの人たちの顔ったら！」

アレックスが差し入れてくれたクッキーを二人で食べながら、レベッカはこれから自分が担当するシーンのストーリー・スケッチを眺める。同室の凸凹コンビは次の短編のペンシル・テストで出払っていた。

「彼らの懸念も一理あるんだ。マリッサの平面的でスタイライズされた世界でキャラクターを生かし、ストーリーを語るのは、確かにかなり難しい。俺も前に一度諦めたことがあるしね」

アレックスはまるで自分も担当するかのように、愛用のストップウォッチをくるくる回し、スケッチを隅から隅まで確認しながら言った。

「でもマリッサの絵は挑戦する価値がある。うまくいけば、アメリカ中がびっくりすると思わない？」

「そうだな。これまで新しいスタイルや技法を切り開いてきたからこそ、スタジオ・ウォレスは今の地位に昇りつめた。ダニエルだってそう思ったから、承認したんだろう」

あのときダニエルは、何か考え込みながら「いいだろう、やってみよう」と言っただけで、手放しの賛成には見えなかった。この先また決定が覆る可能性は十分にある。

「頑張れよ。今度のコンサート映画は究極のオペレッタ……いや、ブックミュージカルになる。音楽はすべてマエストロの指揮によるオーケストラ演奏で、映画館に設置する専用の音響装置まで開発させてるんだから、ダニエルの挑戦は天井知らずだよ」

「『くるみ割り人形』も新しい特殊カメラが使われるんでしょ？　完成がすごく楽しみ」

「ああ。それが終わったら、いよいよ『ニーノ』だ。早く追いついてこいよ、キャロル？」

「『カールったらウフフ、待っててね♪』なんて絶対に言わないからね」

「だいぶ物真似が上手くなってきたじゃないか。さすが俺の弟子」

またアレックスと一緒に仕事ができる。そう考えるだけで、あらゆる明るい色の絵の具を一面に撒き散らしたみたいな気分になる。膨らむ期待と一緒に、レベッカは胸の奥の方がふいに引っ張られたような気がした。

だが作画作業は、決してスムーズにはいかなかった。シェリルと反りの合わないディレクターに忠実な数人のスタッフが、「女子供のお遊戯映画」となかなか本腰を入れてくれなかったからだ。お陰でエステルとレベッカの業務はそれぞれアシスタントの領域を超え、エステルはキャラクター・デザイン、レベッカは動画だけでなく原画の一部まで担うことになった。マリッサの夫であるロニー率いる背景・レイアウトチームがシェリルに協力的だったのは、わずかな救いの一つだ。

レベッカは動物園で動物のデッサン力を磨いたように、植物たちの徹底した観察から始めた。エステルと二人で植物園に通い詰めて花の開花から枯れ落ちるまでを描き切り、薔薇農家からもらった鉢植えを自分の部屋で育ててもみた。経験で劣る分、作画チームの誰よりも植物の〝動き〟に精通してやるつもりだった。

スーパーバイザーのカバ紳士から指示された演技やラフ原画にも、どんどん意見した。端から「女がアニメーターなんて」と思われていることはわかりすぎるほどわかっていて、挫折感も遠慮する気持ちも、とうに底をついている。上手くなるためなら、さらに反感を買うことなどもうちっとも怖くない。そしてマリッサが発想し、シェリルとエステルが磨き上げた世界に命を吹き込むためなら、一切の妥協はしない。レベッカは固く決意していた。

シェリルが反対したにも拘わらず、薔薇の精が初めて蜜蜂と遭遇したときに逡巡するシーンが「流れを阻害する」という理由でカットされそうになったときは、レベッカはほぼ一人でラフ原画を起こし、エステルが描いた前後のストーリー・スケッチと共に撮影したテストリールを準備して訴えた。

「この通り、薔薇の精のはにかみ屋なところと、蜜蜂との友情を印象付ける、必要不可欠なシーンだと思います！」

シェリルに反発するベテランたちは苦虫を嚙み潰したような顔をしてはいたものの、リールの説得力には抗えないようだった。最後にはカバ紳士を含めて皆が納得してくれた。

レベッカが原画を担当するのは二分足らずのシーンだったが、ラフ原画を入れれば、必要とされる枚数の、優に三倍は描いただろう。動画はさらにその倍。カバ紳士に何度却下されても、鉛筆の先から次々とアイデアが生まれた。もうタイミングの取り方への苦手意識はない。ストップウォッチも〝へっちゃら〟だった。

妖精たちには、時おりどこか植物を想起させる仕草を。彼らが宿る植物たちには、そよぎの中にも人間味のある動きを。紙の上に誰も見たことのない生命が立ち上がる。レベッカ自身もそれを見てみたいという好奇心が抑えられない。取り憑かれたように描き続けるレベッカと積み上がっていく絵の山を、上司や同僚アシスタントたちは驚嘆の目で見ていたが、レベッカ本人がそれに気付くことはなかった。

作画ルームの外で季節は巡り、ヨーロッパで再び戦争が始まったというニュースがアメリカ全土を席巻した。ポーランドに侵攻したドイツ軍に対し、イギリスとフランスが宣戦布告したのだ。

前の世界戦争の記憶も覚束ないレベッカにとって、それは不安な出来事ではあるものの、毎日の仕事と生活の背後にたちまち隠れてしまうような、行ったこともない遠くの国々の、見えない厄災に過ぎなかった。だが兄弟をはじめ多くの親戚がイギリスにおり、思春期と戦争がぴたりと重なっていたシェリルは、ひどく不安がっていた。

『なでしこ姫』の興行収入で、これまでの莫大な借金を完済したばかりか、さらに潤沢な資金を手にしたスタジオは、現在の場所から北へ二〇キロほど行ったロサンゼルス川沿いの広大な土地に新しい社屋を建築していた。アレックスたちの『くるみ割り人形』の完成が迫った秋の終わりから、徐々に各部門の引っ越しが始まり、年明けにはレベッカたちのチームも向こうへ移ることになっている。

シェリルとエステルが使う、ストーリー部門の小部屋にいたずらが仕掛けられたのはそんなときだった。壁中に貼られたスケッチやデザイン画に紛れて、ほとんど裸のレベッカたち四人の卑猥な鉛筆画が貼られていたのだ。シェリルに至っては、なでしこ姫を呪う魔女のごとく、極端に皺だらけの邪悪な顔に描かれていた。

「隙あらばあたしたちを茶化すか、文句つけるかしないと気が済まないのね。男ってそういう呪いにでもかかってんじゃないの？」

エステルが落書きを壁から剝がそうとするのを、レベッカはそっと制する。

「絵には絵を、ってね」

レベッカは四人の扇情的な表情を、意志の強そうな笑顔に描き直す。シェリルの皺はすっかり消し去った。露わになった胸や尻を最新流行の水着で包み、手の先にはボクシング・グローブを付けた。男を誘うポーズがファイティングポーズになり、四人の強靭な女戦士のできあがりだ。

「いいわね！」

そう言うシェリルが、今度はレベッカの絵の上に、さらに何かを描き込み始める。

「いつの世も私のような年増女は、女ではなくなった、醜さの象徴みたいに扱われるけど」

「シェリルは十分若いよ！」

マリッサが怒ったように遮ると、シェリルは「ありがとう。でも私が言いたいのは」と紙に向かったまま続ける。

「若さや美しさはそりゃ素晴らしいけど、私、今の歳を重ねた自分の方が気に入ってるの。経験や知恵や寛容さ、女を人として見られないような男たちや他の誰かにとってではなく、自分にとって価値あるものを身に付けてきたもの。顔だって小皺のせいか少し表情が柔らかくなって、死んだ夫もきっと天国で惚れ直してると思うのね」

いたずらっぽく笑って振り向くその手元には、チャーミングな笑い皺が付け加えられたシェリルの似顔画があった。さらに、右手だけグローブを外した四人は、それぞれの手に巨大なペン、笛、本、渾天儀《こんてんぎ》を持ち、背中には威厳に満ちたマントを翻している。

「ギリシャ神話の学芸の女神たち、ミューズよ。これくらいの自画自賛したっていいよね」

「わぁ、すごくかっこいい！　これで一本映画が作れそう」とエステル。

「ねえその絵、もらってもいい？　記念にしたいの」

マリッサの言葉に、皆が不思議そうに顔を見合わせる。「なんの記念？」

「わたし――スタジオを辞めることにした」

あまりにも突然の言葉だった。

レベッカたち三人が茫然となる中、当のマリッサはただ晴れ晴れと微笑んでいる。

「……あの変更に、納得がいかなかったなら」

言いかけるシェリルの肩に手を置き、マリッサは小さく首を振る。

変更とは、メインとなる舞踏会のシーンで、マリッサのコンセプト画を生かしきれなかったことを指しているのだろう。その他にも全編にわたり、ディレクターたちとの攻防の末、妥協せざるを得なかった箇所がいくつかあった。

「ぜんぜん違う、むしろ逆よ。あなたたちと仕事をして、初めて漫画映画も面白いと思えた。何より、自分の絵に自信を取り戻せたの。画家として私の作品を描いていこう、描いていけるって……本当に、みんなのお陰」

「せめて映画の完成まで残れないの？」

そう言うエステルはほとんど泣き出しそうに見える。

「仕上げ作業に入った今、私ができることはもう何もないもの。でも公開されたら絶対に観に行く」

「……個展を開くときは教えてね。必ずお祝いに駆けつけるから」

レベッカが差し出した手を、マリッサは両手で握り返す。寂しいけれど、いずれ彼女が画家の道へ戻ることは、必然だったのだと思う。

「そうだ、ここにみんなのサインを入れましょう」

全員が署名し終えると、シェリルが「私たちの最も偉大なコンセプト・アーティスト　マリッサ・ブレイクに捧ぐ」と、お手本のように美しいスペンサリアン筆記体で書き入れた。

皆で自然と、凹みと傷だらけの壁を埋め尽くす、自分たちが描いてきた膨大な絵を眺める。

コロコロとしたフォルムのエッシー・ビーのキャラクター・スケッチ、二人の薔薇の精がステップを踏む原画、ダンスの輪それ自体が、花のように変化していくストーリー・スケッチ。

作品にも、それらを生み出してきた時間にも、確かにマリッサの存在がある。

ありがとう――楽しかった――頑張って――頑張ろう――!

レベッカたち四人は、肩や背や手や、互いの身体のどこかしらに優しく触れながら、名残を惜しんだ。


スタジオ・ウォレスの二番目のフルカラー長編『くるみ割り人形』の成功を、誰もが信じて疑わなかった。

記者や政治家、ハリウッドのセレブリティを招待してのワールド・プレミアでは、その美しく精緻な画面と、そこで繰り広げられる魅惑的な夢の世界に皆が陶然とした。「アメリカ中が再びウォレスの虜《とりこ》になる」と全米の各紙で絶賛されもした。

しかしレベッカたちのコンサート映画が正式に『シンフォニア』と題され、ダニエルの前でプレリールのお披露目がされるまでには、『くるみ割り人形』の興行収入が予想の半分にも満たないという噂が社内に広まっていた。大きな収入源だったヨーロッパで、戦争のためにことごとく公開中止や商品の輸出禁止に追い込まれたことが原因だった。

ダニエルをはじめとする幹部は『シンフォニア』がすべてを解決するという希望を捨ててはいなかったが、その公開を待たずに、数百人規模のレイオフ計画が発表され、その時点で既に数十人が職務を解かれていた。アシスタントから正アニメーターへの昇格と共に、レベッカに約束されていた昇給額も、半減されることが言い渡された。遠い海の向こうの出来事だったはずの戦争の影は、確実にレベッカたちの生活圏へ伸びてきている。

「『シンフォニア』もヨーロッパでは公開できないのね。兄たちに観てほしかったのに……」

気落ちしたシェリルは、ダニエルに開発を任された新たな短編群の企画に没頭していた。そうすることで不安を振り払おうとしているようだった。

四人で持てる力を最大限注ぎ込んだ短編『舞踏への招待』は『シンフォニア』で最も完成度が高く、音楽と映像の融合というダニエルの理想を完璧に達成したと評判で、その制作を率い、ダニエルの信頼も得たシェリルを慕う若いスタッフも増えていた。

真新しい新社屋にはピカピカの大きなカフェテリアも併設されたが、値段は旧社屋の頃よりさらに高く、レベッカたちは相変わらずブラウンバッグを持参している。それでも入社当時の自分たちからすれば、好きな具材を好きなだけ使ったサンドイッチや新鮮なフルーツを持ってこられるのは、ものすごい贅沢だった。

まだまだ作品の仕上げ作業が続いているとはいえ、一つの大きな仕事を終えた安堵がレベッカを包んでいた。ランチ後に寝転がって見上げる春のカリフォルニアの空は穏やかに澄み渡り、これが戦場の空と繋がっているなんて、とても信じられない。

「もしナチスや共産主義者に合衆国が乗っ取られたら、きっと自由に映画なんて作れなくなるね……」

レベッカが何気なく呟くと、隣で二つ目のピーナッツバター&ジェリーを頰張っていたエステルがピタリと動きを止めた。

「ファシズムとコミュニズムを並列にしないでよ。スターリンもソヴィエトも、そりゃ問題はたくさんあるけど、共産主義自体は私たち労働者を不公正から救うための思想だよ」

エステルの借りてきたような言い回しに、レベッカは違和感を覚える。

「……やっぱり例の集会に行ったの？」

エステルは目を伏せて、曖昧な返事を寄越す。

社員たちの机の上に、ダウンタウンのホールで行われる「社員有志による集会」への案内ビラが置いてあったのは先週のことだ。そこには「昨日は彼と彼女が解雇された。今日は君かもしれない」と、カールキャットがこちらを脅すように指差すイラストが描かれていた。

昨年から相次いで東海岸や中西部の有名な漫画映画スタジオが閉鎖されたのは、労働組合と会社の対立が発端と聞いていた。今や労働運動の波はハリウッドにまで達し、いくつかの全国規模の組合が、スタジオ・ウォレスの社員を勧誘しているらしい。集会ではニューヨークから招いた著名な共産党員の運動家も演説すると聞き、レベッカは行かなかった。政治には疎いが、自由と民主主義の対極にいるとされる共産主義と、それを国是とするソヴィエト連邦に、漠然とした恐れがあったのだ。実際ソ連はドイツと時を同じくして、周辺国へ侵攻している。

「政治活動をするつもりなんてない。でもあれを見てると、どうしても怒りがこみ上げてくるのよ」

エステルが見上げる先には、アニメーション部門が丸ごと入った棟がある。最上階のペントハウスでは、カフェテリアよりさらに豪華な食事メニュー、運動トレーナーのマッサージ、おまけに極上のミルクセーキまで提供されるらしい。上級社員クラスの給与がないと利用できない価格帯で、おまけに男性専用だったが、そもそも女性の上級社員などいなかった。

「ハーヴァード卒だからって、入社時期がそう変わらない、絵の一つも描けない坊やが利用できて、私たちが入れないのはおかしくない？」

エステルが言うのはジュニア・コマンドーと揶揄される大卒のエリートたちのことだ。人事や経理といった非制作部門に属する彼らの方が、制作部門の社員より平均給与が高いともっぱらの噂だった。いつもダニエルにべったりの、会社の顧問弁護士ライザーの報酬は、アレックスをはじめとする最高ランクのアニメーターたちと同じくらいらしい。

「そりゃ不公平はいろんなところで感じるけど」

「それだけじゃない。最近解雇されたのはユダヤ系が多いって気付いてた？」

「――ぜんぜん、気付かなかった」

言われてみれば、作画デスクや音響スタジオから姿を消した数人の顔が浮かぶ。彼らの姓はゴールドバーグであり、シルバーマンであり、コーヘンだった。

「いきなり解雇するのも、お給料が不公平なのもひどいけど、人種で選別するのもひどい。私はそういう会社の理不尽から、身を守る術を知りたいんだよ」

撮影技師であるエステルのボーイフレンドのベンジャミンもユダヤ系だ。彼らの不安を考えると、レベッカはそれ以上反対も、肯定もできなかった。それに自分は、当初提示されていた増加額から半減されたとはいえ昇給し、昇格もしたという後ろめたさもあった。

ドイツ軍がベネルクス三国へ、ソ連軍がバルト三国へ侵攻したというニュースが新聞各紙を賑わせる中、レベッカもいよいよ『ニーノ』の制作に、原画を担う第一アニメーターとして参加することになった。それは解雇を免れたということでもあり、ひとまず胸をなでおろす。

「やっと来たな。俺たちリトル・ピープルで最高のものを作ろう！」

そう言うアレックスは主人公の仔馬・ニーノの憧れの存在である〝草原の王〟というキャラクターの担当であり、作画監督だ。『くるみ割り人形』の直後から着手し、既に担当分の作業をほとんど仕上げてしまったと言う。

「もうすぐそっちの応援に回るよ」

レベッカが担当するシーン――小さなニーノが二匹の狼に襲われ命からがら助かる――は、アレックスのシーンに繋がっている。ニーノが崖下へ落ちた狼たちの様子を恐る恐る窺ったあと、向かいの、より高い崖の上から自分を見下ろす草原の王に気付くのだ。鉛筆書きの原画と動画を繋いだテストリールを見せてもらうと、アレックスの描く栗毛の馬の王は静かな動作の中に威厳が満ち溢れ、動物のキャラクターがここまで個性を持つのかと驚くほどだった。

「すごい……耳の立て方も、尾の振り方も正確で、本物みたい」

「馬と育った君が言うなら自信を持っていいな」

「人を野生児みたいに。言っとくけど、一緒に寝起きはしてないからね」

レベッカとしては最初からアレックスのチームに入りたかったが、上長のカバ紳士の態度も『シンフォニア』の前と比べればずいぶんましになった。以前は頭ごなしの否定ばかりだったのが、レベッカの意見を一応聞こうとはしてくれる。ごくたまに、他のアニメーターの作画に対して意見を求められることもあった。

「少しは私を受け入れる気になったのかな」

「カバ……もといエドガーはちゃんと君を認めてるよ。君の昇格と昇給を渋る人事部に、ほとんど力ずくで押し通したのだって彼なんだから」

「知らなかった……！」

「意外と照れ屋さんだからな。アニメーターは、最後にはやっぱり絵なんだよ、絵で説得して、認め合うんだ。この先、君の実力を無視してまで女であることに拘《こだわ》る奴がいたら、そいつ自身の実力か自信か、あるいは両方ともが欠けてるんだと思えばいい」

入社当時、女だからといちいち資質を疑われ、否定され、このスタジオと比べたら、男も女も関係なかったシェパード美術学院は、天国のような場所だと思った。

でももしも、これからこの場所にレベッカたちのような女性アーティストがもっと増え、性別の垣根なしに、一〇〇パーセントの力を合わせることができるようになるなら。この道の先は、それこそ本当のユートピア《理想郷》なんじゃないだろうか。

戦争もレイオフも、どうかこの道を閉ざしませんように、どうか――。

レベッカは深呼吸を一つして、最初の一枚を作画台にセットした。

その年の一一月、とうとう『シンフォニア』がハリウッド中心部の映画館でワールド・プレミアを迎えた。『なでしこ姫』『くるみ割り人形』と同様に、映画界や政財界の著名人や、主要紙のジャーナリストが招待された、華やかなものになった。ダニエルがこの映画のために開発した新しい音響設備は、まるでコンサート会場にいるような臨場感のある音でオーケストラを再現し、レベッカたちも度肝を抜かれた。

劇場の隅で観客の反応を見ていたレベッカたち三人は、『舞踏への招待』の蜜蜂たちのコミカルなシーンにクスクス笑いが起きたり、ダンスの場面でため息が漏れたりするのを聞くたびに、互いの手をぎゅっと握り合った。見ず知らずの誰かが、自分たちの作り上げた世界に心を動かされている。未知の興奮と喜びが、レベッカの全身を駆け巡る。

アフターパーティーにはマリッサも駆けつけてくれた。

「最高よ！　あなたたちも、映画も！」

それぞれの頬にキスの雨を降らせる彼女の目の縁が赤い。それを見てレベッカたちもまた感極まってしまう。

「あの蜘蛛の巣の群舞のシーン、セルではとても表現できないと思ってたけど、びっくりした。どうやったの？」

「光に透けてる表現がすごかったでしょ。彩色部のサラたちがドライ・ブラシを使った新しい技法を開発してくれたんだよ」

サラとそのチームは、入社初日にレベッカに素っ気ない態度を取った女性たちだった。そうとは知らず、シェリルたちと仕上げ部門に相談に行った日がもう懐かしい。(あの時の人だ)と、少し気まずい思いで彼女にマリッサのパステルのコンセプト画を見せ、「難しいと思うけど、できるだけこの絵の雰囲気を害《そこな》いたくなくて」と伝えると、鼻息荒く言い返されたのだ。

「難しい？　勝手に判断しないでもらいたいんだけど。こっちはこれまであなたよりずっと多くの作品に関わってきたの。毎回ダニエルたちの無茶ぶりに応えてきた私たちを、甘く見ないでよね」

その後に仕上げサンプルとしてできあがってきたセル画は、思わず息をのむほどの出来栄えだった。

これまで当たり前だと思っていたキャラクターの周りの太い輪郭線は消え、光の粒子を表す点描はどこまでも繊細だった。一枚当たり通常の一〇倍の時間がかかっていると聞き、既にスケジュールがギリギリの中、とても完成できるものではないと思った。でもサラも彼女のチームの皆も、「できる」と言い切り、その通りに実行してみせた。彼女たちが睡眠時間と休日を削って作業をしてくれたことは、その顔色を見れば何よりも明らかだった。中には作業中に過労で倒れてしまった女性もいた。

「サラたちがいなければ、この作品の本当の姿を、誰も見ることができなかった」とシェリル。

「あとで彼女たちを見つけたら、私ハグしちゃうかも」とマリッサ。

「完成したときあたしたちも思わず抱きついちゃったよ。『私たちの仕事をしただけよ』って迷惑そうに拒まれたけど」とエステル。

マリッサの背後にいた東洋人が、レベッカたちの会話に小さく吹き出して、ぺこりと頭を下げた。線のように細い目がエキゾチックな女性だ。レースの襟のついたネイビーのワンピースが、黄みがかった陶器のような肌によく似合っている。

「紹介するね、こちらはキョウ・ハヤカワ。彼女もシェパードの卒業生。ニューヨークの出版部のデザイナーで、『シンフォニア』のプログラムは彼女が手がけたの」

「よろしく、レベッカ・スコフィールドです」

「もちろんあなたのことは知ってる」

外見と名前から日系と見当がつくが、キョウの英語に訛りは一切なかった。

つい先ごろイタリアとドイツと同盟を結んだアジアの小国・日本は、中国での民間人虐殺など、ニュース映画や新聞記事上では残酷で好戦的な民族というイメージがあった。でもスタジオに数人いる日系人の同僚は皆、もの静かで優しい。目の前の女性も、とても穏やかな人に見える。

「女性のアニメーターがいると聞いて、ずっと会ってみたかったの。同性としても、同窓としても、すごく誇らしい。『シンフォニア』の中で、あなたたちのシークエンスが一番好き！」

「ありがとう！　プログラムもすごく凝ってて素敵だった」

「嬉しい。絵本化も私が担当することになるから、これからもよろしくね」

「こちらこそ」

それぞれのシークエンスのキャラクターたちが五線譜の上を踊るタイトルデザインが印象的なプログラムには、マエストロとダニエルからの挨拶、使用楽曲のリストやスタッフクレジットが記されていた。

そこにアシスタント身分である自分たちの名がないことは納得できても、シェリルの名がないことは最後まで引っかかった。「多くの人に本編を見てもらえればそれでいい」と言う本人の言葉に、レベッカもエステルも、なんとか気持ちの整理をつけるしかなかった。

達成感と賞賛。気のおけない仲間たちとの楽しいおしゃべり。アメリカ中の煌めきを集めたかのように、華やかな会場。レベッカはパーティーを存分に楽しみながらも、人ごみの中、ただ一人を目で捜し続けていた。早く彼と話したくて、その感想を聞きたくて、居ても立ってもいられない。

（アレックス――どこ？）

「ベッカ！　こっちへおいで。フーパー夫人に紹介しよう」

会場の真ん中あたりで、蝶ネクタイを緩めて上機嫌そうなダニエルに手招きされた。

思えばダニエルと直接話すのは久しぶりだった。新社屋へ移ってからというもの、メインビルの最上階にあるダニエルのオフィスはますます遠のき、ダニエル自身がレベッカたちスタッフの部屋を訪れることも、会議に参加する機会も、以前よりずっと少なくなっていた。

「ヘレン、我が社初の女性アニメーター、ミス・スコフィールドだ。『舞踏への招待』のチームで、素晴らしい仕事をしてくれた」

ダニエルの隣で銀色の毛皮を肩に巻いた初老の婦人が艶然と頷く。

「はじめまして」

「可愛い顔して頼もしいことね」

元女優のヘレン・フーパーはハリウッドで有名なゴシップ・コラムニストで、レベッカも新聞や雑誌で彼女の記事を何度か読んだことがあった。

「ウォレス・ガールズは従順で勤勉、僕の自慢の従業員たちなんだ。男は頭でっかちで余計なことをする奴も多いから、これからはもっと積極的に女性を活用していこうと思っててね」

「あなたのスタジオにもずいぶんアカが入り込んでるんですって？　交渉は失敗したって噂を聞いたけど」

「あいつらは何もわかっちゃいない。ライザーに任せてあるから大丈夫だ」

〝アカ〟は共産主義者の蔑称だ。レベッカの脳裏にエステルのことが過ぎる。当の本人は、会場の向こうでシェリルとワインを傾けて楽しそうに談笑している。

ダニエルたちはまるでレベッカには何も聞こえていない、あるいは二人の話題にはまったく関心がないかのように話し続ける――ユニオン、フィクサー、労働局、共産党、戦争。

実際レベッカはずっとアニメーション以外のことに興味はなかったし、今も彼らが何を話しているのかわからない。ただざわざわと、得体の知れない不安が足元に忍び寄ってくる。遠くの嵐だったはずの戦争が、いつの間にか身近に影響を及ぼしていたように。自分たちが鉛筆を握りしめ作画台にかじりついている間に、スタジオの外では、あるいは中では、一体何が起きつつあるのか。

その夜アレックスが武器の不法所持で逮捕されていたことをレベッカが知ったのは、三日後の朝、エステルの口からだった。

「話がぜんっぜん見えない。武器って何？　彼の鉛筆が誰かの服に刺さったとか、そういうこと？」

机に向かい黙々とストーリー・スケッチを描いていたエステルが、声を落とすようにレベッカに合図する。部屋の反対側では三人のスケッチ・アーティストがそれぞれの机に向かっていた。エステルの隣はシェリルの席だが、ミーティングに出ていて留守だった。

「だからぜんぶ濡れ衣なんだってば。みんなはライザーが仕組んだ脅しだろうって言ってる」

「あの栄養の偏ったバッファローみたいな弁護士がなんでアレックスを脅すの？」

「彼が社員のユニオン化に向けてリーダーシップをとってるからでしょ」

レベッカはこのときまで、アレックスが『ニーノ』の作画責任者の一人として辣腕《らつわん》を振るう陰で何をしていたのか、まったく知らなかった。

エステルによれば、アレックスはレイオフが始まるずっと以前から、彼のアシスタントたちが業務量の割に薄給であることを会社に訴えていた。会社が聞き入れなかったために、一時期は彼の給与の一部から上乗せしていたらしい。そこへ来て、先ごろからのレイオフでアシスタントのうち一人が解雇されてしまった。アレックスは労働局に訴え出ると抗議したが、ライザーに鼻であしらわれたという。

「それでなくてもみんな『なでしこ姫』の頃からずっと無給で超過労働にも応じてきて、ボーナスが出ないことも、賃金格差も我慢してきた。そこへレイオフ計画なんて、怒りで爆発したのはアレックスだけじゃない。前の集会では、会社公認の組合を作る方向で動いてたの。でも他のスタジオが加入してる組合……漫画映画家ユニオンっていうんだけど、そこの人が、それじゃ絶対に会社と対等に交渉できないから、自分たちに合流しろって。アレックスはそれで上級クラスの制作スタッフたちの説得に回ってたんだよ」

レベッカはあの夜のダニエルとフーパー夫人の会話に思い至る。

――男は頭でっかちで余計なことをする奴も多いから――

アレックスはダニエルを尊敬している。ダニエルもアレックスをトップ・アニメーターだと認めていた。その二人がこんな形で反目し合うことになるなんて。

「なんでアレックスは、私には何も言ってくれなかったんだろう。同じ作品を作る仲間なのに……」

「本人に聞くしかないでしょ。昨日釈放されて、今日は出社してるらしいから行ってきなよ」

エステルに背中を押され、アレックスの個室を訪ねると、本人は平然とした顔で原画チェックをしていた。

「やあベッカ！　難しい顔して便秘か？」

彼の顔を正面から見れば、右目の脇にくっきりと青痣が付いている。

「こんなときまで冗談は止めてよ……その怪我、どうしたの？」

「ああ、ハンサムが台無しだろ？　警察の紳士にちょっと可愛がられてね。でも右手はなんとか死守したよ」

机の上の原画はラストシーンのものだった。ニーノの恋人が仔馬を生んだのを、霧に包まれた崖の上からニーノと草原の王が眺めている。ニーノはすっかり次代の王の風格を漂わせ、それを見つめる草原の王の眼差しは慈愛に満ちている。こんな繊細な感情を描ける手を、危険にさらしてまで為すべきことが、政治の世界にどれほどあるというのだろう。

「……なんでそんな目に遭ってまで会社に楯突こうとするの？　お給料だって、地位だって十分あるのに」

「だからだよ」

アレックスはこれ以上ないほど楽しそうに笑う。

「俺が楯突くことに意味があるんだ。自慢だけど俺はスタジオで最高のアニメーターだ。会社だって簡単に切り捨てられない。それに、俺はダニエルを信じてる。今はライザーにいいように丸め込まれてるけど、俺が抗議し続けることで、きっと目を覚ましてくれると思う」

アレックスは信じているのではなく、信じたいのだ。レベッカにだってそれくらいわかる。その気持ちも、痛いほど。

「じゃあどうして私には何も言ってくれなかったの？」

「会社と争うのも本人の自由意志だから、誰にも強制したくない。それに君はいまアニメーターとして描きどきで、『ニーノ』は君の個性を伸ばして、飛躍のきっかけになると思う。ベストタイミングで、ベストな作品に出会えることはすごく幸運なことなんだ。俺は君にそのチャンスを逃してほしくない」

「――矛盾してる。それだって私の自由意志のはずでしょ」

アレックスはレベッカの才能とキャリアを、これ以上ないほど大事にしてくれている。それが難しい表情を保てないほど嬉しい。頭の天辺から爪先まで、甘い喜びで満たされる。でも同時にやるせなくて苦しい。蚊帳の外で、ただ自分のことだけを考えていろというのか。アレックス自身の才能やキャリアは、どうなるのか。

本当に言いたいことも、聞きたいことも、見えない手に口を塞がれたように言葉にできない。一度そうしてしまったら、きっと本来の意味からどんどん変質して、何もかも取り返しがつかなくなってしまう気がするから。


『シンフォニア』さえ成功すれば――根底で皆が小さな希望を捨て切れないでいた。社員も、幹部も、そして誰よりも、ダニエル自身が。

一般公開の直後から、批評家やジャーナリストの間では賛否両論が巻き起こった。「新たな芸術の体験だ」と絶賛する者もいれば、「作曲家たちへの冒瀆《ぼうとく》だ」と嘆く者もいて。「音楽とグラフィックが見事に融合した美の祭典」と評する者もいれば、「グロテスクな悪夢に思わず席を立った」とこき下ろす者もいた。

最初は論争自体が話題を呼び、興味本位の観客を引きつけ、それなりの興行収入をあげていた。けれども戦争によるヨーロッパ市場の減収は相変わらずで、さらにこの映画のために開発した音響設備への投資が、徐々に追い打ちをかけた。建物の構造的に、あるいは資金不足から、専用設備を置けずに公開を諦める劇場も多く、二ヶ月が過ぎてみれば、『シンフォニア』は『くるみ割り人形』よりも大きな赤字となっていた。記者にスタジオの行く末を危ぶまれ、激昂したダニエルは「この国の大衆はまだ真の芸術を理解できる段階になかった」とひどく傲慢なコメントを出した。

いよいよ立ち行かなくなったスタジオは、いくつもの企画を棚上げし、ストーリー・スケッチまで完成していたシェリルたちの新作短編も中止になってしまった。レイオフは加速し、実績や給与に関係なく、いま現在なんらかのプロジェクトに携わっているかどうかだけを基準に、スタッフは次々と解雇された。

アレックスはスタジオを代表するベテランスタッフ一八人の賛同を得て、漫画映画家ユニオンに属して会社との交渉を委任するべく、各社員に説明して回っていると聞いた。再び開かれることになった社員有志集会で、ユニオン加入の是非を問う投票が行われることが発表されると、集会の三日前に、ダニエルが全社員を試写室に集めた。

以前の、制作に没頭してなりふり構わなかった頃とはまた別の、荒《すさ》んだ雰囲気がダニエルを包んでいた。レベッカは、その独特のくすんだ肌と濁った目には嫌というほど見覚えがある。朝から酒瓶を手放さなかった故郷の父と同じ。安酒の、強い薬のようなツンとした匂いまでも鮮やかに蘇る。

「組織に貢献した人間に特権を与えるのは当然だ。文句を言う前に指示待ちの態度を変えろ。自分勝手な不平を言う前に、進歩のための努力をしろ」

ダニエルの演説は氷のように冷たく威圧的な言葉で始まり、レベッカたち社員は息をのんだ。

「思い出してくれ、僕らが一丸となってどれだけのことを一緒にやり遂げてきたか。どれだけこの場所が理想的な職場かを。僕は君たちみんなを子供のように思っている。それだけのことをしてきた自負もある。いいか、さも君らを救う預言者のごとく振る舞ってるあいつらは、ただの裏切り者で、紛れもないアカとそのシンパだ。合衆国の敵だ。世間知らずの君らをいいように手懐《てなず》けて、合衆国の宝とも言える僕らの映画と、それを生み出すこの理想郷を、めちゃくちゃに破壊しようとしている。僕は君らを救いたい。君らは僕という強いリーダーに従えば、必ず報われる。アカはただの弱虫だ、ユニオンなんて幻想だ。それを信じる奴らも理想だけの、もの知らずの大バカ者だ。強者が弱者を制するのが世界の理《ことわり》なんだ。僕は絶対にアカどもに勝ってみせる！」

一方的な演説は次第に熱を帯び、支離滅裂になっていく。ダニエルは自身の言葉に酔っているようだった。試写室にどこか白けた空気が満ちて、ダニエルもそれを敏感に察知したのか、いきなり怒鳴り始めた。

「どちらにつくべきか、バカじゃないならわかるだろう？　いいか、今度の有志集会とやらへ行ってみろ、参加者は逐一チェックして、必ずクビにしてやるからな‼」

思えばこの日が、ダニエルとスタジオ・ウォレスにとっての分水嶺だったのかもしれない。

三日後のダウンタウンでの集会は、ホールから人がはみ出すほどの大盛況で、レベッカもエステルと一緒に参加した。せめてスタッフの一員として投票しようと思ったのだ。シェリルは頑なに行くことを固辞した。

「一律の賃上げ要求なんて、酒飲んでばかりで仕事しないアーティストを甘やかすだけ。ウォレスはどの漫画映画スタジオよりも厚遇よ。私はどこから来たのかわからない、ならず者みたいな運動家より、ダニエルを信じることを選ぶ」

集会では、漫画映画家ユニオンが属する全国組織・スタジオ労働者会議の代表がアジテーションを行い、著名な作家や脚本家が応援演説に駆けつけた。

「賃上げを！」

「公正な待遇を！」

「労働者を主役に！」

シュプレヒコールがうねるように大きくなる中、レベッカはこの奇妙な熱狂に飲まれまいと、ずっと両手を握りしめていた。見上げる壇上で、アレックスだけはいつもと同じように飄々と佇んでいた。

集会後の投票では、レベッカたちを含め、圧倒的大多数のウォレス社員が漫画映画家ユニオンに入ることを選んだ。しかし会社はユニオンを認めず、交渉は決裂に終わった。最終交渉の日の翌日、アレックスをはじめとする一九人のリーダーたちが突然解雇された。それぞれの部署から駆けつけた皆が見守る中で、彼らは私物の入った箱を抱え、まるで犯罪者のように、警備員に出口まで連行されていった。アレックスは皆と一緒に廊下に出てきたレベッカとは、決して視線を合わせようとしなかった。レベッカもかける言葉が見つからず、ただ呆然と見送ることしかできなかった。

二〇XX年十月～一二月・東京

川島と大田原がそれぞれのミーティングに出払った後も、山野は席に戻ってこなかった。トイレに立つと、案の定三つある個室のうち一つが塞がったまま、不気味に沈黙している。こんな新卒みたいなプチストライキをするなんて山野らしくない。もしかしたら体調でも悪いのだろうか。

こういうときは放っておくに限る。下手に仏心を出すと、たちまちそこに付け入られることは、これまでの経験で嫌というほど予想できた。社員たちの込み入った仕事にも、プライベートの事情にも深入りせず、できるだけ無味無臭の存在に徹するべし――そう決めたはずなのに。

「山野さん、大丈夫ですか？」

完全な無反応に、もしかして人違いだったかと真琴が焦りだすと、扉の向こうでようやく微かな気配がした。

「……ご心配なく。仕事に戻ってください」

いつもの山野の声だ。平然としすぎているのが、却って不自然だった。でも体調不良ではなさそうで、真琴の〝心配〟はたちまち薄れて消える。

世界的企業に正社員として勤め、誰もが認める学歴やキャリアと十分な経済力があって、夫がいて子供がいて、その上にワーキングマザーとして扱われたくないなんて、どこまで求めれば気が済むのだろう。圧倒的勝ち組の、〝輝く女〟の鬱屈は、光の陰にいる身からすれば、はるか先の、たぶん永遠に届かないステージ上でのドタバタを眺めているようなものだ。でも「欲しい」と決して声高に主張せず、主張する勇気も、主張し獲得することに伴う責任からも距離を置いたからこその〝陰〟なわけで、陰は楽でもある。真琴は鏡の中の、自分のぼんやりした顔から目を逸らす。

　そのままトイレを出ようとしたとき、再び山野のくぐもった声が聞こえた。

「マリッサ・ブレイクの――彼女のことは、この展覧会が決まったときから、ちょっとずつ海外のサイトとか、本とか、調べてたんです。家族のことや、ウォレス以降のキャリアのことなんかを。あの時代にダニエル・ウォレスの信頼を得た、ただ一人の女性なんて、なんだかすごく興味が募って」

「……そうなんですね」

　真琴はブレイクの背景には、彼女の絵に対するもの以上の興味はわかなかった。というより、興味を押さえ込んでいたというほうが近い。

　アニメーションの歴史に名が刻まれるほど才能も実績も豊かで、しかもダニエル・ウォレスと共に写った写真を見る限りすごい美人で、どこまでも遠い世界の〝主役〟のような人だと思った。

　世間が好んで共有したがるドラマチックな物語の中では、真琴のような平凡な人間は基本モブだ。主人公たちを慰撫するためだけの、個体の区別のつかない、小鳥やリスなど名もなき動物たち、よくてせいぜいストーリーに少しスパイスを効かせる気の毒な人、あるいは失望だらけの人生で身に付いてしまった卑屈さや猜疑心まで嗤われる、ひねくれ者といった役しか与えられそうもない。

　だからこそ、真琴は主役の陰にいたはずの人々、公の歴史に現れない人々に惹かれる。M・S・HERSEA、あるいはそう名乗ったかもしれない人たちに、我ながら驚くほど執着してしまうのは、やはりどこかで、自分との共通点を見出せそうな気がするからだろう。山野のような、主役的人生を歩む人が、やはり主役の先達に拘るのも、きっと同じ理由なのだ。

トイレのドアの向こうで、珍しく饒舌に、山野は語り続ける。

「本当にすごい人なんですよね。アーティストとしてはもちろん、夫もスタジオの幹部になるほど認められたアーティストで、男の子を二人も育てて、ニューヨーク郊外に自らデザインしたアトリエ付きのかっこいい家を建てたそうです。退職して引っ越したあとも、ダニエル・ウォレスに請われて、東海岸の自宅と西海岸のスタジオとを飛行機で行き来して、育児と両立しながら『ワン・ワールド・サウザンド・ソングス』みたいな歴史に残る仕事をして……」

「究極の勝ち組みたいな人ですね」

聞いているだけで食傷気味になりそうだと適当な相槌を打つと、

「完璧すぎて、いやになる」

山野がぽろりと本音らしきものを漏らした。

途端、胸の中に湧き上がった激しい感情が、勝手に口からこぼれ落ちた。

「私から、みたら」

山野さんだって完璧じゃないですかなんでも持っていて望めばもっともっと手に入って何が不満なのいい加減にして。

すんでのところで飲み込んだ言葉たちが、頭の中に渦巻いてうるさい。名もなき小動物キャラの中でも、自分はたぶん一匹だけ紛れ込んだ意地悪そうな、ブサイクな個体だろうな、と真琴は思う。

「……そういう背景が気になるのも、すごくわかるし、私もハーシーさんがどんな人たちだったのか、なぜあんなサインをしたのか、興味はつきないんですが……。ちょっと理由は違うかもしれませんけど、私も女性チームを強調するのは、どこか引っかかりがありました」

真琴は自分に言い聞かせるように言葉を繋ぎながら、こんなことを山野相手に話している自分自身を訝しむ。

塊のような沈黙のあとで「違う理由って？」とドアの向こうから尋ねられた。もう仕事に戻りたかったが、乗り掛かった船、自分で蒔《ま》いた種、だろう。

「これから作品そのものの凄さより、女性チームということが独り歩きしてしまうのは嫌だな、と。ハーシーが男か女か関係なく、素人目ですが、私は彼女たちの絵の方が、〝イレブン・ナイツ〟の絵より素敵だと思いました。あの絵に惹かれたってことを、忘れたくないんです」

「――わかる気がします。『女性初』とか、『女性ナントカ』って、一見良いことだけど、まるで女性は特別枠で評価軸が男と違う、男あっての存在で、対等じゃないみたいに聞こえるときありますよね」

「そう、それ！」

山野にすらすら言語化されて、頭の隅に滞留していた霧が晴れたようだった。やはり頭の回転が速い人だな、と思う。

「なるほど。あなたたちの言い分はわかった」

張りのある声に、一瞬で心臓が凍りつく。

振り向くと、ハイブランドの化粧ポーチを持った大田原が、トイレの入り口から姿を見せた。いつからそこにいたのか――彼女の悪口を言っているように聞こえてしまった？――悪口でなくても楯突いたことにはなるのか――上司に意見するつもりなんてなかった――なんで山野に構ってしまったんだろう――真琴の脳裏には、早くも契約解除の四文字が点滅し始める。

「女性の社会進出が進んだ今、〝女性〟プレゼンテーションのさじ加減を間違えれば、却って古臭くなる。逆に差別的と取られかねない、ということね。肝に銘じておきましょう」

(誤解です、大田原さんに楯突く意図はなかったんです)

口に出せば、もっと言い訳めいて聞こえそうだった。真琴は鏡越しでも隣の大田原の目を見ることができない。シュッとミストをかける音がして、ほんのり薔薇の香りが漂った。

「でもね、大きく進んではいても、まだ過渡期。過去の蓄積された歪みの結果である不平等は、今も十分に解消されたとは言えない。ほとんど顧みられてこなかった過去の女性たちの仕事にスポットを当てて、注目を集めることはまだまだ有効だし、必要なことだと、私は思う。まずは展覧会に来てもらって、作品を判断してもらうのは、そこからじゃない?」

大田原の声音は、意外なほど穏やかだった。半分は謝罪の意味で、真琴は深く頷く。

あの個性的な三人の女の子たちを、ペガサスを駆る少女のかっこよさを、その生命力に溢れたタッチを、できるだけ多くの人に見てほしい。それが一番の望みだ。美しく口紅を引き直した大田原の唇がニッと笑った。

「山野さん、体調が優れないなら早退していいから。あとあなたと私の一対一《ワン・オン・ワン》ミーティングを……そうだな、来週あたりに一時間、スケジュールの空いているところに適当に入れておいてくれる?」

「……承知しました」

白い個室の扉の向こうで、山野が大きく息をつく気配がした。

スミスさん宛に、M・S・HERSEAのアナグラムと四人目の可能性、マリッサ・ブレイクのハーシー名義作品が存在するかもしれない、ということを説明した、これまでで最長のメールを送ると、その夜すぐに「日本のホームズたちへ」というおどけた件名の返信が来た。時差を考えると、朝一で返してくれたのだろう。その文面からは、隠しきれない興奮が読み取れた。

――君たちの大胆不敵な推理には感服したよ！　アナグラムとは、思いもよらなかった。でもこの方向で調べてみる価値は大いにあると思う。特にうちの若いワトソンが、もう徹夜する勢いでこの件にのめり込んでいてね。比較のためのシェリル・ホールデンとエステル・コロニッツの絵は、彼女がすぐ見つけるだろう。

私たちも四人目がいる可能性は高いと思っている。あなたが見つけてくれた最初の二枚の絵は、やはりどう見ても作者が違うと思うし、少なくともホールデンとブレイクのものではないからね。ファーストネームがREもしくはERで始まる社員については、いま僕の方で過去の社員名簿をひっくり返している。それから、我が社が出資するバーバンク芸術大学のアニメーション史の研究者たちには、鑑定や社史の調査、学生たちにはインターンとして絵の〝大捜索〟のために、それぞれ協力を仰いでみるつもりだ――

その文面通り、週末には『シンフォニア』のためにシェリル・ホールデンが描いた絵コンテと、エステル・コロニッツが描いたキャラクター・スケッチが送られてきた。シェリル・ホールデンの絵は最終的に本編では採用されなかったアイデアを基にしたものらしいが、水彩で描かれた青紫色の花のキャラクターを中心とする、植物でできた宮殿の舞踏会のような情景が美しいシーンだった。スミスさんたちによれば、そこに記された広間を移動していくレイアウトのアイデアも「現代のレイアウトマンも帽子をとる」ほど卓越しているらしい。そして各絵の注釈の流れるような字体は、間違いなく、あのマリッサ・ブレイクがサインを入れた絵コンテに書かれていたものと同じだ。

エステル・コロニッツの絵は、『シンフォニア』の人気キャラクターの蜜蜂だった。黒い画用紙に金色のパステルでふわふわの毛が巧みに表現され、表情豊かな目元と相まって、ユーモラスなだけでなく、幻想的で、上品でもある。この絵がグッズになったら今すぐ欲しいと思う可愛らしさだった。真琴は今回のハーシーの件に関係なく、展示リストに入れるべき絵と判断した。

相談した大田原も、

「それで、エステルがハーシーの二つの絵のどちらかを描いたかどうかは、確認が取れたの？」

大田原は真琴に尋ねながら、まったく関係のない書類に目を通すのを一切止めない。脳の司令系統が二つあるのかと、本気で疑いたくなる。そしていつの間にか、社長の〝テッド〟呼びと同じように、ハーシーたちを知り合いのように呼んでいる。ややこしいので真琴も倣うことにしていた。

「社内アーティストとバーバンク芸術大学の教授に見てもらったそうですが、確定はできないみたいです。人間のキャラクターと虫のキャラクターという違いもあるし、大きく絵柄やテイストを変えるアーティストも多いから、比較が難しいと言ってました」

「なるほど。彼女が描いた人間のキャラクターもどこかで見つかればいいんだけどね」

「いまスミスさんたちも探してるそうです」

「にしても、これだけ有名な作品の人気キャラクターを手がけた人なのに、『シンフォニア』にシェリルやエステルがクレジットされてないのって不思議、というか理不尽ね。アシスタントの仕事の領域がこんなに広いのも驚きだけど」

「当時は企画段階から割と制作チームの入れ替わりが激しかったみたいで。シェリルさんがシークエンス責任者であることも、ほとんどの資料では記されてないみたいですし、このエステルさんの絵もサインがあるわけではなく、たまたま議事録に記載があったからわかったみたいです。最終的にアシスタントレベルのスタッフが誰で、どんな役割を果たしたか、正確に把握するのは、かなり難しいだろう、と」

「〝公〟の歴史は強者や残った人が作るものだからね。あと、四人目の候補が見つかったって？　やっぱり女性なの？」

「そうなんです！　現在のアニメーション部門で彼女の過去の仕事を参照していたスタッフが何人かいて。アニメーターの中では知る人ぞ知る存在だったみたいです。そのタッチも、在籍期間も、マリッサさんの同窓生だったという点でも、かなり確度が高いのではないかと」

レベッカ・スコフィールド——M・S・HERSEAの最後の一人である可能性が高いアーティスト。

スミスさんから彼女の仕事の参考に、と送られてきた絵を見た時の興奮は、今も真琴の中で収まっていない。『仔馬物語』の前半部にある、狼のシーンの一連の原画だった。主人公の幼いニーノを襲う狼の群れが、牙を剝き出しにして画面いっぱいに迫ってくる様は、鉛筆画でもすごい迫力だ。スミスさんによれば、そのデッサンの巧みさや、アニメートさせたときのリアリティ溢れる筋肉の動き、群れ全体の動かし方などが、現役アニメーターたちの中でも評判だったのだと言う。

——『ニーノ』のオープニングクレジットにも、彼女の名前が確認できた。おそらくスタジオ・ウォレス初の女性アニメーターと言っていいはずだ！――

真琴は直感的に、あのペガサスの絵の作者だと思った。獲物を前にした狼でも、飛び立つ瞬間のペガサスでも、それを駆る勇ましい少女でも、鉛筆の線に宿る生命力の塊のような力強さが通底している。色もない静止画なのに、心臓の音や、血の通った皮膚の弾力まで伝わってくるようだった。

スミスさんも大田原も、この〝再発見〟を大いに喜んだ。

歴史的にも、PR展開の上でも、〝スタジオ・ウォレス初の女性アニメーター〟がどれほどの意義があるかはわかる。でも真琴は同時に、一抹の寂しさも感じていた。表舞台から遠ざけられた、〝名もなき〟女性たちと思っていたが、彼女たちは、マリッサ・ブレイクほどではなくとも、各々が類いまれな才能を発揮して、当時十分に輝いていた人たちだった。何もない自分と通じるものがあるかも、なんて、ひどくおこがましい考えだったのだ。

「あとはマリッサのM・S・HERSEA名義の絵が見つかるか、ね。でもこうなってくるとますますわからない。当時それぞれが認められた仕事をしていたのなら、なぜ四人で偽名を使ったのか、なんでこんなふうに絵がバラバラに保管されているのか」

「スミスさんも、それぞれの絵が各作品の保管箱に紛れていたのは、何か意図的なものを感じるとは言ってました。敢えて絵と似た設定の作品を選んでいるようなので。ただ彼女たちが在籍していた時期が時期なので、ある程度の混乱は避けられなかっただろう、とも」

「ああ、スタジオが引っ越したタイミングの前後だったんだっけ」

「はい、それから大規模ストライキと、戦争の時期にも重なるんです」

真琴は各映画の制作年代は頭に入っていたのに、第二次世界大戦という歴史的背景と、今回の件をまったく重ねて考えていなかった。大ストライキに至っては、スタジオで起こっていたことすら知らなかった。だからスミスさんのメールを読んだとき、真琴は思いのほか大きなショックを受けた。

当時どんなに現場で活躍していても、個人では抗えないほどの、大きな運命のうねり。そんなものに、あの少女たちの絵と、その作者たちが巻き込まれていたかもしれないなんて。

一九四一年五月〜九月・ロサンゼルス

それは初夏らしい爽やかな微風が吹く、よく晴れた朝のことだった。アレックスが解雇されて以来、気力の戻らないレベッカは、シェリルの車に家の前で拾ってもらい、スタジオを目指した。

道路の先に真新しい白の建物群が朝陽をはね返すのが見えたとき、異変に気が付いた。スタジオ前の歩道を、プラカードを持った人々が埋め尽くしている。レベッカとシェリルはほとんど同時に呟いた。

「ストライキだ……！」

スタジオに近付くにつれて、人々の叫びがはっきりと聞こえた。

「不公平《アンフェア》を正せ！」

「私たちは飼い猫じゃない！」

「ユニオンは総意！」

見知った顔が列をなし、スタジオの入り口へ向かっている。ある者はプラカードを掲げ、ある者は新聞を読みながら。朝食を食べ損ねたのか、パンをかじりながら歩いている者もいる。数人はレベッカとシェリルに気付くや、行進に加わるようにジェスチャーで訴えた。

駐車場の入り口がピケットラインになっているようだった。徒歩通勤の者たちがピケ隊に阻まれているのが見える。人々の列を避けながら、シェリルがゆっくりとハンドルを切ったとき、車の前に小柄な人影が立ち、カールキャットのように大きく両手を振った。

「エステル……!」

駐車場に停車させたままの車の中で、レベッカとシェリルは後部座席に滑り込んできたエステルが話し出すのを待った。ピケットラインでは新たに出社してきた人々が、スト側の人々と言い争う声が聞こえる。一歩車の外へ出れば、線の内か外か、どちらの側なのか決めねばならない。ばかばかしいと思っても、このルールから逃れる術がわからない。ノアとアンバーのおもちゃや紙屑が散らばり、シェリルの家の小さな日常の気配が保存された車内は、外の緊張感をいくらか和らげてくれる。

「見ての通りだよ。あたしたち漫画映画家ユニオンは、会社と全面的に争うことを決めた」

エステルによれば、昨夜のユニオンの緊急集会で、ストライキの動議が行われたのだという。レベッカは集会の案内は受け取っていたが、行かなかった。アレックスの解雇の後ではすべてが無意味に思えたのだ。

「……結果が得られるまで仕事をしないということ? 『ニーノ』はどうするの?」

毅然とした口調のエステルに対し、シェリルはいつもよりずっと穏やかな調子で尋ねた。

ストーリー・スケッチまで完成していた短編の企画が中止された時点で、シェリルたちは

『ニーノ』のチームへ再編されていた。たまたま幸運だったのか、上層部の采配だったのかはわからない。だがそれが結果的にレイオフを免れることにもなった。エステルがストに参加すれば、上司に当たるシェリルの立場にも影響が出てしまうかもしれない。

エステルはシェリルの質問に一瞬泣き出しそうな表情をしたが、目を閉じて口を引き結んだ。

「そういう、あたしたちの作品への情熱を、会社はこれまで利用して、使い捨ててきたんだよ。あの四〇時間の契約書だって、表向きあたしたちのためみたいに見せかけて、体のいい隠蔽工作だったんだから」

今年の始めに、それまで週四六時間と規定されていた就業時間が四〇時間となり、社員は個別に用意された宣誓書へサインを求められた。だが元々誰もそんなものに意味があるとは思っていなかった。長編でも短編でも、公開が迫れば昼夜問わずほぼ休みなく作業をせざるを得ないのだから。

「もっとある。会社は実写映画へのシフトを本格的に検討してる――自然ドキュメンタリーや、ダニエルがスタジオ設立直後に作ってたような、漫画と実写を融合させたものなんかを。大半のアーティストをお払い箱にする前提でね。スタジオとして大事なのは〝何を作るか〟より〝如何に安く早く作って売るか〟なんだよ」

「待って、私もその噂は聞いたことあるけど、漫画映画と入れ替えるというより、あくまで実験的なものだって」

言いかけたレベッカを遮って、ますます頑なな声でエステルが続ける。

「もう何本か進行してるの。ちょっと前に仕上げ部門にオーディションの通達が来たんだって。『実写融合映画に出演する、若く美しい女性求む。水着審査あり』とね。美人で有名なトレース係のところに、『君なら絶対受かるよ』なんてわざわざ言いに来た馬鹿野郎もいたって聞いた。女性スタッフを、あたしたちの仕事を、なんだと思ってるの⁉」

シェリルもレベッカも呆気に取られてしまった。交わす視線でお互い何も知らなかったことがわかる。またしても、作画ルームに籠っている間に、すっかり外の動きから取り残されていたのだ。

「――あなたが怒るのも無理ない、とんでもない話だわ。でも……それでも、私はやっぱりストが一番の解決策だとは思えないのよ」

シェリルが一語一語選ぶように言う。気が昂《たかぶ》るとイギリス訛りが強くなる癖が出ていた。

「ベッカはどう？　同じユニオンメンバーとして」

エステルがじっとこちらを見つめる。確かにレベッカはあの集会で漫画映画家ユニオンへの合流に投票した。今もそのことに後悔はまったくない。

「……そんなオーディションは、仕上げ部門のみんなへのひどい侮辱だと思う。私も許せないし、他のことも、今のままでいいとはぜんぜん思ってない。変えてかなきゃいけない。でも」

あの日の打ちひしがれたアレックスの姿が過ぎる。ダニエルを信じて、完膚なきまでに裏切られ、最後まで顔も上げずに行ってしまった。

彼が大切にしたものを、彼が犠牲にした分まで、せめて――こんな気持ちは、団体交渉やどんな手段でも、どうすることもできないと思う。

「『ニーノ』をどうしても、今できるベストな形で完成させたい。私の中では何を措いても、それが一番なの」

「あたしやみんなだって同じ気持ちだよ。漫画映画の仕事が大好きだし、誇りを持ってる。べストな形で取り組みたいからこそ、こうやって立ち上がったの。会社さえ交渉に応じて公正な待遇を約束してくれれば、今日の午後にでもみんな仕事に復帰する！」

そんなすぐに解決されるとは、到底思えなかった。そうやって同じような経緯を辿った複数のアニメーションスタジオが各地で倒産していると聞いている。レベッカとシェリルの顔に疑いの色を見て取ったのだろう、エステルのリスのようにくりくりした瞳が急速に力を失う。

「二人は、等級が高いものね……」

思いもよらない言葉だった。

だがそれは、考えたこともなかったのではなく、考えることを無意識に避けていたのだと、レベッカは同時に悟った。

「知ってた？　大半の仕上げスタッフの給与は多分ベッカの半分もない。あたしだってストーリー部門に異動したところで似たようなもの。ダニエルお気に入りのスタッフや、ジュニア・コマンドーたちの五分の一とか、八分の一とか。どんなに一生懸命働いても、あたしたちも、あたしたちの仕事も、それだけ軽く見られてるってこと」

〝あたしたち〟に、レベッカたちは含まれないということ。ここにも引かれてしまった見えない線に追いやられ、じわじわと喉元が狭まっていくような気がする。

『舞踏への招待』の制作中、マリッサのコンセプト画の色を再現するために、ギリギリまでインクの配合に拘ってくれたサラの彩色チームのスタッフは、作品完成の直前に倒れてしまった。病気で失業中の夫と小さな娘を一人で養っていることは、後で人伝てに聞いた。驚異的なスピードで工程の遅れを巻き返してくれたトレース係の中には、家計が破綻して学費を払えず、美術学校や大学を中退した、二十歳にもならない女の子たちが何人かいた。

レベッカは今朝、スタジオへ来るまでの道すがら、シェリルに「私も車を買おうかな」なんて話をしていたのだ。そしてそんな話題は、エステルがいる所では進んでしようとしなかっただろう。アニメーターとして等級が上がる前、一緒にサンドイッチを分け合っていた頃は、互いの懐事情もあれだけ明け透けだったのに。

「……ごめん、二人にこんなことまで言うつもりじゃなかった——もう行くね」

瞼《まぶた》を震わせたエステルは、あっという間に車の外へ出ると、ピケットラインの向こう、長く伸びたストライキの列の先頭の方へと駆け出していく。エステルのボーイフレンドのベンジャミンが、怒れるカールが描かれたプラカードを掲げて、彼女を手招きしているのが見えた。

シェリルがハンドルに突っ伏して、長い長いため息をつく。しばらく沈黙したあと、レベッカに話しかけるというより、自分に言い聞かせるように呟いた。

「私たちは私たちで、できることをするしかない……」

その日から毎朝出社すると、ピケットラインでスト側の引き止めに遭ってから、ガラス張りの正面玄関を潜るのが慣例になった。レベッカにとって毎回ラインを踏み越えることは、エステルやたくさんの仲間たちへの罪悪感を振り切り、仕事への決意を誓い直すようなひどく重い一歩だった。だが多くの人々の目には、レベッカはただ無批判にスタジオへ忠誠を誓った人間と映っていた。

それでもこの頃はまだ、皆の間にどこか平和的な雰囲気があった。野次より揶揄のトーンが強く、数人の親しい同僚たちは、行きあうたびにデモの列の中から、

「調子どう？　ベッカも外に日光浴をしにおいでよ」

「いまや傑作は作画台よりプラカードの上で生まれるんだよ」

などと軽口をたたき、お陰でピケットラインを越えるレベッカたちの気まずさは少し和らいだ。

エステルといえば、初日のように彼女からレベッカたちの元へ話しかけに来ることはなかったものの、それぞれの人垣に互いを見つけると手を振り合い、親しみのこもった挨拶を欠かさないでいてくれた。

本来なら旧スタジオよりずっと活気に満ちているはずだった真新しい作画ルームは、半分以上空っぽで、外の鳥の鳴き声やストライキ参加者の唱和する叫び声がやけに反響した。このアニメーション棟の最上階には件のペントハウスがある。等級の、すなわち給与の低い一般スタッフ、そして女は、絶対に入れない領域。そこに集う幹部たちの足の下で自分は仕事をしているのだと、ストのコールが耳に入るたび、レベッカはこれまで以上に意識させられることになった。

だが一旦その日最初の紙を作画台にセットしてしまえば、レベッカの脳裏からは描くべき絵のイメージ以外、すべてのものが消え去った。これしかないという線を求めて、脳も体も作り替えられるような感覚を味わう。思い通りに描けた線が形になり、形が命の片鱗を宿し、その瞬間の感情のまま、紙の上を生き生きと動き出す。この無上の興奮と喜びがあれば、他には何もいらない、とさえ思えた。鉛筆が紙の上を走る感触に全身を任せる間は、スタジオの外で必死に戦うエステルたちの声は耳に入らず、彼らが何と戦っているかということも、忘れてしまう。自分はもしかしたらひどく冷たい、あるいは人として大事なものが決定的に欠けた人間なのかもしれない。そんな思いだけが、白い作画紙の上の微かな消しゴムカスみたいに、レベッカの中に残った。

ダニエルはスト初日に出社したとき、デモ隊から一斉にブーイングを浴び、大人数を相手に摑みかからんばかりに激怒したという。それ以来、滅多にスタジオに姿を見せることはなくなった。代わりに顧問弁護士のライザーが、明らかに社員ではない怪しげな男たちを引き連れ、屋上からスト参加者の写真を撮ったり、エリート集団のジュニア・コマンドーたちを指揮しては、大量の経理関係の書類をひっくり返したりしているのを見かけた。新聞記事によると、スタジオ側はストライキをあくまで少数の末端スタッフが勝手に行っているものだとして、交渉には応じない方針を表明していた。

ダニエルの側近でもあるカバ紳士や灰色熊は、立場上ストライキには反対しているものの、スト参加者たちとは友好的な関係を保っていた。記事に反してスト側にはたくさんのシニア級アニメーターやストーリー・マンもいるため、時おり行進の列に並ぶ彼らを連れ出し、デモの横で制作中の作品の作画や演出について意見を聞いたりしているらしい。

シェリルも同様に、ストーリー・スケッチについてエステルとやりとりしており、あるときなどはエステルがピケットラインに座り込んで描き、その後シェリルが着彩した絵が、最終版のボードに加えられていた。季節が移ろう中で、ニーノの仲間の動物たちが家族を作り、森に遊ぶ、ラストシーンへ繫がる美しいシークエンスだった。

「正直ちょっと楽しそうよ。隣の空き地がキャンプ場みたいになって、野球やピンポンで遊んでる人もいた。近くのダイナーが食事を差し入れてくれるんだって。私が前にいたグローブスタジオや他のアニメーションスタジオからも、結構な応援が来てた」

「昨日も帰り際、ずっと音楽が聞こえてたね」

ランチタイムには、どうしてもエステルの不在が際立った。シェリルと手入れされた芝生の上でチーズサンドにかぶり付きながら、レベッカは早くすべてが終わり、また元のように皆で仕事の合間に他愛無いおしゃべりをして、ひとつ制作の山を超えるたび、互いの健闘を労《ねぎら》いあって笑える瞬間が来たらいいのに、とひどく無責任な願望を抱いてしまう。

「新しいユニオンの方はどうなった？」

「交渉相手として、ライザーじゃなくてダニエル本人と話すべき、というところで議論が止まってるのよね」

シェリルのように漫画映画家ユニオンに属していないスタッフも少なくなく、彼らはスタジオを盲信して支持するというより、事態の収拾のためにできることをしたいと願っている人が多かった。カバ紳士たちの助言で、そうした社員たちで改めて独自のユニオンを組織し、こう着状態になったスタジオとストライキ参加者たちの仲介役として妥協点を見付けていく案が出ているという。シェリルやほかのリーダークラスのスタッフたちが何度か話し合いの場を設けていて、昨夜も終業後にミーティングがあったと聞いた。

「何せダニエルはずっと姿を見せないわ、ライザーたちはことごとく面会の機会を潰すわで。ダニエルは極度のストレスで、医者には入院を勧められてる、なんて噂もある」

「そんなに体調が悪いの……？」

以前ダニエルがスタッフを試写室に集め、酔いに任せて高圧的な演説をしたときの姿が思い出された。

いつかの夜、残業続きで深夜に帰宅するレベッカを父のように気遣ってくれた心優しい人が、本当に故郷の父のようになってしまうかもしれない。その父だって、レベッカが小さな頃は逞《たくま》しくて頼り甲斐のある、穏やかな人だった。大恐慌で農場の経営が上手くいかなくなり、描いていた未来が一つ一つ裏切られ、苦労して築き上げてきたものがゆっくりと叩き潰されていく毎日の中で、父という人間も壊れていった。

——しばらく静養しなきゃ死んじまうぞ
——静養なんかしたら、それこそ一家全員死んじまう
過労で倒れた父を往診に来た医者とのやりとりを、幼いレベッカはベッドの傍で聞きながら、冗談だと思い笑った。父はその後なんとか床を上げたものの、「俺には一番効く薬だ」と酒瓶を片時も離さなくなった。

こう着状態のまま数週間が瞬く間に過ぎ、スト参加者の苛立ちも目に見えて募っていった。

日差しがすっかり夏の強さになったある朝、出社してみると、レベッカたちの前を二人の女性が会社の玄関へ入っていくところだった。仕上げ部門のサラと、彼女のチームの若いメンバーだ。

突然、ピケットラインの前列にいた男たちが二人を罵倒し始めた。

「俺たちが立ち上がったのはお前らのためでもあるのに、知らんふりかよ！」

「ダニエルの飼い猫が！　それともライザーの〝子猫ちゃん〟か？」

「コンパクト一つで懐柔されやがって、女は気楽なもんだよな」

「男の仕事の真似ごとなんかしてないで、とっとと家に帰って子供のおしめでも替えてろ！」

ストライキ初期のどこか牧歌的なトーンは消え失せ、言葉には明らかな憎しみが満ちていた。

サラたちは果敢にも彼らを睨み返している。

彩色やトレースといった仕上げ部門のスタッフは半分以上がストに参加していない。でも毎年ダニエルが彼女たち全員へ化粧品のクリスマス・プレゼントを贈っているからといって、そ

れだけが不参加の理由のわけがなかった。

かつてのレベッカと同じように、蓄えのない多くの女性スタッフたちにとって、毎週受け取る十数ドルの給料が無ければ、生活がすぐに立ち行かなくなるのは明らかだった。「男に養ってもらえばいい」と簡単に言う人たちの想像よりもはるかに、家計を支える立場の女性は多く、不況が大分改善されたとはいえ、このスタジオ・ウォレスと同じレベルの給与を出す、女が就ける安定した職は男に比べて圧倒的に少ないままだ。就職するまでの辛酸を思うと、今でもレベッカの胸は重くなる。当時雇ってくれたダニエルにどれだけ感謝したことだろう。感謝と同じだけ、この大好きな職を失う恐怖も大きい。それはきっと彼女たちも同じなのだ。

「お黙り、このPlonker《大馬鹿野郎》どもが！」

突然、隣を歩くシェリルの口から鋭い英国スラングが放たれ、レベッカの鼓膜を震わせる。

「働く女を舐めんじゃないわ。こっちは子供や夫や親の世話って〝仕事〟しながら、あんたたちと同じだけ、いえ、それ以上の〝仕事〟をしてるのよ！　私が五〇枚のストーリー・スケッチを描く間にあんたたちは何枚描いた？　そのあと家に帰って子供に食事させて、寝かしつけて泥だらけの服を洗濯したことは？　あーらもしかして、ママやワイフがぜんぶやってくれるの？　そっちこそお気楽でいいご身分ね！」

緑の瞳が爛々と光り、心なしか赤毛がいつもより鮮やかに見える。シェリルのイギリス訛りの剣幕に、罵声を浴びせていた男たちも、ほかのスト参加者たちも、呆気に取られて黙り込んだ。サラたち二人は目を潤ませてシェリルに向かい何度も相槌を打っている。その不思議な静けさを縫い、人々の背後から、

「仲間割れしてる場合じゃないだろ」

聞き覚えのある声が場違いなほどのんびりと響いた。

「仲間ぁ？　こいつらは卑怯なスト破りだぞ」

「組合員のくせにな！　裏切り者の間違いだろが！」

野次を飛ばした男たちが後方を振り返り口々に言うと、最前列の人々もレベッカたちを睨みつけて同意する。潮目がぶつかるように、背後の声に同調する波と反する波とが、人々を分けるのが見えるようだった。

「一緒に汗水垂らして漫画映画を作ってきた仲間だ。たまたま今は踊ってるダンスのテンポが違うってくらいのもんだ」

声の主が人々をかき分けてくるのはわかるが、一向にその姿は見えない。でもそれが誰なのかは、もうレベッカにはわかっていた。手前に立つ背の高い眼鏡の男の肩口に、黒茶の頭髪が覗く。

「アレックス！」

まるで上半身と下半身でちぐはぐの動きをするギャグみたいに、考えるより先に足が勝手に動き、次の瞬間には、レベッカはアレックスに飛び付いていた。シアサッカー地のシャツの下の、想像以上に硬い筋肉に覆われた胸と腕が、レベッカをがっしりと受け止める。

「やあベッカ、ひと月見ない間に背が伸びたな」

「……そっちがひと月で縮んだんじゃないの？」

「ハハ！　元気そうでよかった」

「もう会えないかと……」

以前と何も変わらない笑顔に見下ろされ、レベッカは溢れそうになるものをぐっと堪えた。

スタジオを出て行くときの、誰とも目を合わせようとしないあんな沈鬱な顔が、彼を見た最期にならなくて良かったと、心から思う。

「皆がこうして縄張りを荒らされた猫みたいに殺気立ってるのは訳があるんだ。あらすじを始まりから説明すると、我が有能なる支援者諸君のおかげで、俺はスタジオに再雇用されることになりました」

「本当⁉　じゃあ……」

「でも俺用の作画机はないとさ。壁や床で描くのは俺のスタイルに反するし、仕方なくストライキの列に出社してみたら、さっそく素敵なお茶会のお誘いをもらってね。意気揚々と向かってみれば、ちょっとギャングに殺されかけたってわけ。そこで俺たちは、」

「ま、待って待って、ギャングって何よ？　なんでそんなことになってるの？」

再雇用の話だけでも驚きなのに、思考が追いつかない。雨に降られかけたとか、犬の糞を踏みかけたとか、まるで日常のアンラッキーのように「ギャングに殺されかけた」と語るアレックスは、冗談を言っているようにしか見えなかった。

アレックスによれば、一昨日に経営陣からユニオンのリーダーたちに、正式な話し合いの申し入れがあったのだという。再雇用されたばかりのアレックスは今回のストの動議には参加していなかったものの、代表の一人として、他の二人と共に話し合いに臨むことになった。

「でも迎えに来た男どもは明らかに堅気じゃないし、向かう場所もダウンタウンのホテルのはずが、車はどんどん郊外に出るし、身の危険を感じてみんなでなんとか車を降りて逃げ出したんだ。お陰で炎天下を何時間も、モハーベ・ロードを彷徨《さまよ》う羽目になったよ」

そして今日になって、スタジオは声明を出した。ユニオン代表者としてバノン氏なる人物と交渉する予定だ、と。

「このバノンがギャングと繋がりのある交渉屋なんだよ。これまでいくつものストを超法規的な手段で潰しては、経営側から金を搾り取って荒稼ぎしてる男だ。ユニオンの弁護士によると、俺たちが連れて行かれそうになったのは山間にある奴の牧場だろうってさ。もしあのまま車に乗ってたらどんな目に遭わされたことか」

「無茶苦茶よ……！」シェリルが吐き出すように言う。

「そう、無茶苦茶の破茶滅茶だ。今日みんなの怒りが収まらないのはそのせいもあるんだ。何せ見知らぬギャングのおっさんに、勝手に自分たちを代表されそうになってるもんだから」

なあみんな？　アレックスに促された男たちが気まずそうに目を伏せ、小声で「済まなかった」と言った。サラたちは俄然本来の勝気さを取り戻し、彼らをメデューサのように睨みつけている。

「前は警察で、今度はギャング？　もうわけがわからない……！　あなたはアニメーターで、作ってるのは漫画映画であって、密造酒や武器じゃない」

レベッカは言いながらも、すべてが現実味を欠いて、怒りよりもどかしさが募った。

こんな理不尽な争いの中では、レベッカが、そしておそらくアレックスも、仕事で何より大事にするもの——これしかないというところで決まった描画の線、キャラクターたちの絶妙な演技、紙の上に生まれる唯一無二の命——は、何の意味も、力も持たない。レベッカは色を欠いた現実を前に、頭から無力感に飲み込まれそうだった。

「それだけ俺たちの漫画映画が価値を持ってしまったんだ。作品そのものの真価なんかわかろうともしない奴らの、薄汚い欲望まで惹きつけてしまうほどに」

「そんな犯罪行為に、会社が関与してると思う？」

シェリルの質問に、アレックスは首を振った。

「薄々勘付いてる幹部は間違いなくいるはずだけど、世間知らずの聖人君子面してライザーに処理を丸投げしてるんだろう。汚いことは汚い奴に任せとけってね。部下のジュニア・コマンドーたちは上司に尻尾を振るしか能がないしな。少なくともダニエルはギャングを毛嫌いしてるはずだ。関わりを持とうとするはずがない」

「やっぱりダニエルと直接話さないとどうしようもないようね。ライザーを介している限り、あなたたちとの間の誤解や溝が埋まるはずないもの」

忌々しげなシェリルに、レベッカも頷く。

あの漫画映画のひとかけらも理解できない元凶。レベッカは心の中の作画台で、ライザーを頭だけやたら大きな発育不良のバッファローそのものにアニメートし、飛行機から落としたり車に轢《ひ》かせたりして、紙のようにペラペラになったところをハサミで切り刻んだりと、散々な目に遭わせる。次に短編に携わることがあれば、カールたちの敵役として、ラスカル・ライザーなる破落戸《ならずもの》キャラクターを提案しようか。

「そっちもダニエルと会えてないのか」

意外そうなアレックスに尋ねられ、シェリルが答える。

「ずっと顔も見てない。ベッカもでしょ？」

「うん……」

アレックスはしばらくじっと黙って考え込んでいた。その間にも背後では次々出社してくるスタッフにデモ隊が「裏切り者」「スト破り」「家畜」と遠慮のない罵声を浴びせている。彼らに対して多くの人は黙ったまま通り過ぎていったが、中には「この共産主義者」「ソ連のスパイが」と言い返す人もいた。

「ベッカ、『ニーノ』は順調か?」

ふいに問われ、レベッカは飛び上がりそうなほど嬉しくなる。ギャングやライザーなんかの話より、アレックスとはやはり漫画映画の話がしたい。

「新しく追加された小鳥たちのシークエンスも任されたの。でも羽ばたきのタイミングが難しくて研究中。動物園の鳥はじっとして飛ばないし、その辺にいる鳥はあっという間に飛んでっちゃうし」

「三年くらい前の『レックス・レパートリー』の短編に出てくるスズメのキャラクターは、俺が原画を担当した。スタジオの引っ越しで捨ててなきゃ、どこかに残ってると思うから、探してみるといい」

「そうする!」

アレックスとシェリルはそれぞれのユニオンを越えて必要な情報を交換することを約束し、その日は別れた。

レベッカは『ニーノ』について、もっとアレックスに相談したかった。だが多くが苛立ちを募らせているスト派のキャンプの中心地などへは、とても入っていける雰囲気ではなかった。

ほどなくして、レベッカは以前エステルが話していた漫画と実写を融合させた映画企画の一端を、思いがけず知ることになる。レベッカたちアニメーターに、当の映画への出演要請が来たのだ。

外部から招かれた、実写専門の映画監督だという中年男が説明することには、映画は主人公の少女がスタジオ・ウォレスの漫画映画作りの工程を一つ一つ知っていく中で、いつの間にか漫画の世界に入ってしまい、そこで存分に遊んだあと眠り込み、目覚めると元のスタジオの一室に戻っている、という筋書きだ。各工程のシーンで、俳優ではなく本物のスタッフが実際に制作する様子を見せるのだという。

「君たちは演技をする必要はないから、いつも通りスケッチや作画をしてもらって、その様子をカメラで撮らせてもらいたいんだ」

〝映画出演〟を無邪気に喜ぶ同僚たちと同様、レベッカもほんのり浮かれる気持ちを抑えることができず、エステルへの二重の後ろめたさを覚えた。

いざ撮影が始まると、レベッカは他のアニメーターに比べてはるかに高い頻度でカメラに追われることになった。『ニーノ』のためにスタジオの敷地内の一角で飼われている動物たちをスケッチするシーンになると、その傾向はさらに強まった。一〇人近くのアニメーターとストーリー・マンが馬の親子を囲んで座り、スケッチブックを傾ける中、紅一点のレベッカには「可愛らしく小首を傾げる感じで」「レディはあまり足を開かない方がいいね」「スカートの裾を整えて」「口角をもうちょっと上げてみようか」と指示が飛んだ。どこが〝いつも通り〟なのだろう。

「馬の他の表情を描きたいので、ページを変えてもいいですか？」

レベッカが尋ねると、監督はニコニコと笑って言った。

「絵は撮ってないからいいよ。いやあ、やっぱり女の子は画面が華やかになっていいね。描いているポーズが実に絵になる」

「ポーズじゃなくて実際に描いてるんですけど」

監督はレベッカの声が聞こえなかったのか、あるいは敢えて無視したのか、向かいに座る二人のアニメーターのスケッチ画を撮るようにカメラマンに指示を出した。

レベッカはこの場にいる誰よりも高いデッサン力を持っている自負があった。しかもモチーフはレベッカが一番得意とする馬なのだ。なぜその絵を見ずして、他のスタッフの絵を撮るべきと判断するのか。

ピケットラインでサラたちに浴びせられた罵声を思い出す。

どれほどプロとして仕事をして、男の同僚たちと肩を並べているつもりでも、いまだこんなふうに不意打ちを喰らう。レベッカの絵よりも、レベッカ自身よりも、「女であること」が前に来てしまう。それはたぶんこの世界の視点が、この監督のような「男」側に置かれているから——そしてそれは常に「女」側より高い（と思い込んでいる）ところにある——頭で考えるより先に、記憶や心の深いところから、実感はやってくる。

レベッカは夢中で鉛筆を動かす。天井近くの窓から入る陽光の下、敷かれた藁《わら》の上でニンジンを食べながらくつろぐ栗毛馬の親子が、レベッカの絵の中で自由に動き始める。やがて母馬は背後に立った監督を後ろ足で高々と蹴り上げ、蹴り飛ばされた男の右手を仔馬が嚙む。思いついて、馬の背には先ほど紹介された、この映画の主役だという子役の少女を乗せた。人形のように整った顔に、少しだけ意地悪な笑みを足す。

「わたしが大人しくカメラに収まると思ったら、大間違いよ！」

女の子は馬に跨《またが》ったまま、勇ましくスタジオを飛び出して、ロサンゼルス川の土手を風を切って颯爽と駆け抜けるのだ。後には地面に平らにのびた監督だけを残して。

卑猥ないたずら書きを、皆と自由に描き直したあの日が既に懐かしい。なんでもない時間のようで、かけがえのないものだったのだと今ならわかる。レベッカの周りにはエステルがいて、シェリルがいて、マリッサがいた。四人の戦う女たち、四人のミューズ。男の付属物ではなく、画面を華やかにするためだけに存《あ》るのでもない。それぞれが確かな輪郭を持ち、自分たちの物語を紡ぐのだ。

こういうものがいい――鉛筆を滑らせながら、レベッカの中で強い思いがむくりと湧く。なでしこ姫のように優雅で綺麗なプリンセスも素敵だけれど、いつかこんなふうに、画面から飛び出しそうなとびきりの生命力を持った、かっこいい女の子の漫画映画を作りたい。知らず自分の奥底に生じていたささやかな願望を、レベッカは恐る恐る手に取る。それは上下左右に転がすと徐々に光沢を持ち、やがて抑えられない輝きを放ち出す原石のようだ。

隣でスケッチをしていたアニメーターが、レベッカの絵を覗き込んで噴き出した。その向こう隣のストーリー・マンが不思議そうな顔をしたので、レベッカが彼にもスケッチブックを掲げて見せてやると、笑いが二重になる。向かい側でそれを見ていた何も知らない監督が、

「君たちは実に楽しそうに絵を描くね。いいショットが撮れそうだ」

と言った。レベッカも心からの笑顔で答えた。

「ええ、とても楽しいです！」

そんな撮影が進む間にも、スタジオ側はますますストライキ参加者たちを追い詰めようとしていた。

その日はいつにも増してピケットラインの攻防が激しかった。誰かが殴り合いを始めたらし

く、待遇改善のコールの代わりに殺伐とした怒号が行き交い、大きな生き物のように人垣がうねっている。シェリルの車の中で様子を見ていると、久しぶりにエステルがやってきた。傍にはアレックスもいる。

「おはよう！　二人が巻き込まれてないか心配で来てみたの。大丈夫だった？」

エステルのつぶらな瞳の変わらない笑顔に、肩の強張りが解けていく。最後に皆で仕事をしてから、本当に何年も経ってしまったような気がする。

「最近ストを離脱したスタッフと、武闘派の人たちがそれぞれの仲間を煽ってしまってあんなことに……いま皆でなんとか事態を収拾しようとしてるんだけど、二人には抜け道を案内しようと思って」

「抜け道？」

「試写室の裏のフェンスに誰かが穴を開けたの。誰にも見つからずに通れるよ」

誰が何のために開けたのだろう。レベッカの疑問にアレックスは「まぁ色々だろうな」と空とぼけた。

「煽ったのは、何かきっかけがあったの？」

シェリルの質問に、エステルがおもむろに紙切れを差し出した。そこには、「騙されるな！」という見出しと共に、アレックスをはじめとするストライキの中心メンバーたちの、邪悪に誇張された似顔絵と、扇動的な文章が書かれていた。

――ストライキのリーダーたちは犯罪者であり共産主義者の手先である。多くの無知だが罪なきストライキ参加者たちは、合衆国を内側から崩壊させる計画に加担していることに気付くべきだ背後には鎌と槌と五芒星という、ソヴィエト連邦の国旗の象徴まで描いてある。署名は「二五人の愛国猫」とあった。

「こんなチラシが昨日からスタジオ内外でばら撒かれて」

「こいつらが愛国猫なら俺なんか愛国ライオンだよ。いっときでもヒトラーと手を組んだスターリンのくそ野郎の喉笛を嚙み切れるなら、一生ビールを飲まなくてもいい」

エステルの重々しい口調と比べて、アレックスは相変わらず飄々としている。

「誰がこんな嘘を」

「少なくともアーティストじゃなさそうね。この下手くそな絵」

シェリルの辛辣なコメントに、皆で同意する。

「だろ？　俺はもっとハンサムだ。あとこっちの新聞は見たか？」

アレックスは脇に抱えていたいくつかのハリウッド業界紙をレベッカとシェリルそれぞれに渡した。開くと広告枠の半分を占める声明文が目に飛び込んでくる。シェリルが受け取った新聞にも同じものが載っているようだ。声明文は「スタジオ・ウォレスでストライキ中の従業員諸君へ」と宛てられていて、署名はダニエル・ウォレスとなっている。

始めに、ダニエルがストライキ指導者に示しているという和解条件が列記されており、その内容はユニオンの承認やストライキ参加者を元の職位に復帰させること、待遇でスト不参加者と差別しないこと、有給休暇や昇給など、デモ隊がプラカードや唱和で訴えてきたことばかりが書かれていた。そしてリストの最後には、こんな文章が綴られている。

――これらの申し出にも拘わらず、交渉が拒否されている現実を前に、私はこう理解するに至った。我がスタジオにおけるストライキの本当の問題点は、誰が誰のためにデモ隊を率いているのかということに尽きる。解決を阻んでいるストライキ指導者たちの目的は、そもそも公平公正な労働条件などではなく、共産主義をスタジオに、そして私たちの漫画映画に浸透させることにあったのだ。この事実を君たち全員は知る権利がある。誤った情報に踊らされている君たちと直接話す手段がないため、この場を借りて連絡する——

「俺たちはこんなリストを見たことも聞いたこともないし、ダニエルが俺たちに直接話しに来たことも一度もない」

アレックスの言葉にレベッカの困惑はさらに深まる。

スタジオ側が執拗に、ストライキ参加者たちに共産主義者のレッテルを貼るのは、何故なのだろう。政治に疎いレベッカはいまいち理解が追いつかなかった。それについ先ごろ、ドイツはソヴィエト連邦に侵攻して、両国は戦闘状態にある。敵の敵は味方じゃないけれど、ソ連とその共産主義は、三国同盟を結んだドイツやイタリアや日本のファシズムよりはましではないか、と思わないでもない。だがレベッカの中にも確かに共産主義とソヴィエトへの漠とした嫌悪感がある。これがいつから、そしてどこから来たものなのかも、はっきりとしなかった。

「ここに書かれてることが本当に実現されるなら、ストは」

シェリルが言い終わる前にアレックスは勢い込んだ。

「当然終わる、本当ならな。だが実際はギャングの手下が迎えに来たり、ライザーの部下どもが『会社は君たちと穏便に話し合う意向がある』と内容のないメッセージを伝えに来たことが二度ばかりあるだけだ。『直接話す手段がない』？　みんな毎朝スタジオの正面玄関でピケットを張ってるってのに！」

ダニエルはそもそもストライキ参加者と話す気がないのだと、考えざるを得なかった。レベッカはアレックスの一瞬素に戻った表情に、置いていかれた子供のような寂しさを見る。他の誰よりも、ダニエルと話したいのは彼なのだ。

「やることがいちいちみみっちくて汚すぎる……大方ライザーの入れ知恵でしょうけど」

「シェリルってばそんなに怒るなら、もうこっちに合流したほうがいいんじゃないの？」

「打倒ライザーが旗印なら今すぐ合流するわよ！」

エステルの軽口に、シェリルはすぐにでもプラカードを掲げそうな勢いで答えた。

試写室の裏側へ回ると、エステルたちの言う通りフェンスが破られており、一見破れ目はわからないが、扉のように押すと人が一人通り抜けられるくらいの穴が現れた。レベッカとシェリルは周囲に誰もいないことを確かめてから順番に潜り、エステルたちに別れを告げる。

「これじゃ灰色熊たちはお腹が引っかかって通れないね……ああ、なんでこんな穴ができたかわかった」

シェリルがそっと指し示す先には、植え込みの陰で朝から抱き合うアレックスのアシスタントと、秘書課の女性がいた。二人とも、どちらの側の人間に見つかってもただでは済まないだろう。レベッカとシェリルは恋人たちに気付かれないように、そっとその場を離れた。


ダニエルの声明文が出た翌週には、他の漫画映画スタジオだけでなく、ハリウッドの他のユニオンからもさらに応援が来たようで、いっときは萎みかけていたピケットラインが、倍以上に膨れ上がっていた。心なしかスト参加者の顔にも自信と笑顔が戻っている。

シェリルがエステルからもらったストライキの会報によると、映画編集者組合や俳優組合がそれぞれの組合員にスタジオ・ウォレスの仕事を受けないこと、ピケットラインを越えないことを呼びかけていて、さらにウォレス本社のデモ隊に、週数一〇ドルから一〇〇ドル単位の寄付を約束していた。印刷協議会はウォレスの漫画映画を元にした絵本の印刷を止め、映像フィルムの現像も断る意向だという。現像ができないということは、映画が公開できないということだ。漫画映画家ユニオンの上位組織であるスタジオ労働者会議が属する全米労働総同盟は、全国の加盟ユニオンにウォレスの映画や関連商品の不買運動を呼びかけ、カールキャットの新作短編がかかる劇場は、著名な俳優に率いられたデモ隊に囲まれた。ニューヨークとシカゴにある二つの中堅スタジオが漫画映画家ユニオンと協定を結び、今後彼らが雇い入れるスタッフはすべて組合加入が義務付けられ、同時に待遇も組合の規定に沿ったものが保障されることになった。

このほかにも、料理人ユニオンがキャンプの無料食堂での調理を引き受け、脚本家や批評家、教区の司教に労働運動の大物たちなど、有力者が続々と寄付や食料の提供を表明してくれている、とあった。ウォレスのストライキ側もこれらのユニオンに連帯を表明し、彼らの組合ロゴやプラカードデザインを無償で引き受けていく予定らしい。スタジオのトップ・アーティストたちによる、ギャグと意匠を凝らしたプラカードは、それだけで耳目を集めることができる。

見えない大きなうねりがスタジオを取り巻いていた。エステルたちの訴えを、遠く東海岸や中西部に住む、顔も知らない働く人々が応援している。自分の鉛筆の先に繋がっている人たち——それはレベッカの中にも、自分では気が付かないくらいの小さな変化を起こし始めていた。

「今さらストに参加する気はないけど、この動きはやっぱり応援しなくちゃ。私たちのユニオンからも、一日も早く彼らとの交渉の席に着くように、ライザーじゃなくスタジオ幹部を通してダニエルに渡す嘆願書を作ってるの」

シェリルは『ニーノ』のストーリー作業は一段落したものの、子供たちの世話に加えて、ヨーロッパに暮らす親戚たちの身を案じて心労が重なったのか、しばしば体調を崩しがちだった。この上ユニオン活動に力を入れるなんて無理をしすぎじゃないだろうか。レベッカの心配を、シェリルは青褪めた頰をぐいっと上げてなだめた。

「早くまたエステルと仕事がしたいのよ。私のチームには彼女の力が絶対に必要なの。彼女に安心して働いてもらうためなら、多少の無理くらいどうってことない」

長過ぎた不穏な夏がようやく終わる。晩夏を迎える頃にはきっとエステルもアレックスも戻ってきて、また一緒にストーリーボードやリールを囲み、紙の上で生まれるインスピレーションの火花に、皆でとびきりの高揚感を何度も味わえる。レベッカの気持ちに相槌を打つように、窓から見える街路のパームツリーが葉先に日光を反射させながら、優しくそよいだ。

だが事態はいつも、レベッカの望んだ方向には進まない。

遂に連邦政府が仲裁に乗り出すらしいとスタッフたちの間で噂される頃、主要な業界紙が立て続けに「スタジオ・ウォレスのストの交渉がまとまった」と報じた。だがアレックスやエステルに聞いてみると寝耳に水で、ユニオンの指導者や顧問弁護士も、いまだ交渉の場すら設けられていないと言う。アレックスは新聞をぐしゃぐしゃにして地面に叩きつけた。

「また姑息な真似しやがって、あのバッファロー野郎が！」

いつもどこか力の抜けたジョークと皮肉を交える彼が、本気で怒りを露わにするところを、レベッカは初めて見た。

長く姿を見せなくなっていたダニエルの居場所をレベッカたちが知ったのは、スト終結の誤報から幾日も経たないタイミングで、カリフォルニア・デイリーの記事を通してだった。

そこにはダニエルが側近とアーティストたちを連れて南米へ飛び立った、と報じられていた。合衆国政府の要請を受けて、世界有数の富豪一族が所有するファンダーレン財閥が後押しし、ダニエル・ウォレスという、いわばアメリカ文化芸術の第一人者を通して南米へ友好の輪を広げるのが、二ヶ月にわたる旅の目的だという。欧州で広がる戦火を前に、南北アメリカは自由と民主主義の砦を共に築くことになるだろう、と記事は結ばれていた。

ダウンタウンの真新しいカフェでレベッカとシェリル、エステルとボーイフレンドのベンジャミン、アレックスの五人は二つ購入したカリフォルニア・デイリー紙をそれぞれ一緒に覗き込んでいた。この店はある種の中立地帯のようになっており、スト側と反スト側に分かれても親しく付き合っている者同士が、仕事の話や他愛ない雑談をするのに利用されていた。でもそんな付き合いはとても例外的なことで、多くは親の仇のように反目しあい、この夏の間にいくつもの友情が壊れていた。

「自分の会社の社員がストライキをしている最中にすること？」

「俺らと話すより、ダニエルはテキーラを飲みたくなったのさ」

エステルは、もはやダニエルがユニオンと向き合うことはないのだと絶望のため息をつき、アレックスの俯いた表情には、どこか投げやりな色が浮かんでいる。

「連邦政府の仲裁は？　どうなったの？」

シェリルが尋ねると、ベンジャミンがおずおずと答えた。

「ダニエル本人が連邦判事の介入を拒否したらしいよ。だから僕らはいま、労働省に仲裁を要請してるんだ」

またも終わりが見えなくなってしまった。

レベッカはほとんど担当分を描き終えた『ニーノ』の原画を思う。ストーリー・スケッチから手掛けた狼のシーンは、あまりの恐ろしさに、監督たちから観客の子供が本気で怖がって逃げ出してしまうのでは、と懸念されているほどだ。新たに担当した小鳥のシークエンスも、個体ごとの羽ばたきの速さに緩急をつけ、ちょっとした嘴《くちばし》の動かし方で個性を出すアイデアを、カバ紳士からは意外にも手放しで褒められた。エステルやアレックス、そしてダニエルにもまだあの原画を見てもらえていない。このままフィルムが現像されなければ、一人の観客にも鑑賞されることなく、永遠に誰の目にも映らないかもしれない——そう考えると、レベッカの胸は重苦しく沈む。

「ねえ、この写真の一番端っこ……マリッサに見えない？」

ずっとぼんやり新聞を眺めていたエステルがふと漏らした言葉に、皆が一斉に紙面にかがみ込んだ。

荒い粒子のプリントに目を凝らすと、左端の体が半分切れてしまっている女性の横顔は、高く鋭い鼻といい、涼しげな目元といい、確かにマリッサに似ている。身に付けたストライプ柄のスマートなワンピースも、彼女らしいファッションだ。

「ロニー・ブレイクも同行しているならあり得るね。ダニエルも他の幹部も夫人同伴みたいだし」

シェリルの言葉に皆が頷いた。マリッサの夫のロニーは、いまや背景部門を率いる幹部スタッフで、ダニエルとも近しい。

「マリッサは会社がこんな状況だって知ってるのかな……」

複雑な表情を浮かべるエステルに、誰も何も言えなかった。夫のロニーから聞いていないはずがないし、ストが始まってからというもの、主要紙にも何度か記事が載っている。

レベッカの想像は、皆とは少し違う方向に向かっていた。

もう一度画家の道へ戻ると決めたマリッサは、いまどんな絵を描いているのだろう。二ヶ月も南米という未知の世界を旅して、さらにどれほど感性を磨くのだろう。レベッカは自分を取り巻く状況も、置かれた立場もすっかり忘れ、強烈な羨望と、彼女に会いたい、新たな作品を見てみたい、という願いが胸の奥を同時に貫くのを感じた。


スタジオが引き裂かれたまま、夏が終わってしまう——積もり積もった焦燥に倦《う》み、それが爆ぜる瞬間を、いまかいまかと待ち続けるような日が続いた。

その日レベッカは一部やり直すことになったシークエンスが思ったような動きにならず、ずっとイライラしていた。ストのせいで技術を持ったアニメーターが絶対的に足りないこともあり、スケジュールは遅れに遅れている。クオリティを犠牲にするしかないのかと頭を抱えてテストリールをチェックし終えると、外はすっかり陽が落ちて、大気は日中の光の名残を内に留めたような、濃い青紫色に染まっていた。

アニメーション棟を出て正面ゲートへ向かう途中、仕上げ部門のビルの物陰から、突然黒い影が目の前に飛び出した。レベッカは声にならない叫び声をあげかけ、ぐっと唾を飲み込む。人影の主は、歪《いびつ》な立体マスクを被り、暑苦しい黒のタートルネックセーターにぶかぶかの緑のパンツを穿《は》いた、まったく可愛くないカールキャットだった。

「——アレックス？」

立体マスクの主は、にっこり笑ったまま動かないカールの口の前に、白手袋に包まれた右手の人差し指をかざし、左手でレベッカを手招きする。能天気なカールの顔が、薄ぼんやりした闇の向こうではとことん不気味だ。レベッカが腑に落ちないまま人影のないスタジオ敷地内をついていくと、いつかシェリルと通り抜けたフェンスまで出た。そのまま先に抜け穴を潜ろうとしたカールは案の定、大きな頭が引っ掛かり、弾みで派手に尻餅をついた。

「もう、何やってんのよ」

力任せにマスクを頭から外してやると、汗に濡れた髪の毛が額にぺたりと張り付いたアレックスの顔が現れる。目に入った汗にわずかな光が反射し、鋭い眼差しがギラついて見えた。

「こんなふざけたことして、誰かに見つかったらどうするつもりだったの？」

「ふざけてない、正体を隠してスタジオへ侵入するために最善の方法をとったんだ」

「むしろほとんどのスタッフは、正体があなただってわかると思う」

「とにかく急げ！　エステルが大変なんだ」

「え？」

アレックスはマスクをフェンスの向こう側に思い切り放り投げると、切羽詰まった声でレベッカを急かした。

「エステルに何があったの？　無事なの？」

「早くキャンプまで走るんだ！」

事故か、病気か、折れそうに細い体を横たえたエステルの姿が嫌でも脳裏に浮かぶ。

凸凹の地面にたびたびヒールを取られながら走り寄ると、明るく浮かび上がるストライキのキャンプからは、夜風に乗って音楽が聞こえてくる。大きな樫の木の下に集まった人垣の隣には焚き火が燃え上がり、幹の周りにはいくつものランタンが置かれ、独立記念日の祭りのように華やかだった。

よく見れば、その中心にいるのはエステルとベンジャミンだ。エステルは白いベールを被り、淡いピンクの薔薇の花束を持っている。ベールに柔らかく縁取られた頬には赤々とランタンのオレンジの光が照り返し、幻想の世界のお姫様そのものに見えた。

「ベッカー!!」

レベッカに気が付いたエステルが、手に持った花束をぶんぶん振った。その後ろからひょっこり顔を覗かせているのはシェリルと二人の子供たちだ。カールの被り物を抱えて追い付いてきたアレックスを振り仰ぐと、彼は厳しい表情のまま、流れ落ちる汗を拭いながら言った。

「大変だ、エステルが結婚するって」

「けっ……?」

呆気に取られるレベッカをシェリルと小さなアンバーが囲む。アンバーの手にもエステルの花束と同じ薔薇が一本握られていた。

じわじわと理解が追いついてくると、喜びが抑えきれず、思わず叫んでしまった。

「とりあえず婚約よ、婚約。みんなが『結婚だー! 結婚パーティーだー!!』ってどんどん盛り上がっちゃって」

「これ、私が結婚式のときに付けたウェディングベールなの。すごく似合ってるでしょ」

エステルの肩を抱いたシェリルがまるで歳の離れた姉のような表情で微笑むのを、レベッカはまだ夢見心地で見つめる。

「ぜんぜん、知らなかった……!」

「ベッカ、それを言うなら五時間前の私だってまったく予想してなかったんだから!」

エステルは目を剝いて、ほとんど怒り出しそうな勢いで言った。

「もうアパートの家賃を払えなくて、ストが終わる前に東部の実家に帰るしかないかもって
ずっとベンに相談してたの。それで一緒に住もうか、もっと家賃の安いエリアに引っ越そうか、なんて相談してて、今日二人でダウンタウンの外れの安アパートを見に行ったらついでにプロポーズされて」

「いや、そんな。ついでなんかじゃなくて、本当に前々から考えてたんだよ？　東部に帰らず僕と一緒に住めばいい、一緒に住むってことはつまり……って思い始めたら、『今だ！』って」

ベンジャミンが真っ赤な顔で弁解する。よくよく見れば、彼の蝶ネクタイは新聞紙でできていて、針でシャツに留められている。即席で作ったのだろう。

「ついでじゃなくて、つい勢いでってことか……でもいいの、すっごく嬉しかったから！」

二人がひしと抱き合って熱いキスを交わすと、周り中が指笛や雄叫《おたけ》びで囃し立てた。

誰からともなく、ラジオから流れる曲に合わせて歌い始める。それは最近その甘い歌声で人気を博する男性歌手のもので、恋人をヒナゲシに喩《たと》えて愛を囁く歌だった。「僕の可愛いヒナゲシ」というフレーズが、キリンのようにひょろりと背の高いベンジャミンと、小柄で華奢《きゃしゃ》なエステルというカップルにぴったりだ。大人たちに交ざって、しばらく見ない間にだいぶ背が伸びたノアとアンバーが、曲に合わせてくるくると踊り出す。

ストに協力している食堂のシェフがわざわざ作ってくれたというキャラメルケーキが運ばれてくると、場はさらに盛り上がった。集まってきた人たちを一人ひとり見れば、エステルと仲の良い、仕上げ部門の女性たちも数人交ざっている。ピケットラインのどちらかではなく、二人が好きで、お祝いしたいと集まった人たちで作られたこの場所は今、まったき中立地帯なの

だった。そう思うとレベッカはなおさら、目頭が熱くなるほど嬉しい。

数インチ地面から浮いているような、ふわふわとした幸せな気持ちで満たされたレベッカの中で、不意に日光を遮る厚い雲のごとく、あの入社前にもらった手紙の文面が蘇る。

――漫画映画制作の中核を担う作業に携われるのは、厳しい競争をくぐり抜けた才能ある若い男性のみ――（結婚・出産などで数年内に退職することになる）女性を雇うことは今後もありません――

入社してからこの数年の間に、仕上げ部門や秘書課の女性たちが結婚や出産で辞めていくのを、何度も送り出した。本人に働きたい気持ちがあっても、上司や夫の意向に従ったり、物理的にも不可能と諦めたりした女性たちもいれば、愛する人と結婚して専業主婦になる夢が叶ったと、幸せそうに自ら退職した女性たちも多い。夫も子供もいて働いている人もいるが、母親や姉妹と同居していたり、特別な事情があったりと、まだまだ少数派だ。

そういうものだと多くの人が受け入れている限り、なかなか現実は変わらない。悔しいけれど、あの手紙の通りになっていることを、レベッカもしぶしぶ認めるしかなかった。だからこそ、自分は結婚なんて当面考えたくないと思っていた。夫や子供の世話をするより、作画デスクで描いていた方が、ずっと刺激的でわくわくするし、自分らしい生き方だと思う。

エステルもまた他の女性たちと同じように、遠からずスタジオを去るのか。ずっと一緒に働けない状態が続いていたのに、もしかして二度と皆で漫画映画を作れず、このまま――？

「ねえエステル、結婚したあと仕事は……どうするの？」

不安と焦りでこの上なく情けない顔になったレベッカの心のうちを、エステルはすっかり見透かしたようで、レベッカの手をしっかりと握りながら、答えてくれた。

「辞めないよ。たとえベンが反対したって、石にかじりついても絶対に辞めない。というか反対するなら結婚は止める。何年も願ってやっとストーリー部門所属になれたんだから。それにわれらがシェリルっていう偉大な先人もいるしね！」

二人の視線の先では、シェリルがアンバーの丸い頬に付いたクリームを優しく拭ってあげている。

思えばシェリルは夫の生前から、ノアを産み育てながら建築家として働き、夫の死後一人でアンバーを出産した後も、職業は変われどもずっと働く母であり続けているのだった。今は子供たちの世話を手伝ってくれる寡婦の家主と、キャンベル《スープ缶》氏のお陰で「ギリギリ成り立ってる」と笑っていたが、二人の子供たちはあんなにもすくすく育っている。シェリルが精神的に人一倍タフなのは誰もが認めるところとはいえ、エステルにだって、そしていつかはレベッカにも、家事育児と仕事を両立させることは、不可能ではないのかもしれない。

「……そうだよね、私ってば余計な心配して馬鹿みたい。絶対にまた、一緒に働けるよね」

「もちろん！　そのためにも早く、『従業員にもハピネスを！　スタジオにフェアネスを！』」

この場の主役である小さな花嫁がスローガンを叫ぶと、スト参加者たちがおおー！　と呼応した。

まだ長い分断の日々が終わったわけではない。でもレベッカは明るい力がこの場と自分自身に満ちてくるのを感じていた。夏の終わりの夜空に焚き火の火の粉が舞い上がり、途切れない人々の笑い声と優しい歌がとけあって、幸福なシンフォニーを奏でる。だだっ広い空き地の真ん中に現れた、この一夜の奇跡のような空間を、一つの祝祭のイメージとして、レベッカは頭の中に刻み付けた。

二〇XX年一月・東京

吉報は仕事始めから間も無く、寒さがいよいよ厳しくなった頃に届いた。

スミスさんから「マリッサ・ブレイクのものと思われる、M・S・HERSEA名義の作品が見つかった」という知らせが来たのだ。真琴が最初の絵を見つけてから三ヶ月ほど経った月曜日のことだった。発信時間を見ると、現地時間では日曜日、本来本社ではあり得ない休日出勤をしてくれたらしい。

すでに展覧会の第一リストは決定していたが、チョウ社長には詳細を伝えることなしに、「タイアップ展開なども見据えて」作品数の上限にある程度幅を持たせるという、離れ業みたいな承認を、大田原が取り付けていた。

高解像度の画像は、開くまでにしばらくかかった。やがてスクリーンには、デフォルト設定された鮮やかな壁紙に負けない、眩いほどの色彩が映し出される。西日が差す鬱蒼とした森を見下ろす、高い塔のような場所に、抽象化された数人の女性たちが集まっている。色とりどりのドレスが不思議な色彩の調和を見せ、見ているだけで心が躍り出すような画面は、どこかマリッサがデザインしたアトラクション、『ワン・ワールド・サウザンド・ソングズ』にも通じる気がする。

――研究者や関係者に精査してもらったので間違いない。マリッサ愛用のパステルの、赤とピンクの二色使いの空が特徴的で、なんて美しい絵なんだ！　M・S・HERSEAの筆跡はシェリルのものと一致。これで彼女たちが一緒に一つの名前を名乗っていたという可能性が限りなく高くなったね。

まだ確定材料の少ないエステルとレベッカの絵については、さらに調査を進めていて、いま捜索範囲を我々の倉庫だけでなく、ダニエル・ウォレス・レガシー・ミュージアムの倉庫まで手を広げたところ。あちらの学芸員たちも協力してくれるそうだ。あとはウォレス本人やスタジオの歴史についての著作がある歴史家や、ジャーナリストたちにも協力を頼んでいて、既に一人、執筆当時の資料を調べてみる、と返事をくれた人がいる。当時のスタッフ、そして彼女たちの遺族にも、SNSを通じて呼びかけるという案も出ているんだ――

真琴が初めてその存在を知ったダニエル・ウォレス・レガシー・ミュージアムは、ダニエル・ウォレスの娘によって一〇年くらい前に設立された博物館らしい。ウォレス氏の私物だけでなく、彼が所有していた、従業員たちの制作物の一部も展示しているそうだ。スミスさんとは、彼女たちの背景について、これまでにわかっている情報をより詳しく説明してもらうために、近くビデオ会議を行う調整もしている。

社内への報告と併せて、上総大学で見つかった作品群の鑑定に関わった国内の研究者たちと学芸員にも、これまでの経緯と共に、発見された四枚の絵のデータを送ると、予想外の返信がきた。

――破損が激しく、どの作品に属するものかもはっきりしないので、今回の展示リストから外していたのですが、彼女たちの作品の可能性があるものを添付にてお送りします。キャラクター・スケッチに似た感じの女の子二人が、馬に乗っている絵です――

添付された画像を一目見て、真琴はレベッカの絵だと思った。馬はペガサスではないしポーズも違うが、少女二人を乗せた馬が喜びに全身を震わせているような躍動感が、彼女らしい。四隅が破れている上に黄ばみがひどく、M・S・HERSEAのサインは見つけられなかったが、そのままスミスさんに転送した。

一部未確定とはいえ、今やコンセプト画、ストーリー・スケッチ、キャラクター・デザイン、そして原画らしきもの二枚が揃ったことになる。並べてみれば、外見に多少のバリエーションはあるが、三人の少女と二人の老女と、共通する人物たちがどこかしらに登場しており、一つの作品を構成しているのは容易に想像できた。だが該当するような企画が開発されていたことを示す記録は、まったく見当たらないという。どんな物語だったのか、なぜ彼女たちが共通の偽名を名乗ったのかも、謎のままだ。

一連のメール処理を終えると、既に正午を過ぎていた。珍しくオフィスには川島一人が残っており、深刻な顔でスマホに目を落としている。真琴は小さく「ランチ行ってきます」と声をかけて一階へ降りた。コンビニへ入ると、入り口横のイートインスペースで、人気の低糖質パスタを頬張る山野とばっちり目が合った。

お疲れ様です、と声をかけ合いながらも、真琴はどこで食べようかと素早く思案する。山野の近くの席に座るのも、敢えて遠くの席に座るのも、どこか気まずい。かといって外では寒いし、気軽に腰を下ろして食べられるような場所もこの辺りにはない。味気ないデスクしかないのか、と少し沈んでいたら、陳列棚の向こうで山野がそっと席を立ったのが見えた。きっとこちらと同じように落ち着かず、ランチを早めに切り上げたのだろう。真琴はホッとしてレジの最後尾に並んだ。

トイレ立て籠り事件のあと、山野と大田原は二人だけのミーティングを何度か行い、山野は週一日在宅ワークを許可されるようになっていた。もともと他の部署からも要望が出ていたようで、大田原が総務部と調整し、会社全体として実験的に導入するところまで、あっという間だった。

システムのセッティングが間に合わないうちは、山野のために真琴がローカルファイルを共有化させたり、他部署とのリモートミーティングの準備を手伝ったり、と何かと余計な仕事を請け負ったが、少しずつスムーズになっている。蓋を開けてみれば、山野が毎日オフィスに来なければ成り立たない仕事の割合は驚くほど少なかった。ただしそれは、真琴のような補助業務を担う者がいるという前提だ。そして真琴のような非正規の補助的役割の者は、きっとこの先も在宅で働くことなんて、できそうもない。

真琴は遠くない未来、オフィスで孤独に机に向かう自分のような非正規スタッフたちの姿を想像する。一挙手一投足はリモートで監視されながら、〝誰でもできる〟仕事を黙々とこなすだけ。たとえ倒れても、他の誰かにすげ替えられる。リモート監視カメラは、真琴たちが別人になっても大して気にも留めない。どころか、気付くこともないかもしれない。担当業務をこなす限り、それが誰であっても構わないのだ。評価されることもない仕事、人格として扱われることとすらない、代替可能な人間――。

二ヶ月前に、とうとう田丸が退職した。

その後一度だけ彼女の実家の飼い猫の写真を付けたメッセージが来たが、次の仕事は決まったのか、また東京へ帰ってくるのかは、わからない。真琴から尋ねられるはずもない。真琴がM・S・HERSEAの調査に夢中になる間に、気が付いてみれば、各部署で見知った派遣社員の半分以上が契約を切られていた。日本人スタッフが減る一方、シンガポールのアジア本部からしょっちゅう外国人スタッフが出張で来るようになり、彼らのアクセントの強い英語を、真琴はほとんど聞き取れない。見慣れたオフィスが、徐々によそよそしい、別の場所へ作り替えられていくようだった。

自分もいつ大田原から呼び出されるのか、「たいへん残念なことだけど」と静かに切り出されるのか。真琴はその瞬間を、会議室の窓からの眺めや大田原の表情まで含めて、具体的に想像してしまう。ショックをできるだけ和らげるための、脳の防衛本能なのかもしれない。

「あのー、これ食べたことあります？」

真琴が温めた豚汁のプラスチック容器をちょうど開けたとき、山野が突然隣に腰を下ろした。手にはこのコンビニチェーンが人気ベーカリーと共同開発したというシュークリームを二つ持っていて、しかもそれは真琴が買うか迷った、期間限定の〝産地直送苺クリーム味〟だった。

「つい買っちゃった。よかったらデザートにどうぞ」

「どうも、ありがとうございます」

びっくりしたままついつい受け取ってしまう。発売されてからずっと気にはなっていた。山野もそうなのだろうか。頻繁にコンビニでランチを取ることといい、結構庶民的なのかもしれない。そう思ってちらりと横目で見ると、セーターの袖から覗く ハイブランドの腕時計と、綺麗に手入れされたネイルが眩しかった。

「……西さんには、改めてお詫びとお礼を伝えたかった」

濃い豚汁を塩むすびで飲み下す真琴の隣で、山野がシュークリームの袋を開けながら、言い難そうに口を開いた。

「私、ずっとプライベートでのストレスを引きずって、イライラしっぱなしだったから、以前の会議でもチームの雰囲気を悪くして、色々やり難くさせてしまったと思います。ごめんなさい」

山野は一旦シュークリームをカウンターに置き、わざわざ頭を下げた。

「いえそんな。謝られるようなことは、ぜんぜんないです」

「娘のことでしょっちゅう早退したり、業務を中途半端に預けても、西さんはいつも変わらず、淡々と接してくれて、すごく救われたと言うか。前の部署では大袈裟に気の毒がられるか、あからさまに迷惑がられるかのどちらかで……今の勤務体制に落ち着けたのも、西さんのサポートあってのことだし。本当にありがとうございます」

山野は再び真琴に向かってぺこりと頭を下げる。

なんだろう、これは。山野の艶髪に覆われた後頭部を見下ろしながら、真琴はどうしても言葉の裏を探ってしまう。

経験上、仕事で社員からこんなふうに大袈裟に感謝されるときは、無茶なお願いをされる前兆と決まっていた。ぬかりなく警戒警報を鳴らすべし——ついデレそうになる心を、キュッと引き締める。

「それで、前にも言った通り、マリッサ・ブレイクのことはずっと個人的に興味があって、色々調べてたけど、フルコミットできる自信がなくて、手を挙げることを躊躇ってたんです……でも正直言うと、ずっと私も展覧会の仕事に関わりたかった」

ああやっぱり。

マリッサのM・S・HERSEA名義の作品が見つかった今、ここから先は自分に任せろ、と言いたいのだろう。山野の真意が透けて見えたら、真琴は急速に心が冷えていくのを感じた。

「いよいよ彼女の作品も出てきたし、大田原さんからの宿題になってるPRの代案に、本気で取り組んでみようと思って」

「……必要があればサポートさせていただきますので。ここからは、やっぱり山野さんが中心になって進めたほうがスムーズですよね」

「え？」

「スミスさんとのやり取りも、私は相変わらず翻訳ソフト頼りですし、これからますます密に連携しなければならないのに、力不足とは思ってました。あちらとのビデオ会議を調整しても、進行を仕切ることもできませんし」

「え？　いえ、あの、何か誤解されてるみたいですが、一緒に企画しませんかって、お誘いなんですが……」

「……いっしょに？」

聞き間違いかと思い顔を上げると、山野が真っ直ぐに真琴を見つめながら、深く頷いた。

「女性チームってことばかりが強調されること、西さんも懸念されてたじゃないですか。私たちで、違う角度でどんなことができるか、アイデアを出し合って、まとめてみませんか」

予想もしていなかった提案に、真琴はしばし考えを巡らす。でも素直には受け取れなかった。

〝一緒に〟や〝チームで〟と非正規のアシスタントたちを鼓舞しては、契約以上に働かせるのは、力関係を熟知した正規スタッフたちの常套手段だ。ひどい時は「ここで頑張れば正社員になれるかも」という幻想のニンジンまで鼻先にチラつかせる。特に若い頃はそんなことがいくらでもあって、何度も派遣先の正社員たちに、いいように利用された。

おそらく真琴が出す企画が採用されても、発案者としてクレジットされることはないし、資料作りやプロジェクト進行管理の最も面倒な部分を担ったとしても、それが真琴自身の成果として評価されることはないのだろう。

「……私はPR含めて企画立案の経験がないですし、そんなにいいアイデアは思いつけそうもないので。これまでの経緯や情報はすべて皆さんに共有しておりますが、もし何かご不明な部分などあれば、改めてご説明しますから」

「企画の立て方なんて、大したことじゃないですし、いくらでもお手伝いします。重要なのは、西さんが誰よりも彼女たちの作品の良さを理解してる人ってことです。私たち二人とも今回の展覧会のメインターゲット層でもあるし。彼女たちの作品の魅力をどんなふうに提示したら、私たちと同じような女性にアピールできるか、一緒に考えれば、きっといいアイデアが出てくると思う」

この仕事熱心で、何もかも手に入れてもなお満足しない人は、決して悪い人じゃない。

彼女と同じタイプと考えていた、前の部署やスタジオ・ウォレス以前の職場の、〝輝く〟女性たちより、多分ずっと真琴の立場を慮《おもんぱか》ってくれてもいる――でも、イライラする。

(私たちと、同じような?)

最後に挨拶をしたときの田丸の、悲しみと怒りが交錯した表情がありありと浮かぶ。これまでこの会社を不本意に去るしかなかった、派遣仲間たちの顔も。

山野と真琴はまったく違う。女性で、同年代で、たまたま職場が同じなだけで、そのほかの部分では、対極にあると言っていい。それほどの違いを都合よく無視するのは、ずるい。

「……経験の部分以外で、西さんが躊躇されてるのは、私がちゃんとコミットできないだろうと考えているからですか？　それとも他に理由が？　忖度《そんたく》とかいらないんではっきり言ってください」

自分に自信がある人たちは、直球を投げることを躊躇わない。山野の率直さにうんざりしているのか、ただ羨ましいのか。真琴は手に持ったままだった豚汁と箸をカウンターテーブルに置き、おてふきで指先を拭った。

「……正直にお伝えすると——いくら〝一緒に〟進めても、たぶん私の作業負荷が重くなるでしょうし、成果があったとして、それを評価されるのは山野さんだけなのだろうな、と思ってます」

言ってしまった。もう取り返しがつかない。

山野は一瞬ショックを受けたような顔をしたが、すぐに立て直す。

「負荷が重くなる、という点については、確かに私が稼働できる時間は西さんより少ないです。でもその差分を西さんに補わせることも求めません。通常業務の外で、お互い対等に、同じだけのリソースで取り組める範囲内で、企画案を作るべきだと思う」

口ではなんとでも言える。状況に強いられて、なし崩し的に作業を引き受けざるを得なくなる自分の姿が、真琴はありありと想像できる。理不尽に黙らされてきた過去の、それぞれの時間の真琴が、「もう無理」と一斉に叫び出して、止まらない。真琴は思わずぎゅっと目を瞑った。

「『対等に』と言っても、私たちは立場も考え方もぜんぜん違います。それはほとんど住む世界が違うということです。惹かれるものも、見えているものだって違う……例えば私のように、来年の今頃は無職かもしれない、転職のチャンスがあるかもわからない、不安定で寄る辺ない状況なんて、山野さんは経験されたこともないでしょう。〝女性アピール〟に異議を唱えながら、ご自分と私をただ〝女性〟で括るのは、同じくらい乱暴じゃないですか？」

今夜、きっと自分は枕を抱えるほど大後悔する。口は禍の元だと、自分の墓に刻みつけたい。老後に墓の準備をする経済的余裕なんてとてもないだろうけれど――。

山野はしばらく黙ったあと、なぜか勢いよくシュークリームにかぶり付いた。値段のわりに良心的な量なのだろう、クリームが飛び出して、山野の綺麗に口紅の塗られた唇の端に付く。

「……本当にはっきり言いますね」

「すみません、言葉が過ぎました……ところで苺クリーム付いてます」

ここ、と真琴が指で位置を示すと、山野は「わかってます」と綺麗な模様のハンカチで何事もなかったように拭う。

「……あなたは、誰と、何のために、競ってるの？　何に怒って、焦ってるの？」

「え？」

「一対一《ワン・オン・ワン》ミーティングで、私が大田原さんから言われた言葉です」

「ああ、そうなんですか……？」

真琴は咄嗟に心を読まれたようで、どきりとした。自分と山野を比較するのを止められないこと、あまりの差と、その理不尽さに、時おり嫉妬の念が暴走するのを抑えられないこと。自覚と羞恥がいっぺんに来て、山野の声の反響が、コンビニの片隅に座る自分たち二人の間を、行ったり来たり漂っているような気がする。

「以前の私は、睡眠時間を削ってでも、育休前と同じだけアウトプットしなきゃって、無茶なことを考えてました。より効率よく仕事も家事も回してって――当然できないし、前の部署では典型的なマミートラックに乗せられて、新たな業務もアサインされないから、ジレンマに陥って、足掻いて。ますます色々なことがうまくいかないまま、子供にも皺寄せが行ったり。正に『日本死ね』くらい、周りを呪ってました」

「――山野さんでもそういう、闇堕ちみたいなことがあるんですね。嫌になるくらい順調な完璧人生を歩んでる人だと思ってました」

「そういうふうに見せかけてしまうところがあるのは、認めます」

「あ、認めるんだ」

山野は残りのシュークリームを食べ切ると「これ思ってた以上に美味しい」と呟いた。拍子抜けした真琴もつられ、「いただきます」と袋を破る。濃厚な苺クリームの香りが鼻の奥から舌をくすぐった。

「大田原さんは私が経験したみたいな、会社に蔓延《はびこ》るクソみたいなゲームのルールをいかに破って、変えて、ビジネスを成功させるかに、残りの会社員人生を懸けてるそうです。知ってました？　リモートワークの件、大田原さんはずっと以前から他の部署のマネージャーたちと相談して、根回ししてたんですよ」

「だからあんな……道理で移行が早過ぎると思いました」

「今後はフレックス制度と同じように、一般社員にも広く適用させるみたいです。あとそれを前提とした人事評価制度の導入まで、先々までプランは描いてある、と言ってました」

「人事部でもない大田原さんが、なんでそこまで？」

外資系企業を渡り歩く人は、〝ホッパー〟と呼ばれ、より高い給与、より良い条件の企業にどんどん転職していく。このウォレス社にもそういう人は多い。彼らは自分の価値ひいては年俸の最大化がキャリアの目的なので、自分の業績と関係ない仕事に煩わされるようなことは決してしない。大田原は、そういう典型的なホッパーだと思っていたのに。

「自分もフレキシブルな形で働きたいから、だそうです。あと『うちの会社は各部門の独立性が強すぎて、人事が本来の役割を果たせてない』とも言ってました。詳しくは聞きませんでしたけど、それで何度か同僚や部下が理不尽を強いられた、と」

それだけで――だけ、というレベルでは、大田原の中では止まらなかったということか。

山野もまだどこか納得し切れていないようだが、実際に大田原のお陰でリモートワークは実現し、こうしてシュークリームをランチのデザートに食べるくらいの余裕はできたのだ。

「もう一つ、大田原さんにとっての〝クソみたいなゲーム〟が、蹴落とし合い、業績の奪い合いだそうです。信頼できない人間と仕事をしたくないし、自分のチームでは不毛な競争を許容しない、と決めてるんだって」

真琴の中の大田原のイメージがどんどん塗り替えられていく。日系企業出身の元上司・高木と違い、ずっと欧米系企業でキャリアを築いてきた大田原は、当然そうした弱肉強食のビジネス界のサバイバルに、適応してきた人だと思っていた。

「うちの会社みたいなところで出世する人なんて、ほとんどは上司の尻にキスするのが上手いか、なんでも自分の成果にしてプレゼンするのが上手いかのどっちかだと思ってましたけど、意外ですよね。私も前の部署で、上司に企画を丸ごと奪われたことがあるから、そういうの嫌なんです。仕事のクレジットの件は、信じてもらうしかない……私じゃ難しかったら、上司としての大田原さんを」

そう言う山野はもう、大田原に信頼を置いているということだろう。二人は一対一《ワン・オン・ワン》ミーティングでどんなことを語り合ったのか。真琴は想像を巡らせながら、どこか羨ましさを覚えていた。

「まあ正直、まだいい代替案が出せるか自信がないんですけどね。女性を強調しすぎることに異議を唱えておいて、私が一番そこに拘ってしまってるのかもしれない。マリッサ・ブレイクのことを最初に知ったとき、やっぱり彼女の作品よりも、あの時代のスタジオで、女性なのにあそこまで活躍した人、というところに注目してしまって、オタクみたいに、やたら彼女のプロフィールに詳しくなっちゃったし」

「……私も活躍している女性の記事とか読むと、結婚してるのか、子供はいるのか、つい確認しちゃうことありますよ。活躍もしてなくて、結婚も出産もしてない自分に引け目を感じて」

「――そう感じるように、比べるように、何かに強いられてる気がしませんか？　なんだろう、男性だとそういうプライベートより、実績とか社歴が気になるのに……私もひどいときは、既婚か子持ちかだけじゃなくて、子供は何人いて、どんな教育方針で、夫の仕事や、家事育児に参加するタイプか否か、住んでるエリアまで気になったり」

「それ、検索で出てきます？」

「出てこない。だからひたすら検索する」

あゝ不毛――私たちは、誰と、何のために、競ってるの？　何に怒って、焦ってるの？

何の構えもなく、真琴は山野と正面から視線を合わせた。

「なんか初めて、西さんとちゃんと話せた気がする」

「うん、それは、私もです……。ところで、『クソみたい』って、そのまんま大田原さんが言ったんですか？」

「意外と口が悪いよね」

山野が綺麗な歯を見せて破顔したので、真琴もつられた。「いや、山野さんもだよ」

「え？　どこが？」

「〝尻にキス〟」

「あー……つい口癖で」

「どういう口癖ですか」

互いの微苦笑が、二人の間の空気を柔らかくした。潮時と思ったのか、山野はゆっくりと椅子を引く。

「じゃあお返事は今すぐでなくていいので、ちょっと検討してみてください——私は、西さんと企画を作ってみたい、それだけです」

つくづく直球を投げてくる人だ。仕事もプライベートも充実した「輝く女性」として、ソツなく完璧な形と思っていた山野の輪郭が、ずっと親しみやすく、凸凹といびつになって、真琴の前にある。彼女が信じてくれる私の仕事を、私も信じてみようか。気が付けば、口を開いていた。

「……作者である彼女たちや、不思議なサインとか含めて、あの絵への興味が強まれば強まるほど、私はやっぱり、彼女たちがそうまでして、どういう物語を作ろうとしてたのか、知りたいんです」

椅子を引いた状態のまま、山野がぐっと集中したのがわかった。本当に、真琴の意見に価値があると思っているのだ。

「彼女たちが描いた女の子は、明らかにあの時代のウォレス作品のヒロインとは違ってます。ただ優しくて、ただか弱く王子様を待っていたり、魔女に呪われるだけの女の子じゃない。すごく強い意志があると思ったんです。あの一連の絵がどんな物語のものなのか、知りたくないですか？」

「うん、もちろん。絵がぜんぶ見つかれば、全貌がわかるのかな」

「断片のままかもしれません。でもスタジオ・ウォレスがこれまで、語れば一五分くらいで終わる民話を八〇分の映画に膨らませたように、断片を膨らませることは、不可能じゃないのでは？」

「つまり、西さんが言いたいのは……」

「あの絵を元に、短くてもいいからアニメ映画を、いえ、せめて動画でも、作れないですかね。それはＰＲの企画にはなり得ませんか？」


一九四一年九月〜四四年十二月・ロサンゼルス

吉報はエステルたちの結婚パーティーから一週間も経たないうちにもたらされた。突然、スタジオが連邦政府の調停を受け入れ、漫画映画家ユニオンを承認する、というニュースが飛び込んできたのだ。

要求通り、スト参加者の復帰の保証と、社員の階級に限らない一斉賃上げが達成されるばかりか、スト期間中の給与も遡って支払われるという破格の条件だった。アレックスたちスト側は大勝利に沸き立ち、スト反対の強硬姿勢を貫いていた社員たちは、逆にユニオン加入が義務付けられることになり、複雑な表情を浮かべた。

ダニエルと幹部一行が南米の大旅行から帰ってくる頃には、大半のスト参加者たちが職場復帰を果たしていた。ベンジャミンとアナハイム近くのアパートへ引っ越しを終えたエステルが、ようやくスタジオの正面玄関前に立った朝、レベッカとシェリルは彼女としっかりハグすると、三人で一緒に扉を開けた。

「おかえり」

「ただいま」

口に出すとエステルが不在だった間の心許なさがまざまざと思い出されて、もう二度と、あんな思いはしたくないと思う。

(皆でまた、漫画映画を作れるんだ)

レベッカは、初めてこの新スタジオに足を踏み入れた時よりずっと、新しい始まりの予感にわくわくした。

スト前と同じ最高等級のアニメーターとして復帰したアレックスに、レベッカはさっそく自分が原画を担当した『ニーノ』の鳥たちのシーンのテストリールを見せた。

「体と羽のサイズで羽ばたきのタイミングを変えるのに苦労したの。この嘴の動きも、何度もやり直した。グリフィス動物園の鴨にパンくずをあげ続けて、すっかり懐かれたくらい」

リールが途切れ、部屋を明るくしても、アレックスは無言で白い画面を見つめたままだった。何か致命的なミスがあっただろうか。タイミングに表情、演技、どれをとっても納得がいくまでリテイクして仕上げた自信がある。もう彩色の段階まで進んでいるのに――――アレックスの下で研修生として動画をまるまるボツにされた頃の心許なさが、みるみる蘇った。

「……ダメだった？」

「ああ、ダメだ。もう、いや、いいんだ、そうじゃなくて」

アレックスの言葉は独り言のようで、その視線はまだ寝ぼけたように定まらない。お馴染みのストップウォッチのボタンを、無意識なのか忙しなく押している。

「俺だったらどう動かすか、考え出したら止まらなくて……こんなすごいもの見せられたら、うずうずしてダメなんだよ、とてもじっとしていられない」

一瞬聞き間違えたのかと思う。アレックスはいま本当に「すごい」と言った？

「それって、つまり……？」

「だから、俺は君の仕事に嫉妬してるんだよ。俺の雀くんたちを軽々超えやがったな、ああちくしょう！　最高だ！」

レベッカが頬を真っ赤にして、今にも勝手に綻んで叫び出しそうな口を押さえているのにも気付かず、アレックスは頭の中の作画シートの上で、ああでもない、こうでもないと鳥を動かし続けているようだった。「嫉妬している」がこんなとびきりの褒め言葉になるなんて、レベッカはこれまで知らなかった。

そこここで分かれた同僚との関係が再構築されていく一方で、壊れたまま修復不可能となってしまった友情も多くあった。

「薄汚い共産主義者なんかと一緒に働けるか！」

「ライザーに所有された家畜が。結局俺たちの成果にタダ乗りしてるくせに！」

食堂や中庭ではしょっちゅうスト参加者と非参加者の間で小競り合いが起きていて、互いを罵る言葉も似たり寄ったりだった。どうしても数では劣るスト派のスタッフの中には、非スト派のあからさまな嫌がらせに耐えきれず、復帰しても結局すぐに辞めてしまった者もいる。

レベッカは組合員でありながらストライキに参加しなかったことで、まだ裏切り者という陰口が聞こえてくることもあった。組合よりも自分が何を一番大事にするのか、という心に従ってスタジオの中で描き続けたことに、後悔はない。自分のようなスタンスと、エステルたちのそれとどちらが正しいか、正しくないかという物差しで測ることはできない、と今でも思っている。だがストによって、多くの仲間たちが安心して作品作りに専念できる環境が整えられたことは、紛れもない事実だった。とてつもない勇気と忍耐でそれを達成したエステルやアレックスたちを、レベッカは尊敬しないではいられない。

「無駄口を叩いている暇があったら一枚でも多く仕上げるんだ！　ギャロップギャロップ！」

アニメーション部門では効率至上主義の部門長・カバ紳士が目を光らせているお陰で、目立った争いは起きなかった。『ニーノ』の遅れを取り戻すべく、すぐにローテーションを組んでの二四時間制作体制が敷かれ、それどころではなくなったのもある。

「俺、今なら最高の農耕馬が描ける気がする」

「人間に飼い慣らされた馬なんか『ニーノ』に出てこねぇよ」

巨大な牙を剝き出しにしたカバに追い立てられ、右手に鉛筆、左手にストップウォッチを手放せない生活に再び放り込まれても、これまでと違い、きっちり残業代が支払われる。それでなくとも基本給が上がったアニメーターたちのモチベーションは高かった。

既に『ニーノ』の担当作業の目処《めど》が立っていたレベッカは、原画チームを手伝いつつ、新しいプロジェクトチームへ配属された。今度は灰色熊の元でストーリー・アーティストとして参加することになる。それはダニエルと幹部たちの南米視察旅行の映像に、漫画を組み合わせて中編に仕立てる映画で、合衆国と南米各国との友好の証として、メキシコでのプレミアが一年後と既に決まっていた。

「この企画のもう一人のコンセプト・アーティスト兼カラリスト《色彩設計》を紹介しよう」

ストーリー部門のピカピカの会議室で、そう言って灰色熊に引き合わされたのは、いたずらが成功した子供のように満面の笑みを浮かべたマリッサだった。

「ベッカ、ひさしぶり！」

洒落た形の襟が付いたツイードの短いジャケット、揃いの長いタイトスカートを穿いた姿は自信に満ち溢れ、元々の美しい容姿が、ハリウッド女優のようにますます華やかで洗練されていた。

「本当にあなたなの!? 信じられない！ なんで教えてくれなかったの？」

「びっくりさせたかったの。見たとこ大成功だったみたいね」

背の高いマリッサに子供のように肩を抱き寄せられても、レベッカはまだ現実感がなかった。

「マリッサは実際に現地の視察にも参加して、膨大なスケッチをしてきた。それを見たダニエルが、この企画には彼女の感性が不可欠と判断したんだ」

灰色熊は静かに言うと、会議室に居並ぶスタッフたちを睥睨《へいげい》した。これは彼らへの牽制なのだと、レベッカもすぐに気付く。

かつてマリッサがストーリー部門に籍を置いていたとき、彼女の個性的なコンセプト画が採用されることはほとんどなかった。そのスタイルが一般的な漫画映画のものとは一線を画していた上に、端から〝女〟という余計なフィルターがかけられて正当な評価が得られず、マリッサはずっと苦しんでいた。レベッカたちと制作した『舞踏への招待』のシークエンスが、一部とはいえ、彼女の世界観が前面に出た唯一の例だった。

だが今回は違う。色彩設計という、これまでスタジオ・ウォレスの作品制作ではあまり馴染みのなかった役職も、きっと彼女のために設けられたものだろう。この短編を文字通り彼女の色に染めること、彼女の世界観に命を吹き込むことは、ダニエルから課された至上命令なのだ。

「エリック、さっそくだがストーリーの説明を」

久々に感じるプロジェクトが始動するときのピリッとした緊張感は、心地いいくらいだった。スケジュールの無謀さから、激務が待っていることは明らかだったが、レベッカはその修羅場の予感すらも深く味わった。

「もう心臓が飛び出すかと思った」

「私も目玉が落っこちるかと」

中庭のランチに集まってきたシェリルとエステルが口々に言う。

レベッカの隣に立つマリッサを見つけて呆然と立ち尽くした二人の顔は、そのまま漫画になりそうなほど面白かった。マリッサも、いつものクールな表情と打って変わり、まだ口元がいたずらっ子のように綻んでいる。

「ロニーたちと食べなくていいの？」

「せっかくのランチの席で、退屈なゴルフと政治の話なんてまっぴらだもの」

ほがらかに答えながら、マリッサはブラウンバッグからサンドイッチとオレンジを取り出す。

以前のマリッサはいつも食堂で、ロニーやほかの男性スタッフたちと昼食を共にしていた。

「みんなと話すのを楽しみにしてたんだから。ほら、お菓子も作ってきたの」

マリッサはバッグの中からさらに四枚の大きなチョコレートクッキーを取り出す。「あんまり得意じゃないけど」昨晩焼いたものだという。エステルが子供のような歓声をあげて手を叩いた。

「何から話せばいいやら……あなたがいなかった間に、本当に色んなことがあったのよ」

閑散としていたスト期間中と違い、社員で溢れた中庭を眺め、シェリルがしみじみと言った。

竜巻みたいな分断の日々が本当に終わったのだとレベッカが実感できたのは、この瞬間だったかもしれない。自分たちの服装も気温もほとんど変わらないが、風の匂いがわずかに変わり、秋が来たのだと、肌が先に気付く。

「ストライキの件は聞いてる。まあ労働運動なんて共産主義者みたいな真似、アーティストがすることじゃないよね。今回は運良く収まったけど、無茶な賃上げの挙句にシカゴやニューヨークのスタジオみたいに潰れてしまったら、元も子もないのに」

マリッサの言葉にサンドイッチより先にクッキーにかじり付いていたエステルがぴたりと動きを止めた。レベッカたちの間に流れる微妙な空気を敏感に察知したマリッサが、訝しげに尋ねる。

「あなたたちは参加しなかったんでしょう？　ロニーからそう聞いてたけど」

「……あたしは参加してたの、始まりから終わりまでね。小さ過ぎてロニーには見えてなかったのかもしれないけど」

エステルはさらに何かを言いかけて、言葉を飲み込み、マリッサは狼狽した。

「エステル、お願い怒らないで。悪気はなかったの」

「わかってる……それにこうやってストは成功して、スタジオは潰れなかったんだから。あたしたちをさんざん罵った人たちだって、もれなく成果を受けとれた。これからここで働く人たちもね。そのことに、あたしたちは誇りを持ってるから！」

エステルは腰に手を当て、顎を思い切り上げて、得意になったカールみたいな誇張したポーズを取った。

誰よりも天真爛漫に振る舞うエステルは、もしかしたら誰よりも繊細に人間関係に気を配ってくれていたのかもしれない、とレベッカはようやく悟る。見えない線はそのままに、その線よりもっと大事な繋がりを、いつだって見ようとしてくれる。だからこそ、ピケットラインのあちらとこちらに別れても、自分たちはこれまで通りの友情を保っていられた。

「あなたたちは、本当にすごいことをやってのけた。うちのスタジオだけじゃない、全米の漫画映画に関わる人たちみんなが、どれだけ勇気をもらって、実際に救われたか知れない」

シェリルがエステルの肩を叩き、レベッカも大きく頷いた。

当初ストライキという手段に反対していたシェリルは、エステルたちの言い分に耳を傾けるうち、明らかにスト側の理念に心を寄せていた。でも母国イギリスで両親や兄、親戚たちがドイツ軍の脅威に晒され続ける中、外国である合衆国で二人の子供を抱える未亡人として、ストに参加することで無給になったり、現在の職位を手放す選択肢は持てなかったのだろう。会社公認の組合で仲介に努めることが精一杯だったのだ。そこにあった葛藤の深さは、傍にいたレベッカがどれほど想像を凝らしても、追いつかないと思う。

マリッサは同意も反論もせず、ぎこちない笑みを浮かべて黙っていた。

「ねえそれ、もしかして向こうで描いてきたスケッチ？　見てもいい？」

レベッカはマリッサのお尻の横に置かれた、大小のスケッチブックの束に目を止める。マリッサが頷いて一番分厚いものを差し出すと、シェリルたちも見たい見たい、と傍に集まった。

マリッサがページを開いた一瞬で、遠くの誰かの話し声や、和んだ場の空気や、食べかけのターキーサンドイッチが、彼方へ遠ざかっていくようだった。

道端に座った母娘の、鮮やかな黄色と赤のケープが目に飛び込んでくる。隣のページには速描きながら輪郭を的確に捉えたロバと農夫、遠景には赤土の大地が広がっている。明らかにカリフォルニアとは植生の違う木々の濃い陰影に、目の覚めるような色彩の花々。ピンク色から濃い紫へと劇的に色を変える夕空を抱いた海辺と、まばらに灯り始めたコロニアル風の建物群。

ページを捲るたびにムッと匂い立つような南米の空気に包まれるようだった。元々意表をつく色の組み合わせや、画面全体のムードをも左右する大胆な色の活かし方など、マリッサの色彩は唯一無二の魅力を持っていたが、それがますます研ぎ澄まされていた。色それ自体が持つ生命力が、白い紙の上で放電するような輝きを放っている。

「光が違うと、土も色も影も、違うの。土地が変われば匂いや音も、人や、生き物の在り方も。そんなよく考えれば当たり前のことを、全身で知った。生まれ直したみたいに幸福な旅だった。描く手が止まらなくて、ああ私はこの世界に生かされて、描かされてるんだって思った。あんなの初めてよ」

「世界に、描かされてる……」

「前にここで働いていたときは、何度も作品を否定されて、描くことが怖くなった。でももう迷いはない。だからこうして戻っても大丈夫だと思った。私は揺るぎなく、命をもらった瞬間から死ぬまで、描く人なの」

内側からみなぎるような自信で、マリッサはこれまでで一番美しく見えた。「世界に描かされている」という言葉と共に、その姿はレベッカの中に深く深く刻まれる。

「あなたの描くコンセプト画、今からすごく楽しみ。どんな作品になるのか待ちきれないよ」

「あたしたちもそっちのチームに入れないのかな。手を挙げてみる?」

シェリルとエステルの言葉に、マリッサが心底嬉しそうに破顔した。

「『舞踏への招待』チーム再び、ね。そうなったら最高!」

それから二ヶ月余りは、一枚一枚のカットを積み上げて漫画映画を作るように、〝完成〟というゴールをチームで一心不乱に目指すスタジオの日常を、皆がそれぞれの机で取り戻そうとする日々が続いた。

街の店々ではそろそろクリスマス・デコレーションが始まるという穏やかな日曜日の昼、レベッカたちはハリウッドの丘に囲まれた新興の住宅街にあるブレイク夫妻の家に皆で集まり、ブランチを囲んでいた。ロニーは友人たちとゴルフに出かけて不在だった。デビルド・エッグを頬張るノアとアンバーを横目で見守りながら、マリッサが最新の小型ラジオの音量を下げようとした瞬間、CBSのアナウンサーの切羽詰まった声が、緊急ニュースを告げた。

「ハワイ準州オアフ島のパール・ハーバーに停泊中の合衆国太平洋艦隊が、現地時間で本日午前七時五〇分に、日本帝国軍の攻撃を受けました。現在、軍はこの急襲による負傷者の救出と被害の状況を……」

皆の微笑んでいた顔やフォークを持った手がそのまま硬直するのを、互いにぼうっと眺めていた。住宅街の背後に広がる森に面した大きな窓から差し込む日差しも、様々な皿が並ぶテーブルも平和そのもので、〝攻撃〟や〝負傷者〟といった物々しい言葉があまりにもそぐわなくて、時間の進み方までおかしくなったみたいだった。

最初にシェリルが、半ば掠れた声で「神さま」と呟いた。エステルが「え、え?」と皆の顔を順繰りに見回す。

「これ、あれでしょ？　あの何年か前のラジオ・ドラマみたいな」

皆の中にも、三年前のハロウィーン前夜に、火星人襲来を告げたニュース仕立てのドラマの記憶は鮮明に残っていた。最初にドラマだと前置きがあったにも拘わらず、音楽や通常のニュースの合間に本物の速報のように刻一刻と変わる状況を伝えられ、天文学者や隕石を目撃した農夫を演じる俳優たちの演技があまりにも真に迫っていたので、レベッカと当時のルームメイトは「まさかね」と笑い合いつつ、念のため窓を開けて夜空を確認してしまったくらいだった。

ヨーロッパで本物の戦争が起きているときに、そんな不謹慎なドラマを流すだろうか。おそらく言い出しっぺのエステルも、本心では半信半疑のはずだ。

「そもそも、ハワイってどこ？」

マリッサの問いに皆が首を振ると、彼女は慌ただしく本棚から地図帳を抜き出し、キャセロールの隣に広げた。名前しか知らない遠くの準州なんて、誰も行ったことがない。広大な海にポツンと浮かぶ小さな島々は、太平洋を挟んで日本と北アメリカ大陸のちょうど中間点くらい。少なくとも、はるか彼方と看做していたヨーロッパやロシアよりもカリフォルニアにずっと近く、日本との間に広がる、遮るもののない水色ののっぺりとした海は、ただただ無防備に見えた。

「合衆国も、戦争をするの？」

大人たちの張り詰めた顔色を窺いながらノアがおずおずと尋ねると、シェリルがそっとその細い肩を抱き寄せる。

「そんなことが起きないように、今は祈ろう。怪我をした兵隊さんたちのためにも」

ノアがシェリルと共に素直に指を組んで目を閉じると、アンバーも母や兄に倣い、レベッカたちも自然と目を閉じた。教会なんて長く行っていなかったが、たまには行けばよかったと、少し思った。

なかなか食事が進まないまま、じりじりとニュースの続報を待つ間に、ロニーも帰宅してきた。クラブハウスでニュースを聞き、午後のラウンドを切り上げてきたのだという。彼の緊張で強ばった様子から、ニュースは紛れもない真実なのだと、改めて突きつけられた心地だった。

「ジャップの奴ら、不意打ちなんて卑劣な真似しやがって！　世界最強の我が軍が黄色い猿どもをとことん叩きのめすまでだ」

「ロニー、子供がいるんだから、そんな言葉遣いはやめて」

マリッサが窘《たしな》めるとロニーは一瞬気まずそうな顔をしたものの、ビール瓶を握る手は怒りに震えていた。従兄弟が海軍に勤務しており、任地は違えど、ハワイの犠牲者たちがとても他人とは思えないのだと言う。

「ケンやタケシはどんな気持ちで……キョウも」

レベッカの脳裏には背景部門にいる日系人スタッフや、『シンフォニア』のプレミアで会ったキョウの瓜実顔《うりざね》が過ぎる。ニューヨーク支社の出版部にいる彼女とは、『シンフォニア』のグッズや絵本版の制作のために、あの後も何度か手紙や電話でのやり取りがあった。彼女はいつも丁寧で控えめながらちょっとお茶目で、すぐにレベッカも好きになった。〝ジャップ〟や〝黄色い猿〟などという心ない侮蔑の刃を向けられた彼女の姿を想像すると、いたたまれなくなる。

「彼らはアメリカ生まれのアメリカ人だ！　汚い日本人どもとは違う」

「でも母国に親戚だっているでしょう。彼らの両親だって、日本生まれの日本人なのよ」

ムキになったロニーを遮り、マリッサがレベッカの気持ちを代弁してくれた。

「それを言うならドイツ系やイタリア系アメリカ人を見てみろ。彼らだって……」

ロニーの声はニュース続報に遮られて、尻すぼみになった。

日本帝国軍が今にも西海岸に上陸してくる。そんな錯綜したニュースに踊らされたパニックの一夜が明けると、ルーズベルト大統領がラジオを通じて〝正義の力による完全なる勝利〟を国民に約束し、直後、議会両院で日本帝国に宣戦布告することが決まった。反対票を投じたのは下院の女性議員一人だけだった。その暗い炎に煽られるようにして、これまで参戦に慎重だった新聞や雑誌も、一気に論調をひっくり返した。これまで当たり前のように厭戦派だったレベッカや周囲の人々の声も小さくなった。

平和な日曜の南の島で、突如炎の海へ投げ込まれた兵士たちを思うと、腹の底でふつふつと義憤が滾《たぎ》る。その黒い熱はナチスやファシストたちへの憎しみと合わさり、レベッカの体を超えて膨れ上がると、他の人々のそれと結びついて、新しい生き物のように、どこまでも大きくなっていった。さらにそこへ、自分たちアメリカ人はかけがえのない自由の旗手・民主主義の守り手なのだという連帯感が加わると、怒れる生物は恍惚に似た匂いを放ち出す。いつの間にか、報復と正義は同義語になっていた。

戦争が始まる――その緊張は、クリスマスを控えた生活の端々に、虫食いのような影を落としていった。ラジオは天気予報の放送をやめ、ひどいときは放送が丸ごと中止された。電波が傍受されて敵軍の作戦に利用されることを防ぐ意図だと、レベッカたち市民が知ったのは少し後のことだった。

夜一一時からの灯火管制が敷かれると、スーパーやバーなど多くの店が早仕舞いするようになった。街を行く日系アメリカ人たちはどこか俯きがちで、彼らが通行人に心ない暴言を浴びせられたり、あからさまに避けられたりするのを、レベッカは何度か目の当たりにした。ノアの小学校では空襲を想定した避難訓練も始まったと聞く。実際に沖合いで日本の爆撃機や潜水艦を目撃したという情報が、たびたび新聞に寄せられた。冬のカリフォルニアの穏やかなビーチには高射砲が配備され、一面カムフラージュの網がかけられた。水平線が気付かぬうちに得体の知れない巨大な魔物の背になり代わってしまったようだった。鎌首をもたげるように、いつ海面がせり上がり、街へ襲いかかってくるか。不安は影のように、どこまでもつきまとった。

スタジオでも、南米中編とほぼ完成した『ニーノ』以外のすべてのプロジェクトが一旦停止され、新たなチーム編成の元で、軍や政府のプロジェクトに全面的に協力するという方針が発表された。久しぶりに全スタッフを集めてそう宣言したダニエルの声音には、強い闘志や正義感がみなぎり、皮肉にも戦争のお陰で、ストライキ前に幾度となく経験した、かつてのスタジオのとことん前向きな一体感が、皆の間にも蘇ってくるようだった。

「この戦時下で、魔法や音楽やお姫様にかまけてられるかってことね。わかってはいたけど」

シェリルと共に、スト前に一度企画が頓挫してしまった音楽短編の準備をようやく進められると喜んでいたエステルは、がっくりと肩を落とした。

「本当はこんなときこそ子供たちには魔法が必要なのにね。姪や甥も、私が送ったウォレスの絵本を、地下壕でもずっと肌身離さず持ってるって」

シェリルの両親や兄家族の住む、ロンドンにほど近い街は、つい半年前もドイツ軍に爆撃されていた。シェリルにとって十代で経験した大戦の記憶は鮮明で、今でもミサゴのような大きな鳥が低く飛んでくると、まざまざと蘇る恐怖に体が竦んでしまうことがあるという。

「イーストエンドの小学校が爆撃されたとき、私もすぐそばの学校に通っていたから、ドイツ軍機が上空を横切ったときのことはよく覚えてる。飛び去る機体に一瞬反射した光や、耳をつんざくような轟音と、床の揺れや、悲鳴も……あの怖さは、経験してないとなかなか想像できないと思う」

イギリスや降伏前のフランスの、空爆で破壊された街の映像は、ニュース映画でレベッカたちも見ていた。細部を思い出そうとすると、スクリーンの中の表情を失った子供たちに、ノアやアンバーの顔が重なってしまい、慌てて想像を打ち消す。

噂では、カールたちが兵士になって戦う短編映画集のほかに、ダニエル主導で爆撃機そのものを主人公にした長編映画の企画があるらしい。さっそく各部門の幹部たちが空軍基地へ見学に行ったと聞いた。絵に命を吹き込むのがアニメーション技法なら、描かれた爆撃機に何を吹き込むのか——人知れずレベッカの背筋を冷たいものが伝う。

仕事の合間の短いクリスマス休暇に、愛車のシボレーを駆って久しぶりにワシントン州の実家へ帰省すると、しばらくこちらに避難してはどうかと母から提案された。同じ西海岸とはいえ、この家はシアトルから内陸へ六〇マイルほど入った谷沿いにあり、海からは遠く離れている。確かにロサンゼルスよりは安全だろうが、現実的に考える気になれなかった。幼いレベッカをコヨーテから守ってくれた犬のオリバーも、親友だった馬のエイプリルもとうに亡く、朽ちた犬小屋やかこいに、記憶の中の生き生きとした彼らの姿が重なって、いっそう寂しさが増すだけだ。

「いま大事な政府系のプロジェクトに関わってるから、仕事を離れるわけにはいかない。南米の友好国をファシストから守るための映画だよ。私たちの作品が国に貢献できるなんてすごいことでしょ？」

「そりゃ結構なことだけど……仕事や会社が命を守ってくれるでなし。まして今は若い男が兵隊に取られるご時世だよ。女独りいつまでも働いてばっかりじゃ、あっという間に三十過ぎのオールド・メイド《嫁き遅れ》になっちまう」

「私の友達は結婚しても仕事を続けてるし、子供を育てながら働いている女性だっているんだから」

「これだから都会に染まった娘は。会社なんかで仕事しながら、満足に子育てなんてできるわけがない。女にとって家庭を維持して子供を育てる以上に大事な仕事なんかありゃしないよ」

「じゃあ私はオールド・メイドになることを選ぶ！　私にとって漫画映画は、仕事以上のものだもの。それを捨てて幸せになんて絶対になれない。夫や子供と比べられるものじゃないんだよ」

「結婚もしない、子供もいない年増女が幸せになれるはずないだろ。もしロサンゼルスにはそれで幸せだって言う女がいるとしたら、フリをしてるに決まってるよ」

　レベッカはそれ以上、母と議論する気になれなかった。

　同じ高校に通った幼馴染みたちは、皆とっくに子供を産んでいると聞く。レベッカより三歳上のエステルも、ベンジャミンと婚約したとき「もう誰にもオールド・メイドと呼ばれないと思うと気が楽」と笑っていた。マリッサはロニーと唯一無二のパートナーとして長く順調な結婚生活を送っていて、シェリルは死別してしまった夫を今も深く愛しながら、二人の子供たちを育てている。

皆、かけがえのない誰かがそばにいる――焦りはない、寂しくないと言えば嘘になる。つい先週も、真夜中に遠く空襲の轟音が聞こえた気がして、なかなか寝付けず、「大丈夫だよ」と安心させてくれる、力強い誰かの腕に縋りたい衝動に駆られた。でも平常心に戻れば、レベッカの心は漫画映画でいっぱいに占められて、他のことに割く余地はない。自分の未来の家族像をイメージするより、自分の描くものがスクリーンで命を得たように動き出す様を想像する方が、ずっと喜びが深い。普通の妻や母となって家事や育児に時間を費やすより、その分だけ描き続けることこそ、レベッカにとっては自然なことに思える。

そんな自分の気持ちを、この田舎で妻として母として生きてきた母親が理解できるとは端から思っていなかった。母はレベッカが自らの稼ぎで購入し、はるばる乗ってきたシボレーにも、家を出た七年前よりずっと垢抜けた服装にも、敢えて触れようとしなかった。父が酒浸りになり、兄たちが仕事を求めて町を出て、家族が一人、また一人と教会から足が遠ざかっても、母だけは毎週日曜には欠かさず町の中心部にある教会へ通い続けた。〝産めよ、増やせよ、地に満ちよ〟とこの世の人々を祝福する、神の言葉に縋りながら。

ロサンゼルスへの帰途、レベッカの仕送りで母が買ったチキンとチョコレートケーキの残りを携え、シアトルのアルコール依存症患者の病棟に入院している父に会いに行った。入院は既に三回目になるが、その費用はレベッカと兄たちが賄っている。

瞬間的な怒りや苛立ち、かと思えばほとんど狂ったような陽気さや終わりのない自己憐憫、と、かつて一生分の感情の起伏を通り過ぎた父は、実年齢よりずっと老け込み、すっかり抜け殻のような老人になっていた。意思の乏しい虚《うつろ》な瞳を見つめるのは、闇の中の暗い窓をのぞきこむことに似ている。何かがそこに見えそうで、でも自分が本当にそれを見たいのかもうわからない。普段なら、動くものならば何でも微に入り細に入り観察し、記憶に焼き付けるレベッカの目は、父を前にレンズの焦点をずらした。

「……元気でやってるのか」

「うん。今は南米をテーマにした映画を作ってる。カールたちがあちこち旅行するの」

「南米といえば、むかしうちでミゲルって男を雇ったことがあったな……覚えてないか？」

「どんな人だっけ」

「メキシカンさ。ギターしか取り柄のない、バカでうるさくて、大酒飲みの……すぐにクビにしてやった」

父は壊れたラジオのように〝バカで大酒飲み〟を繰り返す。

薬臭いジン、混ぜ物のされたウィスキー、当時の禁酒法下で違法だった安酒は、背徳感と合わさって、さぞ簡単に酔えたことだろう。当時は人を雇えるほど農場の前途は明るかったのだ。件のミゲルと一緒に飲んだことを思い出したのか、父の張りを失った皮膚が、笑い方を思い出すようにわずかに引き攣《つ》った。

かつては父に絵を褒められるのが一番嬉しかった。レベッカが家族や農場の動物たちを描くたび、父は通りすがりの行商人にまで絵を見せて回った。

「見てみろ、本物そっくりだろう？　うちにはチビすけがいるから、カメラなんていらないんだ！」

初めて額装してくれた、家と農場を遠景に描いた絵は、父がいつの間にかどこかへ売ってしまった。酒代の足しにするためだった。

南米中編は『バイレモス・コン・アミーゴス（友と踊ろう）』と名付けられ、レベッカはカールたちが海沿いの街のナイトクラブで、メキシコ出身の猫、ギレルモ・ガットからダンスを習うシークエンスのストーリー・スケッチを担当した。マリッサのコンセプト画は、鮮やかで強い陰影の中に白昼夢のような浮遊感があり、スクリーンに映ったときどんな世界になるのか、描いているレベッカも早く観たくてわくわくした。

『死者の日』のイメージ。現地で実際にお祭りを見ることは叶わなかったけど、お土産物屋さんとか至る所に骸骨のモチーフがあってね、死者も生者も、色鮮やかな装飾と花々の洪水の中に当たり前のように同居して、命を祝うところにたまらなく惹かれたの。スアレスやリベラ、南米の偉大な壁画家たちの死の匂いと生命力が混在した画風の、あの一端に、少しだけ触れられた気がする」

「ライトの下で猫たちの顔がお面みたいに次々変化するところが好き。すごく笑えるし、ちょっと不気味でシュール！」

例によってレベッカは隣の家の白猫とお近付きになり、彼が毎晩レベッカの帰宅を待ち構えるようになるまで、観察とスケッチを続けた。改めて間近で親しんでいると、猫はたまらなく可愛く優美で、彼の仕草からヒントを得たカールキャットの短編のアイデアがいくらでも出てきた。何度「うちの子になる？」と聞いたかしれない。このまま結婚することがなかったら、猫を飼おう、とレベッカは固く心に決めた。

レベッカたちの日常も死と隣り合わせにあるはずだが、当初の緊張感を保ち続けることは難しかった。相変わらず毎朝スタジオへ出勤し、ランチを皆と一緒に芝生の上で取る習慣も変わらない。腕と肩が鈍い痛みを覚えるまで描いては、ふと窓の外の空を見上げ、そういえば今この国は他国と戦争状態にあるのだと思い出したりした。食料品や日用品に配給制が導入されても、当初懸念されていたような、毎日の生活に不自由するということもほとんどなかった。灯火管制前の、暮れなずむダウンタウンの上空は、敵機の影が射すこともなく、穏やかなままだ。

だがスタジオでは翌月に入ってすぐ、なんの予告もなく、再び大規模レイオフが実行された。スト後一気に増加した賃金の支払い、悪化の一途を辿る欧州市場、さらに開戦で国内市場の見通しも不確かになったため、スタジオの財政が追いつかず、制作体制を縮小せざるを得なくなったというのが会社側の理由だった。解雇リストには、エステルとベンジャミン、アレックスに加えてシェリルの名前まであり、組合からの批判を免れるために、スト不参加の従業員までも含めたのだろうという噂だった。

「こんなことならストのとき思い切り暴れ回ってやればよかった!!」

シェリルの剣幕に、たまたま廊下を通りかかった経理部のジュニア・コマンドーが慌てて引き返すのが視界の端に見えた。エステルの涙の跡が痛々しい青ざめた顔を、レベッカは正視できない。

「最初から計画してたのね。端からスト側の復帰を受け入れる気なんてなかったんだ。ずっとどのチームにも配属されないまま、のらりくらりとリサーチやら資料整理やらの仕事を振られてたのは、このためだったんだよ」

もう何度目かの、自分ではどうしようもない事態に見舞われたショックで、レベッカの心はすっかり麻痺していた。悲しみや怒りよりも、不毛な荒野のような無力感が優ってしまう。ひどすぎる、という相槌の言葉は、どこまでも空疎に響いた。

かといってレベッカの『バイレモス』の担当分は佳境に入っていて、いま仕事を放り出して上層部へ抗議するのも躊躇われた。自分やマリッサの特権的立場を考えると、次は自分の番かと焦りを募らせる残留組にも、簡単に協力を求められない。自分たちの日常とは本当に薄っぺらい板の上、もっと言えば上層部や、さらにその上の、政府やら軍やらの権力を持ったほんの一部の人間たちの掌の上なのだと、レベッカは否応なく実感する。

「ユニオンの弁護士が労働省に訴える準備を進めてくれてる。こんな滅茶苦茶なレイオフ、裁判に持ち込んでもこっちが間違いなく勝てるとさ」

　アレックスは〝解雇のベテラン〟を自称して、皆を宥めながら落ち着き払っていた。

「これはダニエルの意向だと思う？」

　完全にスト側の勝利のように見せかけ、復帰組がようやく腰を落ち着けてきたところで突然梯子を外す。悪辣としかいいようのないこんなやり口を、彼が指揮したとは思いたくなかった。

「彼なら経営をすっかりライザーと銀行と株主たちに任せて、ロシアの英雄とかいう元軍人のおっさんの映画を嬉々として撮ってるよ。周りなんてまったく目に入ってないだろうな」

　年明けから徐々にスタジオ敷地内に軍人の姿が増えてきているのは気が付いていた。当初は戦争をモチーフにした作品のために助言に来ているのかと思っていたが、間も無くスタジオの建物自体が、軍と共に軍用機の設計を担う民間会社に接収された。まるで理不尽に追い出されたエステルたちにとって代わるかのように、日本帝国軍の西海岸上陸作戦を監視する部隊がそこかしこの見慣れた風景を侵食していった。広い敷地に十分な高さの建物。ダニエルが夢見た、最高の漫画映画を作るための、最高にクリエイティブな設備が、軍備にも最適だったなんて、どこかの不条理劇みたいだ。

　ストが終わり、ようやくなんの憂いもなく制作に集中できると思っていたのに。

追い討ちをかけるように、月末にはサンタバーバラの製油所が日本軍の潜水艦に攻撃され、真夜中過ぎには空襲警報が鳴り響き、敵のものなのか味方のものなのか、上空を飛ぶ飛行機と、散発的な爆撃の音を、レベッカも確かに耳にした。

漫画映画によって、この世界やまだ見たことのない世界に生きる生命の美しさを描き出すどころか、いまやレベッカの周囲の世界にはいくつものヒビが入り始めていた。

「みんな解雇されて、スタジオは軍の一部みたいになって、敵はすぐそばまで来てて、もうどうすればいいの？　私たち、これからどうなるの……？」

漫画映画家ユニオンの幹部たちのバックアップにより、いち早く解雇を撤回されたアレックスを前に、レベッカは次第に声が震え出すのを止められない。

「君はここで踏ん張って、描き続けろ。最高の絵を描いて、それが最高の漫画映画になって、そうやっていつか戦争が終わったあとに蘇ったスタジオが、またたくさんの長編を作ることになれば、皆が帰ってこられる」

冷静に諭されて、レベッカは自分がただアレックスに甘え、すがりたかったのだと、ゆっくりと自覚する。「やるべきことなんて言わなくてももうわかってるだろう？」と見透かされたようで、頬が熱かった。アレックスは再びストを組織する用意があることを示すために、ほかのスタッフとミーティングを重ねていた。それもまた〝最高の漫画映画〟を作るための、彼なりの戦い方なのだ。

皆もまた、それぞれの場所で、崩れ落ちないように耐えていた。シェリルはグローブスタジオ時代の元同僚の伝手で、広告制作の職を一時的に得て、エステルは家族の知り合いが働く出版社で単発のイラストレーションの仕事を請け負い、ベンジャミンは別の漫画映画スタジオの技術部を手伝い、それぞれに急場を凌いでいた。

その間にも、マリッサはスタジオでの存在感をどんどん増していった。『バイレモス』の完成を待たずに、既に続編の開発が始まっており、彼女は再び色彩設計とコンセプト画を担っている。

「前回は実写との融合だったしスケジュールも厳しかったから、コントロールが及ばない部分もあったでしょ。今回は全編が漫画映画だし、もっと私の思い描く通りにできるはず。頑張ってこれを成功させて、エステルたちを呼び戻す」

「私もそっちに参加したかった。くる日もくる日も矢印ばっかり。動くものの先にも矢印が見える気がしてうんざり」

レベッカはアレックスが噂していた〝元軍人のおっさん〟ことルトコフスキー氏の実写融合漫画映画、『空の覇者』の動画チームに参加していた。ダニエルが「この映画は戦況を変える」と豪語し、来年夏の公開を目指すという恐ろしいスケジュールの中、他の二つの政府後任の短編と共に、スタジオに残った動画を描ける者が、総動員されることになったのだ。

そこにはダイナミックな作画も、新しい生命も物語も、鮮やかな色彩も、ギャグすらもなかった。ひたすら当の軍事顧問が説く〝空軍力の重要性〟と〝日本の本土攻撃〟という提言を、矢印を使って図解し、形式的な炎を動かすだけだった。チームのアニメーターたちを指揮するカバ紳士にも戸惑いが窺え、いつもなら作画ルームを満たす殺気も熱気も、平坦で無機質な空気へ変質していた。レベッカは淡々とノルマをこなしつつ、適当な理由を見つけては、こうしてマリッサのいるコンセプト・アーティストのアトリエへ避難してくるようになった。ここにはまだ、創造の場特有の、インスピレーションが弾け、ピリピリと心地よい静電気が走るような空気がある。

「アレックスは『あんな馬鹿げた矢印をアニメートするくらいなら、スタジオの特殊効果技術を駆使して、爆撃機が落とす爆弾が炸裂する様も、巻き込まれる民間人の惨状まで、詳《つまび》らかに描くべきだ』って息巻いてた」

「そんな戦意を喪失させるような映画、軍のお偉方が黙ってないでしょ。反愛国者のレッテルを貼られるだけでしょうね」

マリッサは呆れたように言うと、それまで慎重に動かしていた細筆を置いた。

素っ気ない矢印とシンプルな線画の炎で覆い隠されていても、爆撃機が爆弾を落とす下には誰かがいる。それはキョウやケンたちに似た子供たちかもしれない。日々機械的に仕事をこなしていると、ついそんなことを忘れそうになってしまう。でも忘れなければ仕事ができない、とも思う。

「キョウからはその後何か連絡はあった？」

「ご両親が自宅から強制的に立ち退かされたって。タケシたちも同じ。ちゃんと荷造りする猶予も貰えなかったみたい。なんとか回避できないか、ダニエルが政府に繋がりのある知人や友人に頼んだけど、ダメだったそうよ。キョウ自身はニューヨーク在住だから免れたけど」

マリッサの返答に、レベッカは件の大統領令が意味する状況を、まざまざと理解した。それはカリフォルニア、ワシントン、オレゴン、アリゾナの西海岸四州に居住する日系人は、たとえアメリカ生まれでも、内陸部に政府が用意した施設へ移住しなければならない、というものだ。

『ニーノ』の背景アーティストであるケンやタケシは、合衆国参戦前から高まっていた世論の日系人への敵愾《てきがい》心を懸念していたが、最悪の事態になってしまった。出版部のキョウは〝日本人〟として強制移住させられる家族を案じながら、日本を焼き尽くせと鼓舞する映画の宣伝材を制作することになるのだ。先週にはレベッカの住むアパートと同じ通りにある雑貨店の日系オーナー家族が、朝早くに慌ただしく店を引き払っているのを見た。誰もいなくなった店舗のショーウィンドウには今も、「私たちはアメリカ人だ」というサインが掲げてある。

「私たちで、何かできることないのかな」

「本格的な移住の前に、いま一時的にサンタアニタパークに留められてるらしいの。ロニーにとってもケンたちは大事なチームメンバーだもの、次の週末に食料や衣類なんかを持って面会にいくつもり」

「サンタアニタって……」

　レベッカは喉の奥がぎゅっと窄《すぼ》まったように声が出なくなった。

　そこはロス市内からもほど近い競馬場で、レベッカも学生時代に何度か、地上で最も優美なサラブレッドたちを見に行ったことがある。

　かつて奴隷制を打倒したはずのこの国で、日系アメリカ人を馬のように扱うのか。まさかそんなことが政府の名の下に公然と行われるなんて、にわかには信じ難かった。ドイツ系アメリカ人団体は、開戦前に親ナチを謳った大規模集会をニューヨークで開いたくらいなのに、強制移住の話なんて一つも出てこない。イタリア系も同様だ。よくよく考えれば理屈が通らないが、日系への対応を当然だと看做す人たちの気持ちも、意識の底ではわかってしまう。

(日本は直接わたしたちの国を攻撃したから。後から来た彼らは、外見も、文化も、あまりにもわたしたちと違うから)

自分を取り巻く社会の空気に、何かおかしい、何かが間違っていると気付いていても、抗う術がわからない。声を上げれば、反愛国者やスパイ呼ばわりされてしまう。最後まで反戦を掲げていた共産主義グループですら、戦争協力を党員たちに呼びかけるようになったと、エステルから聞いた。気が付かない間に、避けようのない大河の濁流のただ中に身を晒しているようだった。私たち一人ひとりはほんの一滴に過ぎず、流れを変えるべくもない。

(ああ、また。いつだって、私は何もできない)

怒りにもなり切れない無力感に全身が飲み込まれる。言葉を失ったまま放心していたレベッカの手を、マリッサがそっと握ってくれた。

夏になり、南米短編を実質的にプロデュースした米州問題調整局からスタジオが更なる仕事を受注すると、ようやくシェリルが復帰した。

「クビになる前に約束してたはずの昇級どころか、給料二〇パーセントカットよ。人事部は再雇用してやっただけでも御の字だろって態度があからさまだったけど、このまま甘んじてなんかやるものですか」

シェリルは少し面やつれしていたが、その分だけ眼差しが底光りするように力強かった。

米州問題調整局からの依頼は、戦時下の国民の健康生活を守るために教育短編シリーズを作るというもので、情報を絵やメッセージで端的かつ効果的に伝える広告業を経験したシェリルは、早速その内の一編「月経の話」の責任者に抜擢された。早々にまとめられたコンセプト画やストーリー・スケッチは、これまでのスタジオのスタイルとは一線を画し、わかりやすい説明の中に、女の子たちを励まし、祝福する演出や遊び心が随所にあった。後から原画として参加することになったレベッカも、そのモダン・アートのような新しい画面作りに少しだけ気持ちが上向きになった。

喜びも束の間、ほどなくして、部門問わず十数人の男性スタッフに、いきなり徴兵招集がかかった。軍部への協力の見返りとしてスタジオの従業員は徴兵猶予が認められているはずだったので、本人たちも周りも寝耳に水の話だった。職務も年齢もバラバラの彼らの共通点は、スト参加組ということだった。唯一の頼みだった労働組合は、戦時下でのこれ以上の物理的・心理的ダメージを避けるため、各雇用側とストライキ停止の協定を結んだばかりで、何の抵抗もできなかった。

「まぁライザーたちは意図的に俺たちを従業員リストから外したんだろうな。あいつらの考えそうなこった。こうなったら、ご期待に存分に応えてやろうじゃないか。静かに招集を待つだけなんて俺の性に合わない」

アレックスはそう言うと、「何かの間違いかもしれないんだから」と止めるレベッカたちを振り切り、その足で海兵隊へ志願しに行ってしまった。職業軍人の士官と志願兵のみで構成される少数精鋭の海兵隊は、主に上陸作戦を担い最前線で戦うことから、軍の中でもとりわけ英雄視されていた。

所属部隊が南カリフォルニアの駐屯地へ移動する前日、アレックスはわざわざ外出許可を取り、制服姿を幹部たちに見せつけるためにスタジオまでやってきた。半分兵舎と化した白亜のスタジオを見上げ、相変わらず飄々としているが、白い官帽の下の表情は、やけっぱちに何もかも吹っ切ってしまったようにも見える。

「俺の筋肉がアニメーターにあるまじき厚みのせいで、教官からも誰からも絵描きだって信じてもらえないんだ。『てめぇがアニメーターなら俺はピアノ弾きだ』って、鍵盤より指の太い野郎どもがさ」

「あなたは世界最高のアニメーターなのに！……こんなことあっていいはずがない。あの人たちも、何もかも、間違ってる」

徴兵猶予を操作するなんて、机や仕事を与えないといった嫌がらせとはわけが違う。文字通り死に追いやる行為だ。レベッカは今すぐあの不格好なバッファローと仲間たちを、全員まとめて生きたまま八つ裂きにできたらと願う。頭の中の作画用紙ではどんな残酷なことでも、なんだってできるのに。

「そこは冗談で返すところっていつも言ってるだろ、ベッカ。これじゃ不肖の弟子が心配でおちおち戦死もできない」

「こんなときまで笑えない冗談やめて。弟子が師匠を追い抜いたところを見に、なにがなんでも、絶対に、生きて帰ってきて」

「その意気。帰還の暁には、地獄の戦場の代わりに、喜んで君への嫉妬の地獄に叩き落とされるとしよう」

うやうやしくお辞儀したアレックスの眼がひたと静かにレベッカを見つめたかと思うと、不意にあたたかい腕が背中を包んだ。体中がアレックスの匂いで満たされる。

「また君のとんでもない絵で、どんな命が生まれるのか、見せてくれ。楽しみにしてる」

気持ちばかりが溢れて、何も言葉が出てこなかった。

代わりにレベッカは腕をできるだけ伸ばして、アレックスの真新しい軍服の、厚みのある布を摑んだ。二人の体の間から一切の隙間がなくなる。心臓の鼓動まで伝わってきそうだ。どんなことをしても、この熱を離したくないと、強く思う。

「一番弟子に、一つだけ頼んでもいいか？」

耳が温まるほどすぐそばで低い声が囁いて、レベッカは体の奥が震えるような官能を覚えた。

「ダニエルに会うことがあったら伝えて欲しい――俺はまた彼と漫画映画が作りたいって。どんなことがあっても、それは変わらないって」

思わず顔をあげる。アレックスはレベッカの肩口へ顔を埋めたままだ。彼の切羽詰まったような吐息が、ブラウスを通して肌を湿らせる。間接的とはいえ、自分を戦地へ追いやろうとしている人を、なぜまだそんなふうに信じられるのか。レベッカには理解できなかった。

「でも彼は……あなたをこんな目に……」

「今まで誰にも言わなかったけど、二回目に解雇されてたとき、ダウンタウンの外れのバーで彼に偶然行き合ったんだ。向こうの連れが呼びに来て、一言交わしただけで、慌ただしく別れるしかなかったけど。俺が『あなた個人には恨みも何もない、ただ皆がベストな状態で作品に集中したかった』と言ったら、『もっと早く、君と話せればよかった』って。すごく弱々しくて、寂しそうに見えた。彼も俺たちスタッフから遠く離れてしまって、孤独なんだと思った」

アレックスの声がほんの少しだけ震えたのを、レベッカは聞き逃さなかった。

「……きっと伝える。約束する」

アレックスは危ういバランスで積まれたトランプの塔にそっと触れるように、レベッカの額にキスをする。これまでにないほど互いの顔が近くにあり、アレックスの焦茶の瞳に自分が映る様まで見えるようだった。

「アレックス、私ね……」

「ダーリン、みんなが捜してるわよ。早くきて」

口を開きかけたとき、アレックスの後方から高く鋭い声が聞こえた。慌てて顔を離し、アレックスの肩越しに覗くと、仕上げ部門で何度か見かけたことのある、つやつやの黒髪をヴィクトリーロールにした綺麗な女の子が、レベッカを大きな青灰色の瞳で睨んでいた。

「ごめんごめん、いま行くよ。ベッカ、彼女のことは知ってるんだっけ？」

「話したことは、ないかな……」

「改めて紹介するよ、彼女はライラ・シフ……いや、今朝ミセス・ライラ・ベイリーになってくれたんだ。ライラ、こっちはレベッカ・スコフィールド、たぶん近い将来、俺にとって最強のライバルになるアニメーター」

「──またあとでね。早く行きましょ」

ライラはアレックスの腕を強引に引っ張ると、仕上げ部門伝統の、見事に足音を消した歩き方でさっさと行ってしまった。

別れの言葉の代わりにレベッカが祈るように呟いた「無事を祈ってる」という声は、「またな、ベッカ」というアレックスの言葉にぶつかってかき消され、どこへも届かずに消えた。

敷地の最奥にある仕上げ部門へと続く、まだ若いパームツリーの連なる小径を行く二人の後ろ姿を眺めながら、レベッカは原画を描くときのように、彼の一つ一つの動き、歩き方の癖を目に刻みつけた。二人の時間を、何度でも再生できるように。同時に体の奥深くが、それが何かもわからないまま、永遠に失ったものを希《こいねが》い、声にならない叫びをあげているのを、全身で感じ取っていた。

アレックスが戦地へ行くことと、結婚したことをマリッサとシェリルに伝えると、二人は作画机から立ち上がり、無言でレベッカを抱きしめた。背の高い二人に折り重なるように上から覆われて、レベッカはたちまち毛布を頭から被り、夜の恐さをやり過ごした、無力な幼い頃に戻ってしまったような気分になる。身を委ねたら、そのまま二度と自分の力で立てそうもなかった。

「私は大丈夫……彼にはちゃんと生きて帰ってくるって約束させたし」

「ベッキー・ビー、私たちの前では我慢しなくていいんだってば」

「我慢？　なんのこと？　そりゃあ不安はなくならないし、ライザーたちのことは絶対に許せないけど……」

「自分じゃ気付かない？　今のあなた、表情がまったくないの！」

こちらを見下ろすシェリルとマリッサの瞳が、レベッカのことを裏側まで見透かすように強く光り、揺れていた。ずっと籠っていた耳が痛いほど澄み切り、突如、周り中の音や気配が、空っぽになったレベッカの体を埋めるように飛び込んでくる気がした。でも自分自身の声だけは、どうしても聞こえない。

「……わからない、本当に。自分がどう感じてるのか、心ごと、抜け落ちちゃったみたい。私、どうすれば……どう思えば、よかったの？」

聴覚だけでなく、視覚までおかしくなってしまったようだ。辺りの物が物として見えない。マリッサたちの輪郭が捉えられない。

アレックスとのデートやキスやその先を想像することも、結婚して彼のために食事を作り、子供を育てたいといった願望も、レベッカの中にはまったくなかった。だからこの気持ちは恋ではないと思っていた。

代わりにいつも望んでいたのは、彼と共にこの場所で描き続け、互いが驚きと喜びに包まれるような、白い紙の上から誰も見たことのない命を生み出すこと。それを観た観客たちがまた、驚きと喜びに包まれること――それはレベッカにとって、そしてきっとアレックスにとっても、生きる意味に等しくて――。

頭で理解するのと、身体の実感が同時にやってきて、あらゆる感情が渦になり、レベッカの中から溢れ出た。

（私は、彼と一緒に生きたい、と思っていたんだ）

スタジオ史上最長の制作期間と人員をかけた『ニーノ』がプレミア公開されたのは、皮肉にもアレックスが南カリフォルニアへ出発してからちょうど一〇日後のことだった。

あれほど待望していた、大画面に自分の名前がアニメーターとしてクレジットされるという初めての興奮も誇らしさも、田舎の独立記念日の打ち上げ花火のように、長くは続かなかった。喜び方を忘れてしまった。でもシェリルたちや、同じ部門の仲間たちから賞賛の笑顔と拍手を送られると、レベッカは精一杯はしゃいで見せた。

アレックスが指揮したシークエンスになるたび、レベッカは込み上げるものを必死で堪えなければならなかった。警戒した馬たちが耳を動かす一瞬の動作、崖を飛び越える大ジャンプ前の溜めの数カット、野生動物の俊敏さを表すために数フレーム分の輪郭を一部消すという、普通の観客は気付くことも難しい驚きの工夫に至るまで、アレックスの技術の見事さに打ちのめされるほど感動し、アニメーターとして、改めて強烈な憧れを覚えた。同時に、そんな彼が今、作画机から遠く離れた地で殺し合いの訓練に身を投じている理不尽に、言いようのない怒りが募った。

人生で初めてストーリー・スケッチと原画、動画まで手がけた自分の担当シーンになっても、レベッカはアレックスから授けられた数々のアドバイスが、その時の部屋の光景や、彼の表情、口調まで含めてありありと蘇り、スクリーンに集中できなかった。いつでも自在に、見てきたものを引き出して描けるようにと刻みつけてきた強い記憶が、何かの予兆めいて、彼を失う恐怖を増幅させる。絶対に大丈夫だと信じるレベッカの心を、隙あらば弱らせようとでもするように。


「本物の動物の存在感と、漫画的な可愛らしさを奇跡的に融合させた現代最高の漫画映画」

「絵画のように美しく繊細な画面に目を見張る、新たな美術体験」

「環境問題や差別といった、原作が持つ社会性を子供にも伝わるように再解釈した優れたシナリオ」

『ニーノ』は多くの批評家たちからそんな絶賛を受けた。

だが一方で、「自然の描写があまりにもリアルで、漫画映画にする意味があるのか」という、昔のレベッカのような疑問を呈する新聞があり、また、人間の銃が動物たちの平和な世界を脅かす悪の象徴として描かれていることから、銃愛好家やハンターからの猛抗議もあった。そしてこうしたあらゆる賛美も批判も、結局のところ、興行収入には結びつかなかった。

数ヶ月後にまずメキシコで、そして本国アメリカでは翌年明けに公開された『バイレモス』は、両国の観客からさらに手厳しい評価を受けた。マリッサのコンセプト画に基づきレベッカがストーリー・スケッチを担当したシークエンスも含めて、厳しいスケジュールとレイオフによるアニメーター不足の中でクオリティを諦めた部分も多く、実写との融合も成功しているとは言い難かった。同時期に上映された、戦費に備えるために納税を促進する短編は、財務省の宣伝映像であって〝作品〟ですらなかった。だがこれら二作の製作費は多くが政府から支給されていたため、スタジオへのダメージはなく、政府からの受注をますます加速させ、それは『ニーノ』によってさらに圧迫された財政を下支えすることになった。

開戦から二年目の一九四三年の春に『空の覇者』がプレミア上映されると、軍部や政府関係者の間でたちまち激しい論争を呼び、一般公開後は『ニーノ』より多くの観客が劇場へと足を運んだ。ルトコフスキー氏と共にアニメーターたちが具現化した架空の長距離爆撃機と新型巨大爆弾が日本全土を焼き尽くし、アジア全域に不気味な触手を伸ばす蛸の怪物・クラーケンとして描かれた日本帝国を、アメリカ合衆国を象徴する白頭鷲《はくとうわし》が叩き潰すエンディングが終わると、観客が立ち上がって拍手喝采だった劇場もあるという。

続いて公開した、三つの枢軸国の元首たちを揶揄した『トンデモ独裁者』は、スタジオの原点の一つである短編シリーズ『レックス・レパートリー』の頃を想起させるギャグ物で、同時上映の、軍部が撮った太平洋の戦場のニュース映画と共に、さらに大入りとなった。スタジオの粋を集めた『ニーノ』との落差に、レベッカはただただ失望した。屈指の描き手たちによる美しい背景画も、数え切れないほどトライ・アンド・エラーを繰り返してこだわり抜いたリアルな動物たちのアニメーションも、戦争への熱狂の前には、まったく無力だった。

「これまで何年も積み上げてきたものが、ぜんぶ無意味だって突きつけられたみたい……」

「『ニーノ』は何十年、ううん、百年後だって残る、そういう価値を持った作品だよ。芸術は一過性のものじゃない。それにベッカの描いた狼なんて、『地獄のケルベロスもかくや』って評判だったじゃない」

マリッサはレベッカを鼓舞するように、そっとマティーニのグラスをレベッカのそれに当てる。キン、と澄んだ音が優しく響いた。

「今はセンセーショナルな戦争ものに注目が集まっても、人の心は恐ろしいものをずっと見続けられるほど強くはないの。遠からず、きっと『ニーノ』のように、美しいものや心安らぐものが世界中で必要になるはず」

酒があまり飲めないシェリルはソーダ水に甘いベルモットを数滴ほど混ぜた透明なグラスをじっと見つめ、確信のこもった声で言った。

「ねぇそれで？ その怖い魔女に会った後はどうなったの？」

「弟子入りして魔法を習うの。毎日朝ごはんを食べたら森の魔女の泉へ通って、水汲みから始まる一連のレッスン。家に帰ってからも、寝るまで精霊語の練習をして……」

『ニーノ』の一シーンさながらに、母のシェリルに寄り添って大きなカウチに横たわるアンバーは、隣の長椅子でナッツをつまむエステルに、しきりに物語の続きをねだっている。挿絵を手がけた絵本が評判になっているエステルは、スタジオへの復帰が叶わないまま、妊娠がわかった。「今は産休だと思って」いつか絵本のストーリーも手がけるべく、構想を練り始めていた。

年が明けて間も無く、強い愛国心に駆られたロニーが自ら徴兵リストに登録し、陸軍に入隊したあと、南カリフォルニアの海兵隊の基地に駐屯していたアレックスも、いよいよ太平洋戦線へ送られた。同時期に、レベッカの兄たちも工兵としてヨーロッパへ渡った。

それぞれ不安で心ここに在らずだったレベッカとマリッサは、どちらからともなく誘い合い、ブレイク夫婦の家で同居を始めた。今ではロニーの休暇に合わせてマリッサが留守にするとき以外は、週末ごとにハリウッドの街を見下ろすこの瀟洒《しょうしゃ》な家に、こうして皆で集まることが恒例になった。配給食料を融通し合う目的もあるが、何より気のおけないおしゃべりが、暗くなりがちな気持ちを晴らしてくれる。ベンジャミンは「女性クラブに敬意を評して」妻であるエステルの送迎に徹し、最近とみに、母や妹と過ごすより、友達と遊ぶことを優先するようになったノアは、今夜は同級生たちとの〝お泊まり会〟に参加している。

「それでそれで？　その続きは？」

「知りたがりアンバー！　もうそろそろ寝る時間じゃないの？」

　エステルに脇をくすぐられて、アンバーがころころと可愛い笑い声を上げる。

「知りたがりアンバーか、いいわね。エステルの絵本に出してもらおっか？」

「私も魔法を習いたい！」

「なるほど、もう一人弟子入りする女の子が出てくるわけね」

「二人は敵対し合う国の娘たちで、魔女の森はちょうど国境にある……」

「もう一人の名前も、アンバー《琥珀色》みたく色の名前にしたら可愛いんじゃない？」

「ヴィリジアンはどう？　それともシアン、モーブ……カーマインもいいかも」

「いっそ三人にしようかな。なでしこ姫の妖精たちみたいに、別々の個性や特技を持った三つの国の女の子たち。一人は姫、一人は農家、もう一人は猟師の……ねえこれ、なんだか女神たちの落書きを描いたときみたい。みんな覚えてる？」

　エステルが嬉しそうに微笑み、皆の脳裏に移転前のスタジオの、古い作画室が蘇った。汚くてぼろぼろで、当時はあれほど新しい社屋に移れることを喜んでいたのに、今は胸の奥が締め付けられるほど懐かしい。今と同じように、四人の間でだけは、張り合ったり言い負かしたりすることなく、安心してあらゆるアイデアを共有できた。同僚たちからのからかいは今よりもっとひどかったが、技術を磨いていつか見返してやるのだと、自分たちはとにかく素晴らしいものを作るのだと、希望と力が、絶え間なく湧き上がってくるような時間だった。

でもあのときは直後にマリッサが退職し、今はエステルがスタジオに戻れないでいる。その上に戦争という暗雲が、常に自分たちの頭上を覆っていた。

「恐ろしい魔女と綺麗な姫と素敵な王子のお話もそりゃあ面白いけど、アンバーには王子様を待つより、自分の王国を築いていってほしい」

シェリルが愛娘の赤い巻毛をなでて言う。当のアンバーは気持ちよさそうにされるがままになりながら「王様になるの？　王女様じゃなくて？」と母親を見上げる。小さな手にずっと握られていた紙人形が、手汗でくたっていた。

「そう、男の子も女の子も、ママもノアも、エステルおばさんたちも、みんな自分の王国の王様。どんな王様になるか、どんな王国にするかは自分で決められるの。ルールはたった一つだけ――ほかの誰かの王国を侵さない――馬鹿にしたり、攻撃したり、奪ったりしないってことよ」

「みんなが王様だったら、誰が家臣や召使いになるの？」

「召使いの人がすること、例えば服の綻びを綺麗に繕ったり、とびきり美味しいチェリーパイを焼くことができないなら、それが得意な人に頼んだっていい。でもそういうことをしてくれたからって、その人は四六時中あなたの召使いってわけじゃない。その人の国の王様なの」

アンバーはきょとんとしたままだったが、レベッカたちにはシェリルの言わんとすることがしみじみと理解できた。

「逆にあなたの王国を奪って、ずっと召使いにしようとする人がいたら、あなたの王国から全力で追い出すんだよ」とエステル。

「欲と見栄に溺れた一部の王様たちだけに王国を任せてたら、いつまでも戦うのをやめないでしょうしね」

言いながら、マリッサがそれぞれのグラスに飲み物を注ぎ直し、自分のそれにはジンを多めに入れるのが見えた。彼女の意外なほど多い酒量をレベッカが知ったのは、一緒に暮らし始めてからだ。食料統制下ではアルコールの入手は難しいはずだが、ロニーの友人の伝手があるという。

「その一部の王様たちは決して前線に出ることはなく、権力を持たない、兵士にされた男たちばかりが戦って命を落とし……ごめんなさい！　無神経だった」

申し訳なさそうに身を縮めるエステルに、レベッカとマリッサそれぞれの「大丈夫だよ」「気にしないで」という声が重なる。

「力のテーブルにつく人たちは、何度でも奪おうとする。私たちが産み出して、慈しんで育てて、愛してきたものたちを、一瞬で壊す――まさかまた、しかもこんなすぐに、世界戦争を経験することになるなんてね」

言葉一つ一つに怒りと哀しみを刻むように、シェリルが言う。エステルはまだ膨らみが目立たないお腹を両手で抱いた。

「この子が生まれてくる頃には、こんな戦争が終わって、戦場からみんなの大事な人が戻ってきて、誰も、何も奪われない世界になってるといいな……」

レベッカはエステルの手の上にそっと自分の手を重ねる。アンバーも手を伸ばしてきて、シェリルとマリッサの手がそれを挟む形で重なった。

あなたが安心して生きられる世界でありますように——皆でまだ見ぬ命に掌で話しかける。

「赤ちゃん、『もう暑いよう』って」

アンバーの言葉に、皆で笑った。


シェリルたちが帰ったあと、マリッサとレベッカはバルコニーで久しぶりにタバコを吸った。漂う紫煙が夜風の方向を教えてくれる。灯火管制でだいぶ光量が抑えられているとはいえ、見下ろすハリウッドの中心部がどの辺りかはなんとなくわかる。マリッサは口直しにとビール瓶を傾けた。

「……シェリルたち、たぶん気付いてたよ」

「そっか……みんな優しいね」

マリッサがそっと左目を片手で覆う。

薄闇の中ではわからないが、室内の照明の下では、角度によって化粧の下の青痣が微かに浮かび上がっていた。早々に気付いて眉根を寄せたシェリルに、レベッカは無言でアンバーに視線を走らせてから首を振った。エステルも、シェリルが何らかの形で伝えたのか、痣には触れないでいてくれた。

「週明けに出勤したら、シェリルには私から話しておく。余計な心配かけちゃうもんね」

「心配くらいさせてよ。きっと二人も同じ気持ちだよ」

マリッサがロニーの短い休暇に合わせてワシントンDC郊外の基地のある町へ赴くとき、当初は出発の数日前から持っていく服をあれこれ考えては落ち着かず、帰って来れば山ほどの楽しい土産話を夜通し話してくれるのが常だった。でもいつの頃からか、東へ行く前も行った後も、表情が沈みがちになった。そして一〇日前の朝、帰宅したマリッサの左目の周りが、青く腫れているのを見つけた。レベッカがそこにいないロニーへ呪詛の言葉を投げると、マリッサは必死に彼を庇《かば》った。その口ぶりから、暴力を振るわれたのはそれが初めてではないのだと気付いた。

「私が調子に乗って仕事のこととか、あなたとの暮らしのこととか、無神経に面白おかしく話したのがいけなかったの」

「何がいけないの？　会えなかった間のことを夫に聞いてほしいと思うのは当たり前じゃない」

「本来ならいま私が担当してるプロジェクトは彼が率いてたかもしれない。私よりずっと素晴らしい作品を作ってきた人だもの。それに所属部隊がもうすぐヨーロッパ戦線に派遣されるらしくて……彼もちょっと気が昂ってたんだと思う」

「だからってあなたを殴っていい理由になんかならない！　あなたがどれだけ苦しんできたかも知らないくせに！」

「ベッカ、わかって。ロニーだってやり切れないの。一緒に入隊して、別の部隊に配属されてた友達が戦死して……従兄弟は北アフリカで右足を失って帰ってきた……平常心でいられるほうがおかしいでしょう？」

「――彼は、帰る前にちゃんとあなたに謝った？」

「……深く悔いてた。夫婦なんだから、それくらいわかる」

こんなふうに何重にもマリッサを苦しめるくらいなら、そもそもなぜ入隊なんてしたのかと、レベッカはロニーを問い詰めてやりたかった。

政府系のプロジェクトに直接携わっているスタッフと同様、ダニエルに最も近い幹部たちの多くは、今も徴兵リスト入りを免れている。ロニーだって望めば戦争へ行くことなく仕事を続けられたはずだ。

——君やこの国を守りたいんだ。僕を止めないでくれ。明るく笑って送り出してほしい
そんな言い方で、ほとんど事前に相談もなく社の上層部に掛け合い、リストに入るとすぐに徴兵が決まってしまい、マリッサは十分に怒ったり反対したりすることもできなかった。学生時代からずっと連れ添ってきたパートナーの、命を左右する決断から遠ざけられて、彼女はどれほど虚しさを感じただろう。

出征していくロニーの潤んだ瞳に映った、別れの辛さや妻への愛情、信念は間違いなく本物だったと思う。でもそんな思いの陰に、レベッカは微かな自己陶酔と歪んだプライドを垣間見ずにはいられなかった。女であるマリッサには決してできない、戦場で敵と戦う〝強い男〟としてのプライドを。

南米への視察旅行以来、アーティストとして格段に進化を遂げ、「幹部のロニーの妻」から、「ダニエルが一目置くアーティスト」へと、瞬く間にスタジオ内で存在感を増したマリッサに、ロニーが焦燥を覚えなかったはずがない。同じアーティストとして、レベッカも手に取るように想像できた。まして二人は夫婦で、ロニーは二重の嫉妬に苦しみ、プライドを脅かされただろう。妻と比較されることのない軍隊に入ってはみても、確実に近付きつつある死の気配に怯え、そんなときに妻の更なる活躍を本人の口から聞かされたら——ロニーに対する怒りと想像を突き詰めていくと、レベッカの振り上げた拳はみるみる力を失っていく。

（許せない、でも）

口には出さなくても、マリッサもおそらく夫の自分への嫉妬を感じとっている。その気持ちを思うと、レベッカはますますやり切れなかった。

マリッサが飲み干したビール瓶を床に置こうとすると、派手な音を立てて転がった。レベッカはそのまま拾い上げ、冷えたガラスを頬に当てる。吸い口に風が当たり、笛のように微かな音がした。そろそろエステルたちも家に着いた頃だろうか。

「もう一本飲もうと思うけど、あなたもどう？」

「ちょっと飲み過ぎじゃ……大丈夫？」

マリッサはレベッカの質問の意図がすぐにわかったようだった。

「へいき……エステルを見て羨ましくならないと言ったら、嘘になるけど」

目ざといシェリルたち二人も気が付かなかったこと、そしてロニーも知らないことがある。レベッカと一緒に暮らし始めてすぐ、マリッサは流産した。結婚した当初にも何度か経験していたそうで、妊娠自体はロニーの出征直後にわかっていたが「大変な時に、なおさらがっかりさせてしまうのが怖くて」彼には何も告げていなかったという。

マリッサに流産を打ち明けられた日、レベッカは一晩中彼女を抱きしめて眠った。いつもは冷静沈着な彼女が、止めどなく涙を流しながら子供のようにしがみついてきて、その悲しみの深さに、自分の想像力の追いつかなさに、レベッカは途方に暮れた。計り知れない喪失を前にしては、自分の体温くらいしか、マリッサに分け与えることができなかった。

「〝羨ましい〟よりも、なんていうか……会えなかった子だけじゃなくて、アンバーやノア、エステルのお腹の中の赤ちゃんも、みいんな、ますますいとおしくてたまらなくて、胸がいっぱいになるの」

本当に痛いくらい、と静かに言うと、マリッサは鎖骨の下をそっと長い指で押さえる。そこに愛と痛みを同時に感じる器官があるかのように。

「この先子供が――産めなかったとしても、私はあの子たちを幸せにする作品を作るんだって決めてる。だから私は、きっと大丈夫」

「――うん、一緒に作ろう。子供たちがわくわくするような、楽しくて綺麗な世界。それを見れば大人だって幸せな気持ちになるよね」

「エステルが今日話してた物語もすごく面白そうじゃない？　絵本だけじゃなくて、漫画映画にも向いてるんじゃないかな」

「思った！　もう頭の中で魔女の三人の弟子がどんどん動き出しちゃって、落ち着かない」

「あの世界をスクリーンで見たい……早くまた『シンフォニア』のときみたいに、私たちのチームで映画を作れるようになるといいね」

脚本と監督はシェリル、コンセプト画はマリッサ、ストーリー・スケッチはエステルで、アニメーションはレベッカ。キャラクター・デザインは皆で考えようか。

「ねえ、今日はそっちの部屋で寝ていい？」

レベッカが尋ねると、マリッサは嬉しそうに頷いた。

真っ暗な部屋で寝心地のいい大きなベッドに並んで横たわり、指を絡めたり、肌を少し触れ合わせているだけで、この上なく安心できる。互いの境界線が曖昧になり、囁き声やクスクス笑い、そして下瞼を不意に膨らませる、互いに敢えて触れない少しの涙が、闇をどこまでもあたたかく、柔らかくする。

親友の寝息を子守唄に、皆との会話を反芻し、眠りの波間を行きつ戻りつしながら瞼を閉じる瞬間、レベッカは確かにささやかな幸福を感じていた。戦争が早く終わり、男たちに無事に帰ってきてほしいという願いは強い。でも後ろめたくも、戦争などという非日常がなければ存在し得なかった、こうした女だけの優しい生活を愛おしむ気持ちもある。いつか必ず終わりがくるという予感が、なおさらこの儚い時間を特別にしていた。

——ムッソリーニ首相を退けたイタリア王国の新政権が連合国へ無条件降伏！
——連合国軍、ナポリ近郊のサレルノに上陸

駅のニューススタンドで慌てて買った新聞の見出しを食い入るように読みながら、レベッカはマリッサと思わず抱き合った。遂に欧州と太平洋にまたがるファシストの牙城が崩れ始めたのだ。

「ああでも、ドイツがローマを占拠したって……」
「連合国軍が北上して、ナチスを押し戻すのは時間の問題だよ」

ロニーの所属する部隊は北アフリカを経由してイタリアに向かっていると聞いている。工兵であるレベッカの兄たちは、飛行場を建設するために、八月にシチリア島へ上陸していた。太平洋のどこかの島にいるはずのアレックスも、このニュースを祝っていることだろう。

マリッサとどちらからともなく周囲に視線を彷徨わせると、ニュースに一喜一憂する二人をよそに、見慣れない街並みも、通りを歩く人々も、遠くの戦争などどこ吹く風、のんびりとした日常がゆったりと流れていく。

レベッカたちはいま、アトランタ郊外の町に来ている。マリッサが、コンセプト画と色彩設

計を担当する次作に向けたリサーチのための出張に、一緒に来ないかと誘ってくれたのだ。二人にとって初めての南部だった。

「なんだか時間の進み方まで、西海岸よりゆっくりしてる気がする」

「西海岸から移動してる間に、時代が巻き戻ったみたい」

マリッサが見上げるサインには「有色人種専用待合室」と書かれていた。

いまだ北の都市部にも、実質は白人しか入れないバーや劇場はあれど、公共の場がここまであからさまに人種で分離されている状態はとうに見なくなった。奴隷制が撤廃されて半世紀以上経った今でも、南部では元奴隷主の大農場で、小作農として働く黒人は多いと聞く。一方ロサンゼルスやサンフランシスコでは、合衆国が参戦してからというもの、徴兵された白人男性に代わり、黒人の荷役や工場労働者が増えていた。そのせいか、これまで白人限定としていた店も、多くが黒人に扉を開くようになった。

マリッサたちが制作を進めている映画の原作は、黒人奴隷の間に長く伝わってきた動物たちのメルヘンを、白人作家が収集して書き起こしたもので、今世紀始めに大ベストセラーになったという本だ。舞台は南北戦争後まもない南部の農場となるため、当時の面影を求めて大都会アトランタからわざわざ郊外まで足を伸ばしてみたが、想像以上だった。

夏の終わりの重くまとわりつくような湿気と、どこにいてもかすかに甘く香るようなマグノリア。巨大な柱と庇《ひさし》のある広いバルコニーが特徴的な、アンテベラム様式の優美な邸宅が、スパニッシュモスの絡まる大木の間に見え隠れし、その前を黒人の農夫たちがのんびりと横切っていく。そこには灯火管制も対空ミサイルも存在しない、この広大な国のまったく別の姿があった。

「私たちも南部のレディを見習って、パニエを付けてボンネットを被らないと？」

マリッサがハンカチを扇子のように振っておどける。

「レディは会社の出張で大陸を横断しないし、アーガスの最新カメラも持ち歩かないし、第一、漫画映画なんて作らないでしょ」

「あなたなんて、今や女性アニメーターの第一人者だもんね。きっとこの辺の人にとったら意味のわからない存在だよ。スクール・オブ・スコフィールド《スコフィールド一門》を率いる気分は？」

「悪くない。っていうか面白いよ。教えるのにやりがいも感じてる。みんなすごく向上心があって、ぐんぐん上手くなるし……」

マリッサの言う「一門」とは、レベッカが最近指導している女性のアニメーター研修生たちのことだ。スト後のレイオフと徴兵によって生じた慢性的なスタッフ不足を補うために、スタジオは各制作部門に積極的に女性を登用していた。仕上げ部門にいた一〇人ほどの優秀なスタッフを、中割り担当として新たにアニメーション部門に異動させるため、レベッカは折々に彼女たちの動画チェックを任されていた。「女にアニメーターができるわけがない」と言われた入社当時のことを思い起こせば、隔世の感がある。

「でも、私はまだまだ自分で描きたい。キャラクターに命を吹き込みたい。もっともっと上手くなって、彼を驚かせるような作品を作らなきゃダメなのに……！」

気ばかり焦る。あのアレックスが、誰よりもアニメーターという仕事を愛している人が、戦場で理不尽にも鉛筆の代わりに銃を握らされているとき、自分は何をしているのだろう、と。

ずっと停滞していた新作の準備を、スタジオが徐々に水面下で再開する中、マリッサだけでなくシェリルも、解雇前にエステルと取り組んでいた音楽短編集のシークエンス監督という重要な役割を任されていた。しかし、レベッカは相変わらずアニメーター、しかも第一原画ではなく、彼らのクリーンアップを担当する第二原画や動画担当として、政府や軍関係の短編プロジェクトにばかり回されていた。

新たな表現を求めて創意工夫を発揮するような機会はなく、次第に描く〝作業〟になっていくことを、レベッカは恐れていた。今日のノルマ、週のノルマ、淡々とこなしていれば、絵はスムーズに動く。求められるレベルは易々と越えられる。ただそこに、興奮がない。

今レベッカの直属の上司にあたるチーム長は、スト前からアレックスと仲が悪く、反ストのリーダー格の存在だった。そしてカバ紳士の下で実質的な実権を握る彼が、自分が育て上げたスタッフを、チーム唯一の女性であり、〝アレックス・ベイリー一門〟と称されるレベッカより優遇しているのは、誰の目にも明らかだ。

「あなたの力を活かせないあの上司が無能なの。この旅行の間に思う存分アイデアを膨らませて、あいつを黙らせてやろう。もちろん私も『この作品にはベッカが必要だ』って推薦する」

「ありがとう、マリッサ。何回大好きって言っても足りない。神様が許すなら思いっきりキスしたいくらい」

「私もロニーがいなかったら、十倍くらい濃いキスでお返しするところよ」

もしも私たちが――いくつもの仮定の先に思いを巡らせながら、レベッカはいつも、やはりこの女友達という関係が一番、という結論に落ち着く。マリッサもそう思っていることは、わざわざ確かめなくてもわかるような気がした。

二人でしばらく南部らしい風景の広がる田舎の散策を楽しんだ。数年前に映画賞を総なめした大作映画の舞台はこの辺りで、二人とも大の原作ファンでもあるので、女主人公のセリフを真似たり、彼女と関わる二人の男性のどちらが好みかを力説したり、少女の頃に戻ったようにはしゃいだ。

　農道の傍でレベッカたちが開くスケッチ帳を、覗きたくてたまらなそうな幼い黒人の男の子に行き合った。祖父らしき、白髪交じりの髭をたくわえた老人が少年を押し留め、レベッカたちに向けてそっと麦わら帽子を持ち上げる。原作にも登場する、物語の語り部である気のいい黒人農夫は、きっとこんな人だろうと思われた。

　でも彼らの服装の貧しさと、老人の瞳に浮かんだ緊張の色に、レベッカも、おそらくマリッサも、気付かないではいられなかった。そこにあるのは警戒と、恐怖と――。ときどき全国紙を騒がせる南部の残虐なリンチ事件の多くは、黒人男性による白人女性への暴力や誘惑が発端というが、真実はわからない。駅で見かけた「有色人種専用」のサインが警告みたいにレベッカの脳裏で点滅する。外国へ来たかのように浮かれていたことが、急に恥ずかしくなった。

「出発前に、ヨーナスと少し話したの」マリッサも同じ気持ちだったのか、静かに口を開いた。

「例の共産主義の脚本家？」

「そう、今回の映画に協力してくれるよう、ダニエルが口説き落とした人。原作の成り立ちからして差別的だって声高に批判する彼を、敢えてチームに加えることで、黒人の観客にも受け入れられる作品にできるんじゃないかと考えたのね」

　映画化を発表して間も無く、全米黒人地位向上協会から、「白人が黒人の文化を盗んだことを正当化する上に、悪しき奴隷制の歴史を美化しかねない」と抗議が来て、スタジオ幹部の数人も最後まで反対したらしいが、ダニエルの深い思い入れを覆すことはできなかった。

「ダニエルが共産主義のスタッフを雇い入れるなんて、周りはさぞびっくりしただろうね。しかも彼、ユダヤ系なんでしょ」

　ストライキ以降ますます強まったダニエルの共産主義嫌いは誰もが知るところだが、この映画のディレクターもユダヤ嫌いで有名な男だった。合衆国が参戦して、ユダヤ人迫害で悪名高いナチス率いるドイツが公式に敵国となってからは、職場で偏見をあからさまにすることはだいぶ控えるようになったが、エステルは当初から彼のことを〝金髪のアドルフ〟と呼んでいた。

「ヨーナスにとっては今のヨーロッパのユダヤ人たちの状況が、国内の黒人差別とどうしても重なるみたい。『南部の大地には、何代にもわたって流されてきた黒人の血が染み込んでる。コンセプト画を描くとき、必ずそのことを念頭においてほしい』って」

「ベンジャミンも、黒人にいつも同情的だったよね」

　エステル同様、ユダヤ系のベンジャミンも非戦派だ。「インディアンたちを迫害して土地を奪い、今もユダヤ人と黒人を公然と差別するこの国が、自らを自由の守り手と称してファシストを非難する資格はないよ。戦火を煽るより、停戦に向けて国内外ですべきことがあるはずだ」と言っていた。

　土埃の舞い上がる道が大きく曲がるところで、男の子がもう一度名残惜しそうに振り向いたので、レベッカとマリッサは彼らが見えなくなるまで手を振った。木の陰に入る寸前、男の子は褐色の顔を綻ばせ、遠目にも白い歯が覗いたように見えた。

「可愛かったね。アンバーと同じくらいか、もう少し小さいかな」

「南米でも道端や公園でスケッチ帳を開くと、真っ先に覗きに来るのは子供たちだった。言葉や文化の違いを超えて絵で対話できるのは、絵描きの特権だよね」

　マリッサは描きかけだったマグノリアの間に、いつの間にかまん丸い男の子の顔を描いている。南米のスケッチ帳にもいくつかあった、子供のイラストのシリーズだ。髪型やちょっとした装飾品、肌の色、表情の違いはあれど、ほとんど同じ顔の生き生きと幸せそうな子供たちは、不思議とそれぞれが、遠い子供時代のどこかで見知った誰かを想起させる。レベッカは隣でマリッサのイラストを立体化させ、おじいさんの腕の中でもじもじとしていた男の子の可愛らしい仕草を最小限の線で描いた。自分とマリッサの、紙の上を走る静かな鉛筆の音と、遠くの馬の嘶《いなな》きや、鳥の囀《さえず》りを聞くともなしに聞きながら、あの子が裸足だったことを思う。

　西海岸より彩度の高い、オレンジとピンクの混ざりあった鮮やかな色の夕陽が一帯を包み、どこまでもたなびく雄大な雲と、地上の膨らみかけた綿花、そしてマリッサの頬を染め上げる。湿った空気を縫って、涼しい風がひとすじ、二の腕をかすめていく。あの大作映画のラストシーンさながらの力強く美しい夕景に、レベッカはそれまで意識することのなかった凄絶さを感じて、背筋がピリピリと小さく痙攣するようだった。

『夕方に出会った男の子へ　西から来た絵描きより』

　男の子と紫陽花のスケッチの下に、そう小さく走り書きすると、マリッサは石ころを重石にして道の端に置いた。レベッカも老人と男の子の絵をスケッチブックから切り離すと、マリッサの絵の下に敷く。どちらの絵の中でも、彼らは楽しそうな笑顔だ。

　嘘と現実、夢と願いと。戦いの絶えないこの世界で漫画映画を作る意味を、考えずにはいられない。自分たちの映画は、彼らをも幸せにできるのだろうか。いつか、ドイツやイタリア、日本の子供たちも？

　レベッカたち二人は、光が青みを帯びて、辺りに紗がかかったようになるまで、黙って夕景を眺めていた。

「みんな初めまして、ソフィー・ビアンカ・フリードマン＝コロニッツよ」

この上なく優しい顔でエステルが赤ん坊を抱き上げたとき、部屋中で光が弾けたように見えた。

初めて間近に見る生まれたての赤ん坊は、金茶の瞳に小さな鼻、小さく開いた唇、ぎゅっと握った拳まで、精巧に作られたミニチュア細工のように繊細で、完璧だった。母となったエステルも、肌が内側から輝くようで眩しいくらいだ。

「赤ちゃんて、こんなに綺麗なものなんだ……」

「本当よね、存在自体が美しくて、尊い。ああなんって可愛いの！　抱っこしてもいい？」

流石に手慣れているシェリルは、エステルから赤ん坊を受け取ると、「懐かしい！　この匂い、この軽さ！」くしゃりと泣き笑いの顔になる。

少し見ない間にまたすっかり成長したノアとアンバーは、自分たちの赤ん坊時代が懐かしまれていることにも気付かずに、母の腕の中の小さな生き物がふあふあと欠伸するのを、面白そうに覗き込んでいる。

「ソフィーはハンガリー語ではジョフィアなの。祖父母が一家でアメリカに移民した直後に、病気で亡くなった母の姉の名前なんだ。兄妹で一番仲がよかったんだって」

「いい名前じゃない。目元があなたによく似てる。ということは、きっと伯母さんにも似てるのね。ね、ソフィー？」

思う存分触れ合ったあと、シェリルが赤ん坊をそっとマリッサに渡す。

「まだ首が据わってないから、首の後ろを腕で支えるのよ」

マリッサは肩を強張らせてソフィーを受け取り、表情も硬いままだったが、赤ん坊が自らの顔を両手で可愛らしく擦《こす》るのを眺めているうちに、フッと肩の力が抜けたのがわかった。体をゆったりと揺らしながら、ソフィーに「こんにちは」と話しかける。

「本当に、なんて可愛い……エステル、ベンジャミン、素晴らしいわ。改めておめでとう！」

満面の笑みを浮かべたマリッサの目は赤く潤んでいた。そこに秘められた思いを想像し、レベッカの目頭も少し震える。皆も何か気付いたかもしれない。マリッサに続いてレベッカたちが口々に寿《ことほ》ぐと、エステル夫妻は「ありがとう」と照れ臭そうだった。

「こんな時代に、我が子の誕生に立ち会えたのは、本当に幸運だと思うよ」

ベンジャミンがしみじみと言う。スタジオ・ウォレスを解雇されたあと、技術者として転職した別の漫画映画スタジオも、政府や軍関係の仕事を請け負っていたため、今も徴兵猶予を与えられていた。だが戦況次第では、いつ兵士にされ遠い戦場に送られるのか、誰にもわからなかった。

マリッサはソフィーを抱きしめるように頬を近付けたあと、「次はレベッカの番」と赤ん坊ごと体を寄せてくる。部屋に香る、懐かしいような、微かな甘さを含んだ匂いが、赤ん坊から発せられる母乳の匂いなのだと知る。体は思った以上に軽いのに、頭はしっかりと存在感のある重さと熱を持っていて、レベッカはどうしたらいいのかわからなくなってしまう。

「ちょっと小さ過ぎて怖っ……この抱き方で大丈夫？　壊れちゃわない？」

「小さくても人間なんだから、そんな簡単に壊れないよ」エステルが呆れて笑った。

徐々にその温《ぬく》みになれていくと、いつの間にか腕の中のソフィーが、この上なく澄んだ金茶色の瞳でレベッカをじっと見上げていた。まだ視力はほとんどないと聞いたが、見つめ合うだけで、言葉にならない思いがレベッカの体中を駆け巡り、泣き出す瞬間みたいに、喉の奥から小さな塊が込み上げる。この世界のことを何も知らないはずなのに、すべてはその身の内にあるような、畏怖と愛おしさの結晶のような存在を、今レベッカは両腕に抱いている。

「……正直、これまで結婚とか家庭を持つとか、あまりピンときてなかったんだけど、赤ちゃんて……出産って、すごいことだね。こんなすごいものを、この世に連れてくるなんて」

「ベッカもほしくなった？」

「あらまあ、ベッカがようやく目覚めた」

「じゃあさっそく結婚相手を探さないと。誰かいい男知らない？」

脳裏に浮かぶ顔は、ソフィーの透明な瞳の中で徐々に輪郭が薄れ、レベッカの思いも静かに遠ざかる。自覚する前に終わった恋を、レベッカはもう受け入れていた。

いつだったか、早くに出勤した朝にレベッカはふと思い立ち、例のカールの衣装一式を探してみたことがある。かつて研修終わりに、アレックスがレベッカに着ることを勧めたキャロルキャットの衣装を含めどこにも見当たらず、アレックスが会社を追われたときに、ぜんぶ持ち帰ったのかもしれなかった。

――まさか戦場でも着るつもりじゃないでしょうね
――究極の戦争抑止だよ！　殺し合いが馬鹿馬鹿しくなること請け合いだ。君も着たくなっただろ？

――絶対に着ないから
アレックスが行ってしまってから、ライラの手前、一度も手紙を出していなかった。代わりに想像の中でときどき彼に話しかけた。彼の答えはいつだって馬鹿馬鹿しいほど陽気で、幻の会話を交わす間は、彼も遠い海の向こうの戦場で、ほんの少しでもレベッカと描いていた頃のことを思い出し、安らいでくれるといいと思った。

うとうとし始めたソフィーをベンジャミンに託すと、エステルが皆をダイニングでのお茶に促す。既にテーブルには代用コーヒーと、チェリージュースで作ったというゼリーが並べられていた。

「ミドルネームのビアンカも、誰かの名前？」

さっそくゼリーを頬張るアンバーに尋ねられ、エステルが首を振る。

「元を辿れば〝白〟を意味するイタリア系の名前なの。前に皆で、あたしが作った物語の主人公たちの名前を、色に因《ちな》もうかと話してたじゃない？　それで白のビアンカっていいなと思ったの。何色でも、自分の好きな色になれるようにって願いを込めて」

「赤ちゃんの名前自体に意味を込めるの、すごく素敵ね。考えたこともなかった」とマリッサ。

「例の物語といえば、エステル。書いてみたわよ。いわば第二の出産祝い」とシェリル。

「やったーありがとう！　まさか今日持ってきてくれたの？」

シェリルがいそいそと鞄から取り出したのは、きっちりとタイプライターで書かれた数枚の紙束だった。エステルから口頭で聞いていた物語の断片を、一つのストーリーにまとめたのだと言う。

「あたしお話を作るのは向いてないんだよね。シーンの絵やキャラクターのちょっとした瞬間は浮かぶんだけど、なかなか物語がまとまらなくて、シェリルに泣きついたの」

「といっても、まだまだ未消化な部分がたくさんあってね。ぜひ皆に読んでもらって意見を聞きたいの。トリートメント《脚本梗概》として読んだとき、映像にする上で難しいところや、もっと面白くできるところなんかを」

「トリートメントって、絵本にするんじゃないの？」

マリッサが問うと、シェリルとエステルは顔を見合わせてにんまりと笑う。

「エステルと話してたの」

「これはまず漫画映画として作るべき物語だよねって」

静かな興奮に、体の表面が、一瞬波打つように震えた気がした。

「実は私たちも、あのときそう思ってたの……！」

レベッカはシェリルから紙束を受け取ると、マリッサと一枚一枚回しながら、夢中で読んだ。

それは「むかしむかし」という、いわゆる典型的な〝お伽話《とぎ》〟の形式で始まり、お姫様に王子様、魔女も出てくるが、これまで読んできたどんな話とも違う物語だった。去年の夏にエステルがアンバーに語り聞かせていたものが、登場人物もより魅力的になって躍動している。ストーリーも奥深さがありながら、子供でもわかるくらい明快だ。

「面白い！　それにすごく新しい！」

「女の子たちがこんなかっこいい話、読んだことない！」

レベッカとマリッサが口々に言うと、シェリルがホッとした様子で笑った。

「二人がそう言うなら、大いに可能性あり、ね」

「これをスタジオに持っていって提案するの？」

レベッカの質問に、シェリルはゆっくりと首を振り、テーブルの一人ひとりに、そのギラリと光る緑の瞳を向けた。

「まずは私たちで、長編映画の企画として開発してみない？　このストーリーは女性の作り手を必要としてると、私は確信してるんだ」

「……ストーリーが、必要としてる？」

レベッカもマリッサも、そしてエステルと子供たちも、シェリルの次の言葉を、固唾を飲んで待つ。それくらい、一つ一つの言葉に決意の力があった。

「このままスタジオに持ち込んでも、この物語が幹部たちの理解を得られるか未知数だし、たとえ開発を承認されても、そのまま行けば、ストーリー作りも、コンセプト画、キャラクター・デザイン、アニメーションに至るまで、最終決定権はぜんぶ男性幹部にあるでしょ」

それぞれの部門長やリーダーたちの顔が浮かぶ。ほぼ女性スタッフが占める仕上げ部門以外では、アシスタントがいる立場の女性はシェリルだけだ。そのシェリルも、上司にアイデアを盗まれたり、実力の劣る同僚たちの方が大事なシーンを任されたり、と、何度も悔しい思いをしてきた。

「彼らだけで決められてしまったら、この物語は核を失ってしまう。この女の子たちは、ただ美しいだけの受動的な主人公じゃない、彼女たち自身が物語を動かす存在なんだもの。それが理解されないまま作られたら、まったく違うものになってしまう」

レベッカの中で、シェリルの言葉を聞きながら、勢いよく駆け出す馬と、その背に乗った少女のイメージが弾けた。解き放たれたエネルギーで、空へも飛び立ってしまいそうな勢いだ。馬の背に畳まれていた翼がひと息に広がり、重力から自由になる瞬間、少女は原始の獣に戻ったような歓声を上げる。

「でも私たちだけで企画開発を進めたとしても、それがスタジオ幹部たちに受け入れられるかは不確かなんじゃ……」

同じく興奮を瞳に宿しながら、それを自ら諫めるようにマリッサが言いかけると、シェリルが「その通り」とさらに身を乗り出す。

「だからタイミング、完成度、あらゆる面で慎重に進めないとね。どちらにせよ、戦争中の今はスタジオに新しい長編制作で冒険をする体力もないし、じっくり時間をかけるの。その間はそれぞれの持ち場でもっと発言権が持てるように、これまで通りいい仕事をして、何より、ダニエルの信頼を得ることに努めましょう」

マリッサはハッとして大きく相槌を打った。かつて同僚たちからその実力を軽んじられていた彼女は、ダニエルの信頼が社内でどれほどの影響力をもたらすか、ここにいる誰よりも熟知している。

「でも、エステルは」

思わず口に出したまま、レベッカは言葉が続かなかった。

開戦直後に解雇されて以来、エステルはずっとスタジオへの復帰が叶っていない。妊娠がわかってからは「休暇だと思うことにする」と本人も自分を納得させていたが、出産を終えた今も、スタジオが彼女を呼び戻す気配はなかった。でも、物語に不可欠な彼女がいなければ。

「もちろん原案者としての発言権を主張するつもり。特にキャラクター・デザインは譲らない。あと、絵本化のときは、あたしに任せてもらう」

エステルはレベッカを安心させるように、シェリルに負けず劣らずの野望に満ちた眼差しで親指を上げる。

「スタジオへの未練は、出産で踏ん切りがついた。この状態で乳飲み児を育てながらの勤務は、どう考えても厳しいもんね。漫画映画は制作が佳境に入ると昼も夜もなくなるのはどこも同じで、ベンジャミンも今の会社で残業ばっかりだし。時間や仕事量を自分である程度コントロールできる、今の働き方がベストかもって思うようになったの」

幸いこれまでに手がけた数冊の絵本の挿絵が好評で、この出産期間中にはいくつかの依頼を断らねばならない程だったと言う。

「毎回最初に読んでもらえる、小さな読者もできたことだしね」とシェリルが微笑む。

ひどく寂しくはあったが、決意したエステルの満ち足りた顔を見ていると、彼女の新しい働き方を心から応援して送り出すべきなのだと、レベッカも受け入れた。

「戦争は、必ず終わる時がくる。去年イタリアは実質的に降伏したし、キエフも解放された。戦後のスタジオと観客に必要なのは、軍の愛国映画や政府の広報映画じゃない。皆が楽しめる大きな夢の世界、本物のエンターテイメントよ。私たちで作ってみない？」

エステルの家の、こぢんまりとした居心地のいいダイニング空間が、シェリルの言葉によってぐんぐん広がっていき、レベッカたちの心をも膨らませる。どこまでも広がったその先には、物語世界を思う存分に生きる女の子たちがいて、映画館の暗闇で、彼女たちをキラキラした目で見上げる観客たちがいる。

「作りたい！」

レベッカは宣誓の言葉を述べるように、右手を上げていた。

「私も！」「最高！」「やってやりましょう」

四人で乾杯のマグカップを合わせる。中身は冷めて焦げたような匂いを放つ代用コーヒーだったが、気持ちの上では極上のシャンパンだ。不思議そうに大人たちを見上げるアンバーとノアのジュースのグラスにも、シェリルはカップを付けた。

「前にストーリーを聞いたときから、主人公たちが頭の中で動き始めちゃって仕方なかった。

今日これを読んで、ますます『早く出してよ』って言われてるみたい」

レベッカの言葉に、マリッサも力強く頷く。

「私も。昼は夜に、夜は昼になる魔女の森、満月が照らす国境の霧の塔……イメージがぽんぽん浮かんでくる。さっそく帰ったら描いてみる」

「ちょっとちょっと、二人とも先走らないでよ。二人が描いたものなんて、絶対こっちが引きずられちゃう。少なくとも最初の絵はあたしに描かせて！」

「えぇー……」

エステルにキッパリと言われ、レベッカとマリッサはそれぞれの頭の中で高速回転を始めていた創作エンジンに、急ブレーキをかけるしかなかった。

「まずは〝原案〟を待ちましょ」とシェリル。

「ま、いいアイデアがあれば、耳を傾けるのはやぶさかじゃないわよ」

エステルが取りなし、レベッカがさっそく、「あの誓いで授かる、馬の造形なんだけど」と勢いこんで話し出そうとすると、普段クールなマリッサもテーブルに身を乗り出していた。

「女の子たちの服装、国や文化の違いを表すのに年代を変えてみるっていうのは」

「オープニングのレイアウトは、精霊たちに九人の女神を重ねての俯瞰から宮殿へ」

シェリルまで加わり、それぞれの頭に浮かんだイメージを、他の三人へ言葉を尽くして共有しようとする。その場に紙があれば、いくらでも描いて見せただろう。皆が面白がってくれるのがわかるから、どんな風に受け止めてくれるのかを知りたいから、アイデアが泉のように湧き出て止まらなかった。

「ちょっとちょっとちょっと！　同時に話し出さないでよ。お願いだからみんな落ち着いて」

いつの間にか赤ん坊を抱いて、部屋の入り口でその様子を眺めていたベンジャミンが、歌うように囁いた。

「ソフィー、見てご覧。あれが漫画映画っていう魔法を描く君のママと、仲間たちだよ」

二〇XX年七月・東京

「では大ストライキ後、エステルとシェリルは解雇され、南米旅行後に再雇用されたマリッサと、レベッカは残った、と」

山野がゆっくりと繰り返す英語は聞き取りやすく、真琴は急いでメモに追記した。画面の向こうでスミスさんとアレンさんがしっかりと頷く。ビデオ会議参加者をそれぞれ映す小さな四角い枠の中で、学芸員や研究者たちもそれぞれメモを取ったりしている様子が見える。

「エステルはストライキに積極的だったみたいだから、そのせいもあるんじゃないかな。シェリルはストには参加してないけど、社内の組合で役職に就いていたらしい」

スミスさんが淡々と説明を続ける。

禿げ上がった丸い頭にぽっちゃり体形のスミスさん、そのアシスタントで、やはり丸々としたアレンさんは雰囲気とシルエットがそっくりで、並んでいると祖父と孫娘のようだった。二人はM・S・HERSEAを名乗ったと思しき女性たちについて、現時点でわかっている事実を時系列でまとめてくれており、あらかじめ関連資料のデータも送ってくれた。今日はそれを踏まえての、初のビデオ会議だ。マイナス一六時間という、ほぼ昼夜真逆の時差のため、真琴たちは早朝出勤、スミスさんたちは定時の退勤時間である一七時から会議を開始してもらう形を取った。

送られてきた資料には、アーカイブ部門のものだけでなく、スタジオに関する著作のあるジャーナリストが送ってくれたという、新聞や雑誌記事のコピーも含まれていた。その中のストライキを報じる記事の写真には、「公正な給与」と書かれたプラカードを持ったエステルが、小さく写り込んでいた。不鮮明ではあるが、小柄で可愛い雰囲気の人だ。

「元々『仔馬物語』や『くるみ割り人形』で大量にスタッフを雇い入れて予算をオーバーしていたところに、欧州の開戦で一気に財政が悪化してしまった。そこへ来てのストライキで、スタジオは一時的な賃上げに応じても、その状態を維持する体力はなかったんだ。当時はエステルたちの他にもたくさんの有力なスタッフが解雇された。ただシェリルは一年以内に再雇用されて、戦後も目覚ましい活躍をしている」

真琴や他の参加者の英語レベルでは、理解できるのは話の大体五〇パーセントくらいで、隣の山野が要約してくれるのを確認しないと、会話についていけない。要約してから次の質問に移る、という流れなので、山野は一人で倍近く喋らねばならない。そのことが申し訳なかった。

「レベッカは『仔馬物語』以降の仕事内容ははっきりしませんが、『友と踊ろう』にマリッサと共に携わっているのは間違いないわけですね。やはりこの辺りの関係性が、彼女がHERSEAの一人である可能性を補強しますね」

「何よりマリッサとはシェパード美術学院の同窓だし、後年スタジオを離れた後も交流があったくらい、とても親しかったのは間違いない。元々ストーリー部門で雇用されているから、『友と踊ろう』ではストーリー・スケッチを担っていたみたいだけど、『仔馬物語』以降、アニメーターとして携わった記録が残っているのは、いくつかの教育映画と、『空の覇者』が最後かな」

「ああ、あの映画……私も西も、存在自体を知りませんでした。研究者の皆さんはご存知だったそうですが」

「観たの？」

「年表を送っていただいたあと、一般の人がネットに上げているのを見つけて」

「そうか。日本人が観てあまり気分のいいものではないと思ったから、敢えて動画は送らなかったんだけど。あれを含めた当時のプロパガンダ映画は今後も一切、ＤＶＤ化や放送はしないと思う。つまり展覧会でも使えないよ？」

「ええ、それは理解してます」

戦時中、スタジオは日本本土の空爆作戦と、そのための新型爆撃機と大型爆弾の開発を提案するような映画を作っていた。作品内では日本という国が巨大な蛸の化け物として表現されており、化け物は東京と思しき都市と共に焼き尽くされる。戦時中の日本でも連合国側に対して似たような映画は作られていたのだろうが、今のスタジオの、夢や魔法に満ちたイメージからはあまりにもかけ離れた史実だった。ストライキといい、会社にはまだまだ、真琴のような末端のスタッフがあずかり知らない歴史がある。

「『Alice in Magic Land』と、女性アニメーターの記事はもう見た？」

「はい、どちらも拝見しました。『Alice in Magic Land』はちょっと毛色の違う作品ですよね。子供向けドキュメンタリーというか。当時からああした作品も作っていたんですね」

「大量レイオフとストライキによるアニメーター不足の中で、苦肉の策という面もあったと思う。実写とアニメの融合は、ダニエル・ウォレスが若い頃からずっと模索していた手法だし、実写の方がアニメより遥かに安価で早く作れるから。戦後から本格的に始まる実写映画制作の布石でもあっただろうね」

スミスさんから送られてきた動画データは、日本ではビデオ化もされておらず、有料の衛星放送チャンネルであるウォレス・テレビでも放送したことのないモノクロ作品だった。絵本から抜け出てきた少女が、案内役の魔法使いのおじいさんと共に、スタジオ・ウォレスでアニメーション映画の制作過程を見学するという内容で、最初と最後のシーン、そして案内役の魔法使いのおじいさんだけがアニメで、大半は実写なのだが、少女役がひどい棒演技なのは、非英語ネイティブの真琴でもわかった。だが当時のスタジオ内の様子や、セルアニメがどのように作られるか、大まかな流れがよくわかるという点では優れた資料だった。映画の半ば頃、天井の高い倉庫のような空間で本物の馬を囲んでスケッチをするアーティストたちをカメラが捉えたシーンだけ、真琴は何回も、一言一句が理解できるまで繰り返し見た。

——あら見て！　こんな所に馬がいるよ。あの人たちは何をしているの？

——ようし、あのお姉さんに聞いてみよう！

——こんにちは、アリス。私たちアニメーターは、こうしてスタジオ内で飼われている動物を観察して、たくさんスケッチして、漫画映画の中でどう表現するか、日々考えているのよ

子役以上に棒読みのその人は、真っ白な歯を見せてぎこちなく笑っていた。おそらく金色の、光沢のあるカールした髪は綺麗に結い上げられ、瞳は白人にしては小さくつぶらで、子供のようにに表情豊かだ。華奢な体形、そばかすの浮いた少し上向きの鼻も含めて、どこか少女のような雰囲気をたたえている。カメラは前から横から、彼女が鋭いほどの眼差しで馬たちを描く姿

を捉えていたが、スケッチブックの中身は決して映してくれない。真琴はそこに、あの日見つけたペガサスと少女の絵が描かれているような気がしてならなかった。

もう一つのレベッカ関連の資料は、件のジャーナリストが送ってくれた雑誌記事で、戦時中のカリフォルニアの女性たちの活躍を特集したものだった。戦場へ行った男性たちに代わり、女性たちが様々な職場へ進出し銃後を支えているという内容で、工場でドライバーを片手に機械部品を調整している女性や、調理場で巨大なフライパンを振るう女性、銀行で顧客に融資の説明をする女性の写真などが、それぞれ簡単な紹介と共に並んでいた。最後の写真では、教室のような場所で女性たちがカメラに背を向けて並んで座り、絵を描いている様子が捉えられており、紹介文は「これまでトレースや彩色を担当していたスタッフたちに作画指導するのは、『ニーノ』でも活躍した女性アニメーター、スコフィールド嬢」だった。部屋の端に小さく写る彼女は、笑顔で黒板に描かれた放物線らしきものを指し示している。

「アニメーターとしてあんな映画にまで出て、指導する立場になっても、解雇されてしまうなんて……」

真琴が思わずもらした言葉を、山野は律儀に訳してくれる。スミスさんはそれが七〇年以上前の出来事にもかかわらず、とても残念そうだった。

「政府や軍の受注仕事ばかりの中で、腕のあるアニメーターを活かせる財力も企画もなかったんだろう。彼女が教育した動画ウーマンたちも、原画まで昇格することなく、マジックワールドができる頃には多くが職を辞したようだ。戦中や戦後すぐに公開した商業映画がもっと興収を獲得できていたら、色々違ったのかもしれないが……」

「彼女たちが女性だったから、ということも大きいんじゃないですか」

山野の質問を聞きながら、スミスさんは何度も頷いた。

「不幸なことに、そういう時代だった」

マリッサ・ブレイク以外の三人は、最終的には皆、解雇という形でスタジオを去っていた。

真琴はそこに、まだ自分とのか細い繋がりを感じないではいられない。送られてきた資料には、『シンフォニア』のプレミア・パーティーの写真などもあり、四人が仲良さげに談笑する姿がダニエル・ウォレスの背後に写っていた。『シンフォニア』公開の翌年に起きたストライキや、その後の解雇で、何度も引き裂かれた彼女たちは、どんな気持ちだったのだろう。

スミスさんたちのノートによれば、それぞれの在籍期間は、最も古参だったエステルが一九三四年から一九四二年、シェリルが一九三七年に入社し一九四二年に一時解雇されたが、同年中に再雇用されて一九五四年まで。レベッカはシェリルと同年入社で、一九四五年の年が明けて間も無く解雇されていた。マリッサは一九三六年から一九四〇年、そして再入社した一九四一年から一九五七年まで在籍し、その後しばらくフリーランスの広告デザイナーとして活動していたが、一九六〇年代はじめに、万国博覧会の特別ライド「ワン・ワールド・サウザンド・ソングス」のために、再びスタジオへ呼び戻された。スタジオとの関わりは、一九六六年にダニエル・ウォレスが亡くなったときまで続いていたらしい。

「エステルやレベッカがシェリルのように復帰できていたら、あのM・S・HERSEAの作品も、映画になっていたかもしれませんね」

「そうだね。僕らはマジックワールドであの映画を題材にしたアトラクションに乗っていたかもしれないし、ビデオを子供にプレゼントしていたかもしれない。せめて彼女たちが業界で再就職していたらと思うけど、当時の社会では、まだまだ女性、特に中流家庭で妻となり母となった人たちが、家の外でフルタイムの仕事を続けるのはよしとされなかった。シェリルやマリッサは例外中の例外だった」

エステルはスタジオ解雇後に何冊かの絵本のイラストを手がけて、それなりに好評を博していたようだが、戦後数年でふっつりとキャリアが途切れていた。でも本という形で残っていたイラストから、真琴が最初に見つけた『クララとベルのにちようび』の三人の少女は、彼女の手によるものと、八割がた結論付けられていた。

レベッカについては、マリッサの伝記やアルバムなどから、スタジオ退職後もマリッサと家族ぐるみの交流があったことがわかっている。海軍将校である夫の転勤に伴い、二人の子供を育てながら、フロリダを皮切りに国内外の基地を転々としていたらしい。アニメーション業界の最先端で活躍していた人が、家族のために生きる人生にすんなりと順応できたのか。山野はずっと腑に落ちていない様子だった。

「家庭のために妻や母のキャリアが犠牲を強いられるのは、古今東西ずっと変わらないってことか……」

今回のミーティング前に二人で資料を確認していたとき、彼女がぽつりと言った。重い実感のこもった響きだった。

何も失わずに、何でも得られるわけじゃない。頭ではわかっている。

でも山野やレベッカたちの人生に比べて、真琴のそれは具のないスープのようだと思わずにいられない。犠牲にするものが少ない代わりに、これを得た、と言えるようなものもない。

スープボウルの底には、煮詰まり過ぎた古い羨望の残り滓《かす》——それは諦めの味に似ている——が堆積して濁っている。他人と自分を比較することの不毛さを、何度理解したと思っても、それはふとしたときに、昔の傷跡みたいに、繰り返し浮かび上がる。

ハーシーたちが解雇されたと聞いても、真琴が山野ほどまっすぐな怒りや悔しさを感じられないのは、後ろ暗い、矛盾した安堵に薄められてしまっているからだ。真琴は彼女たちがどんな物語を作ろうとしていたのか堪らなく知りたい。企画が実現していたら、他の映画のように現代でも観ることができたのに、と強く思う。でも同時に、彼女たちには何とか自分の手の届く範囲の存在でいてほしかった。

「あの！　もしかしたら、例外は二人だけじゃないかもしれないのです！」

ずっと落ち着かない様子だったアシスタントのアレンさんが、いきなり口を開いた。口を挟むタイミングを窺っていたのか、声が半ば裏返り、スピーカーを通すと割れて聞こえた。

「か、彼女たちが、なぜM・S・HERSEAを名乗ったのかという謎にも、繋がるかもしれません！」

「そうそう、これが今日の本題なんだ。うちのワトソンならぬシャーロックが、日本のホームズたちにも劣らない推理力を発揮してね」

アレンさんがスクリーンの向こうでいそいそと古そうな絵本を机の上に置き、画面に全体がはっきり映るよう、角度を調整する。モスグリーンと淡いピンク色の背景に金色の装飾文字が美しい本で、機関車の窓からハンチング帽にジーンズのオーバーオールを着たネズミのキャラクターが顔をのぞかせている。

「これ、実家にあったのはずっと昔に手放しちゃったから、絶版になってたのをネット古書店で見つけて。今日に間に合ってよかった」

「君たちはエリザベス・クレイトンという絵本作家、あるいは『Adventure of Sophy The Mouse《ネズミのソフィーの冒険》』

というシリーズを知ってるかな？」

山野と真琴が首を振る。研究者や学芸員も小さな画面の中で首を傾げた。

「アメリカでも最近の人はほとんど知らないんだけどね、七〇年代くらいまでは人気のシリーズだったんだ。当時の大統領令嬢たちのお気に入りの絵本だったことでも知られている」

アレンさんは母親の子供時代の絵本を受け継いでいて、小さい頃に当の母親によく読んでもらったという。

「ストーリー担当のシャーロット・スピルマンと違い、絵を担当するクレイトンの経歴はほとんど知られてなくて、いわば覆面作家なんです。当時は男性という噂もあったそうですが。で、もう一つの業界内の噂が、元スタジオ・ウォレスのアーティストというもので。根拠は、クレイトンのデビュー作が『ふしぎ森のグレーテル』の絵本版ということなんです」

『ふしぎ森のグレーテル』は、原題を『Into the Wonder Woods』という、スタジオ・ウォレスのクラシック映画だ。五〇年代前半の作品だが、主人公のグレーテルや、今見てもポップな造形のふしぎ森の住人たちのグッズは、特にハロウィーン期間に人気があり、マジックワールドにライドもある。

「それに名前のイニシャル、お気付きでしょうか」

アレンさんの質問に、山野が答えた。

「E・C——つまり、エステル・コロニッツと同じ？」

「そうです！　そう思ってクレイトンの絵を見ると、エステルの絵に通じるものがあると思いませんか？」

アレンさんは、エステルがスタジオ解雇直後に手がけた絵本を隣に並べ、二冊をパラパラとめくってみせる。エステルの絵本は、一部のスキャン・データが事前資料に含まれていたので、真琴たちも見ていた。クレイトンの表情豊かな可愛いネズミのキャラクターは、その線の細い独特の柔らかさと色使いが、確かにエステルの絵に似ている気がした。

「絵本分野の専門家に、エステルが残したストーリー・スケッチなんかを見せて、鑑定を依頼する予定なんだ。アニメーターと研究者たちにも、いまクレイトン名義の絵本を見てもらっている」

「エステル・コロニッツではなく、エリザベス・クレイトンとして描き続けていたとすれば、エステルのキャリアが戦後に途切れた理由も説明が付くんですよ！」

興奮した様子のスミスさんとアレンさんに、真琴たちはまだ同調できない。

推理小説でいうところの、動機が見えなかった。本名の名義で絵本の仕事が好評だったにも拘わらず、なぜわざわざ名前を変えたのか。それがどう、M・S・HERSEAと繋がるのか。山野が整理しながら確認すると、アレンさんが咳払いをして居住まいを正した。

「私は東西冷戦が背景にあるのでは、と――みなさんはマッカーシズムという言葉を聞いたことはありますか？　日本では、反共運動は馴染みが薄いかもしれませんが」

「いわゆる〝赤狩り〟ですね、日本にもありましたよ。一九五〇年前後に、連合国軍最高司令部《GHQ》の指示で、主に政府やメディア関係の職に就いていた共産党員や、その賛同者と疑いをかけられた人たちが職を追われたりして」

「ああそっか、敗戦後しばらく日本は……」

「はい、連合国の、というか実質は合衆国の、統治下にありましたから」

真琴は大学受験時の朧《おぼろ》な記憶の中から、当時駆け足でさらった感のある戦後史を手繰る。焦土からの復興と混乱、加熱する労働運動や迷宮入りした国鉄三大事件。政府の意向に反する思想を持っているからと弾圧されるなんて、思想の自由を保障した新憲法が公布されたばかりのはずなのに、と高校生当時のまっさらな頭で疑問に思った記憶がある。

「大戦直後から深まったソ連との対立、中国共産党の台頭、政府中枢のスパイの摘発などは、そのまま共産主義嫌悪となって、合衆国全体をほとんどヒステリー状態に陥れました。近代の魔女狩りとも形容されるほどです。四〇年代後半から、マッカーシー上院議員らの非米活動委員会とフーバー長官率いるＦＢＩは、大衆へのアピール効果を見込んで、ハリウッドの映画人たちを狙いました。実際、映画業界には今も昔も移民や労働者階級出身者が多くて、組合活動も活発で、社会主義者や共産党員も多かったので。有名俳優や監督だけでなく、末端のスタッフまで次々に告発され、職を追われました。中でもダニエル・ウォレスは、最も知名度と影響力が大きい告発者の一人だったんです」

驚きのあまり真琴と山野は「え」と「は」の形で口を開けたまま言葉を失う。

美術館の学芸員も同じように驚いた様子だったが、ウォレスの研究者たちには既知なのだろう、静かに頷いている。スミスさんが補足してくれたことには、

「社史にはほとんど出てこないけど、歴史的には有名な話でね。大ストライキと同じだよ。そして正にその大ストライキが原因で、ダニエル・ウォレスの共産主義嫌いに拍車がかかったと言われる。労働運動と共産主義はイコールではないけど、結び付きは強いからね。彼はスタジオ内の共産党員、あるいは共産主義的傾向のある人物として、自社のストライキの中心人物たちを告発した。告発された人間はＦＢＩに尋問されたり、非米活動委員会に召喚されたりして証言を強要された――要は、知っている共産主義者の名前を挙げさせられるんだ。友人でも家

族でも、容赦ない。拒否すれば最悪、議会侮辱罪で収監され、そうでなくとも仕事を失い、世間からは白い目で見られ、ブラックリスト入りする。ブラックリストに入れば、二度と業界では働けなかった。ブラックリスターが関わっていると疑われた映画は、愛国主義者や退役軍人団体に大々的にボイコットされた。そうやって人間関係を破壊され、仕事を奪われ、人生を狂わせられた人がごまんといる。一番有名な例が、国外追放になった——」

それは喜劇王と呼ばれた、ハリウッドの伝説的俳優の名だった。もちろん日本でも有名で、真琴は中学の社会科の授業で初めてその名を聞き、映画を見た記憶がある。でも彼がそんな悲劇に見舞われていたことは、まったく知らなかった。スミスさんにとっては今も彼の中期の作品が「オールタイム・ベスト」なのだという。

「カールはそもそもダニエル・ウォレスが敬愛していた彼《か》の俳優をモデルに作られたキャラクターなんだ。とはいえスタジオ・ウォレス社員にあるまじき発言だから、オフレコで頼むよ」

一瞬いたずらっ子のような笑みを浮かべたスミスさんに促され、アレンさんが再び口を開いた。

「マッカーシズムで職を追われた人々の中には著名な映画脚本家たちもいました。ブラックリスト入りした彼らは偽名で仕事を請け、中にはアカデミー賞まで受賞した人もいます。もちろん授賞式には現れなかったそうですが」

例えば、とアレンさんが挙げた映画は、名作と名高い、イタリアを舞台にしたモノクロ作品だった。当時デビュー間もなかった主演女優は、その妖精のような容姿で、現代の日本女性の間でもいまだに憧れの的であり、永遠のファッション・アイコンでもあった。

「マッカーシー議員が一九五四年の終わりに失脚しても、しばらく〝嫌共〟傾向は続き、追放された脚本家たちが再び本来の名前で仕事ができるようになったのは、六〇年代に入ってからです。それでも、赤狩り当時、誰がどの偽名でどの作品を書いたのか、いまだ全容は解明されてないんです」

「ちなみに彼の喜劇王が国外追放を解かれて、ハリウッドに凱旋帰国したのは七〇年代の初めだよ」

「そんなに長く……」

山野が絶句した。真琴も同じ気持ちだった。アメリカでの出来事とはいえ、八〇年代生まれの自分たちにとって、七〇年代はそれほど遠い過去ではない。

「……ではエステルも同じ理由で、偽名を使っていたと？」

「あくまで私の仮説ですが、彼女のような人は、そうしなければ仕事ができなかった時代でした。そしてM・S・HERSEAという名も、同じ理由からなのでは、と考えました。組合活動に熱心だった二人が企画チームにいて、思想的な問題で企画が却下されたか何かして、あの企画を秘密裏に隠しておこう、自分たちの作品だと署名しておこう、でも見つかったときに、政治的・社会的な窮地に立たされることも避けたい。そこで、まったくの偽名ではなく、四人の共同企画という実態を表した、本名のイニシャルを用いたアナグラムを使ったのではないか？　と」

アレンさんは説明し終えると、画面の向こうで額の汗を拭い、ぐったりと椅子に体重を預けるのが見えた。スタジオについて修士論文まで書いている彼女にとって、渾身の仮説なのだろう。

山野も、他の参加者たちも、誰も一言も声を上げなかった。あまりにも多くの情報と推理をいっぺんに並べられて、皆が頭の中でそれらを整理する必要に駆られていた。でもアレンさんの仮説に大きな矛盾はなかったように思う。

「君たちの考えを補強する、魅力的な推理だと思わない？」

張り詰めていた皆の表情が、スミスさんの言葉でフッと和らぐ。

「そう思います。もう一〇〇パーセント信じたくなったくらい」と山野。

「これは本格的に調査して、論文を書くに値する題材ですね」

「本でもいいんじゃない？　アレンさんが書いたらどうですかね」

そんな研究者たちの軽口を契機に、ようやく日本側の参加者が話し始めた。

「ではハーシー作品が企画・構想して描かれたのは、四人が在籍していた三〇年代後半から四〇年代半ば。倉庫に隠されたのは、署名したシェリルとマリッサの二人だけが在籍していた四五年から五四年の間ってことになりますかね」

「マリッサがサインしているのはシェリルの作品のみですし、シェリル本人の代わりに書いたとも考えられますよね。シェリルが辞めた後に、マリッサが隠したとか？」

「どちらにせよ、作品が三〇年代から五〇年代の間のいつ描かれたかなんて、そんな細かい年代を見分ける鑑定は難しいんじゃないですか」

「紙の製造年代から特定するといった鑑定も不可能ではないのですが、どこまで正確にわかるか……それに修復で結構予算も時間も厳しくなってるので、そこまでの余裕は」

「政治的なものが絡んでいるならなおさら、M・S・HERSEAの企画の、スタジオ公式記録が存在する可能性は低そうですね」

「こうした仮説レベルで、どこまで展示に盛り込めるか……そもそも公開作でもないものを盛り込むべきではないって議論も根強いですからね。年代と傾向で区切る予定のゾーニングにも、一連のM・S・HERSEA作は適当ではないですし」

会議参加者たちがそれぞれの言語で議論するのを、真琴は聞くともなしに聞いていた。

あの掠れた鉛筆のサインを最初に見つけた時は、誰かのミスか、悪戯程度に考えていた。それが、途方もなく大きく複雑な歴史の産物かもしれないなんて。自分の手にはとても負えない。再び少し近付いたかと思った彼女たちやその作品たちが、また遠い存在になってしまう。

「西さん、あの話、そろそろ？」

山野に促され、真琴は慌てて資料のデータをクリックする。ぼうっとしている場合ではない。こちらの本題は、ここからだ。

「私たちは広報チームとして本件をどのようにPRに生かすか検討して参りました。彼女たちの絵がどのような物語を形作るのか、知りたいという私たちの自然な願望は、きっと来場者も等しくするものと考えました。そこで一連の絵を元に、アニメーション作品を実際に作れないか、という方向で、企画案をまとめてみました」

資料を提示しながら、セリフのように書き出した英語を真琴が読み上げると、画面の向こうのスミスさんとアレンさんが、予想通り「なんだって？」という顔をした。山野がすかさず補足する。

「制作期間と予算を考えても、展覧会のPR企画に収まる話でないのは承知しております。そこで我々は再来年日本でもローンチ予定の動画配信サービス『ウォレス・マジック・プレミア』と組むことを検討してみました。日本支社でもいくつかのアニメ・シリーズのローカル制作を予定しており、日本の担当にヒアリングしてみたところ『ぜひ企画したい』、とのことでした」

スミスさんたちは、まだ半信半疑の表情を崩さない。日本側の参加者のために真琴が日本語で補足した後、山野は淡々と英語で続ける。

「展覧会は地方巡回の後、再び東京での凱旋開催を予定しておりますが、タイミングが『ウォレス・マジック・プレミア』の日本でのプレ・ローンチと重なるため、期間限定の無料視聴を来場者特典にするなど、シナジー効果が期待できます。もしデベロップメント《開発》を進める決定だけでも成されれば、展覧会にとっても十分なPRインパクトを与えられる、と考えました」


どんな物語なのか知りたい、という自分のごくごく個人的な欲求が、どうやったら企画になるのか。真琴だけで考えていたなら、今も暗中模索の状態だっただろう。

初めて二人だけの企画会議をした日、山野は真琴の話を受けてすぐに『ウォレス・マジック・プレミア』と結びつけた。先行する競合サービスに対抗するために開始時から大量の作品を必要とし、ウォレス・グループ系列作の独占配信はもちろんのこと、目玉となるオリジナル作品も求められる。それらのラインナップには各国の視聴者層を意識したローカル色の強いものも必要だ。そのために日本国内のいくつかの有力アニメ制作会社とパートナーシップ契約を結んだことは、広報部として真琴も把握していた。それまでウォレス・ブランドの下で本国のスタジオ以外の会社が主導してアニメーション映画を制作することなど考えられなかったが、〝ANIME〟の聖地である日本だけでなく、アニメーション産業が活発な他の国々でも、同じ動きが進んでいるらしい。

「今や一番会社の投資が集中してるところですから、予算も潤沢なんじゃないかと。大田原さんを通してトップダウンで担当に繋いで貰うのもいいけど、まずは現場レベルで感触を探りたいですよね」

コンビニで買ったランチのサンドイッチを頬張りながら山野が言い、真琴はおにぎりを片手に頷いた。

「それなら、伝手があるかもしれません」

本国開発の配信プラットフォームのローカライズと、作品の契約処理や調達を担う新チームの責任者は、チョウ社長が競合他社から引き抜いてきたが、その下にはテレビ部門のほか、デジタル部門とビデオ部門の社員が何人か移籍していた。自分と田丸のかつての同僚たちを辿れば、誰かに行き着くはずだった。

そうして久しぶりに田丸に連絡をとることにしたものの、長々と気遣いの言葉を連ねたメッセージに、真琴は我ながらうんざりして、入力の途中で消してしまった。代わりに電話で話したい旨を伝えると、その夜、田丸の方から電話をかけてきてくれた。

「連絡くれて嬉しい。元気？」

「はい。田丸さんも？」

「元気にならざるを得ない感じ。三食昼寝付きで、猫までサービスしてくれるもんね」

「写真を送ってくれたあの子ですね。もふもふし甲斐がありそうな」

「会う？　今も膝の上にいるんだ。ビデオ通話ができるなら」

設定を切り替えると同時に、画面いっぱいに根性の据わった面構えの、むっちりしたブチ猫が映った。

「田丸カールでーす。西さんはじめましてー」

田丸が猫の両前足を取り、挨拶するように振った。猫は好奇心いっぱいで、顔を突き出してスマホの画面に鼻をくっつけようとした。

「近い、近い。カールって名前なんですね」

「私がウォレスで働き始めたときに母が拾って、『ちょうどいいわ』って名付けたの。同じハチワレでも、大食だから体形が全然違っちゃったんだけどね」

「カールのライバルのカウントの方が似てるかも？」

「あの意地悪なデブ猫？　カールぅ、西さんって失礼だねー」

退職前のピリピリした感じが消え、出会った頃の田丸だった。それはリラックスした表情にも表れていて、真琴はもう一度彼女と笑い合えることがしみじみと嬉しかった。

しばらく元同僚たちの近況などを話したあとで、真琴はPR企画のことを、絵の発見からの経緯を含め、かい摘んで説明した。田丸は「そんな面白いことになってたの？」と興味津々で聞いてくれた。

「すごい、歴史的大発見じゃない！　これから西さんがテレビとかで取材されたりしてね」

「本当にたまたまだし、私は見つけただけだから。すごいのは彼女たちの絵です」

「でもさ、西さんが気付かなかったら、彼女たちの絵も存在も、日本で広く知られる可能性なんてまるでなかったかもしれないでしょ。それってやっぱりすごいことじゃない」

田丸が心の底からそう言ってくれていることがわかるから、自分は少しだけ「すごい」のかもしれない、と真琴も信じたくなった。

「『マジック・プレミア』のオリジナル製作の担当は渡辺《わたなべ》さんて人だよ。彼が入社したとき、パソコンのセットアップとか備品の用意とかサポートした。アニメ制作会社のプロデューサーだったんだって。ウォレスの、いかにも外資系を渡り歩いてきたおじさんたちとはちょっと毛色が違くて、結構話しやすい人だった」

「ぜひお話しできれば。ご紹介いただけますか」

「もちろん。あとで西さんCCでメール送るね」

「ありがとうございます！」

お辞儀して見上げると、画面の向こうの田丸がにやにやと嬉しそうに真琴を見つめていた。

「いい顔してますねぇ。信頼できる人たちに、信頼される仕事ができてるんだね」

「そんなふうに見えますか」

「うん、ちゃんと自信が見える」

私は彼らに信頼されているのか。大田原や山野、当時は顔を知らなかったスミスさんのメール画面が頭に浮かんだ。自分が彼らを信頼しているのか意識したことはなかったが、信頼に足る人たちだとは、このプロジェクトの中でいつしか自然に思っていた気がする。何より、信じたい、と強く願っている。こんな気持ちで仕事できる日が来るなんて、以前だったら想像すらできなかった。

「いいなぁ、私も早くそんな職場を見つけられるように頑張ろうっと」

「転職活動はどうですか？　こちらに戻ったら、また仕事帰りとかにご一緒したいです」

「ぼちぼちまた求人サイト見てるよ。でももしかしたら、こっちで挑戦するかも。いま結構Uターン、Iターンしてくる人も多くて、県内に面白そうな会社がいくつかできてるのね。うんざりするほど保守的な地元がちょっとだけ変わりつつあるみたい。というか、ここでチキショーと思ってたのは自分だけじゃなかったことが見えてきて、私もただでは踏まれない程度に強くなってた」

「そういうのも、いいですね。東京だと家賃のために仕事してるみたいなとこあるし、帰れるならそれもいいかも、とたまに思うんですけど。うちの地元は、どうだろう……」

「たまには帰ってみれば？　新鮮なとこもあるかもしれないし、なければとっとと上り電車に飛び乗ればいい。とにかく、こっちに残ったとしても展覧会は絶対行くよ。名古屋《なごや》か大阪会場のほうで」

「そのときは私もそちらへ行きます。ぜひご案内させてください」

「いいね、再会プチ旅行しよう」

そのときまで自分の椅子が会社にあるかはわからないけれど。真琴の脳裏でそんな後ろ向きの思いが過ぎったが、少女が勢いよく駆るペガサスが、鼻息と後ろ足で蹴散らす様を想像した。

たとえその頃に会社をクビになっていても、自分が仕事をした事実は、自分の中では決して消えない。静かに顔をあげると、画面いっぱいに映る田丸カールのむっちりした顔が、笑っているように見えた。

親愛なるベッカ
元気にしてますか？　坊やにウィルも？
うちのデニス怪獣は相変わらず、部屋を毎日のようにぐちゃぐちゃにしては天使の笑顔です。
前に話したあの子の病気の件は、いいお医者様が見つかって、今後の治療方針を検討しているところ。ロニーの会社も徐々に軌道に乗り始めてます（お酒は前よりずっと控えてくれてるから安心して）。でもやっぱりニューヨークで勝負したいみたい。当面は話し合いが続くと思うけど、家族にとってベストな形にできればと思ってます。

『音楽は楽し』の感想をありがとう！　あなたの言葉が一番嬉しかった。私の中でも、『シンフォニア』に次いで特別な作品になりました。隅から隅まで思い描いた通りの色調とスタイルにできたの。シェリルが監督したシークエンスも本当に素敵だったよね。彼女への社内外の評価は高まるばかり。もうあの猿真似男だって、彼女を邪魔することも、クレジットを盗むこともできないと思うよ。再来年には第二弾公開の予定で、制作を進めています。

エステルとベンジャミンの件は聞きましたか？　戦前の共産党活動の件で、ベンジャミンは先週会社から解雇を言い渡されたそうです。エステルはソフィーと公園に遊びに行くときまで監視されてるみたいだと心配してる。シェリルと私たちはできる限り支えるつもりだけど、「皆はうちの家族とはしばらく距離を置いた方がいい」って。家にも来ないし、電話にもなかなか出てくれないの。あなたにも手紙を出すのを控えてるかもしれない。

知っての通り、ハリウッドでも、多くの有名俳優や監督や、そのスタッフたちが非米活動委員会に召喚されてます。あのゴシップ・コラムニストのヘレン・フーパーが、気に入らない映画人や作品を次々と「反米主義の共産党員だ」「偏見に満ち満ちた歴史観で共産主義的だ」「この美しいアメリカ合衆国とその国民を洗脳しようとしてる」、なんて糾弾して回ってる。あんな偏った、批評とも言えない駄文を真に受ける人が、こんなにもいるなんて信じられない！

新聞で読んだかもしれないけど、ダニエルも〝友好的証人〟としてワシントンの証言台に立ったの。戦前のストは、スタジオの乗っ取りを企んだ共産主義者に扇動されたという証言をして、ストのリーダーたちの名前を挙げました。アレックス（今は新興のスタジオにいるそうよ）も召喚されているという噂です。

『プライマスおじさんのむかしばなし』の脚本家だったヨーナスを覚えてる？　ダニエルは「彼が共産党員であることに気付いて解雇した」と証言したらしいけど、あのユダヤ嫌いのディレクターと決裂して辞めたことなんて、当時スタジオにいた皆が知ってます。でも誰も何も言わないし、言えない。

ほんの二年前の終戦まで、ソヴィエト連邦は一応私たちの味方じゃなかった？　当時その体で彼の国や人々に接してた人は当然たくさんいるよね。もちろんスパイは摘発すべきだけど、こんなにころころ敵味方を変えて、誠実に暮らしてきた自国民まで敵に仕立て上げて、政治家やFBIは何がしたいの？　〝非米〟って言葉が心底嫌いになりそう。軍人のウィルはまた違った見解をもっているのかな。

これまで政治の話なんてまったく興味がなかったし、むしろ忌避してきたけれど、こうして友人たちの生活が侵食されていくのを見ていると、まったく無関心でいることなんてできない。あのエステルたちの物語が、ものすごく真実味を帯びてくる。

暗い話ばかりになってしまってごめんね。うちの怪獣の症状が落ち着いたら、きっとフロリダへ行くからね。二人の男の子たちは、きっと私たちみたいに、いい友達になれると思う。そしてまた一緒に描きたい。あなたと一緒に行ったあの南部旅行は、私にとって宝物みたいな思い出です。

デニス怪獣のスケッチを送ります。よかったらエリック怪獣の絵も送って。

愛を込めて　マリッサ

ハロー、ベッカ

お元気ですか？　その前に「あんた誰？」よね。驚くなかれ、エステルよ！

差出人のグレース・ボールドウィンは、あたしがとても信頼している画材店の店主。あたしたちの手紙は郵送の過程で開封されたり、宛先を調べられている節があるので、こんな手段を取らざるを得なかった。もしも返事をくれる場合は、グレースに宛ててね。でもウィルの立場もあると思うし、赤ちゃんの世話の大変さは身に染みてるから、返事が書けなくてもぜんぜん気にしないで！

エリックはもうすぐ一歳だよね。時間が経つのが早すぎて信じられない！　ソフィーも立派なおしゃまさんに育ってるよ。父親似で背が高くて、近所の同年代の子たちのボスなの。

うちのことはきっともうマリッサから聞いてるよね。ダニエルがストのリーダー格だった組合員たちの名を挙げて、その人たちから末端のあたしたちの名前も、ＦＢＩや非米活動委員会に伝わったようです。仲間内での密告や糾弾が相次いで、もういい加減疲れたよ。

あたしたち夫婦が支持したのはカール・マルクスの提唱した労働者の連帯と、それが導く新しい社会像であって、ソヴィエト政府とスターリンを支持したことも、信用したことも、一度もないのにね。戦時中は戦争協力を掲げる共産党とはすっかり決別して、彼らから非米主義者のレッテルを貼られたけど、今度は共産主義的な活動をしていたということで、やっぱり非米主義者にされてる。アホらしすぎてギャグにもならない。より良いアメリカ社会を夢見て活動していたあたしたちは、筋金入りの愛国主義者だと思うのに。

ベンジャミンは会社を解雇されて、他のアニメーションスタジオや、ハリウッドで実写の特殊効果を扱う会社なんかにも職を求めたんだけど、断られた。友人によると、業界でブラックリストみたいなのが出回ってるんじゃないかって。今は建設会社の現場作業で糊口《ここう》を凌いでるよ。彼はなんだかんだで器用だし、あの通り人好きのする男だから（惚気《のろけ》てないってば）、元労働運動の闘士だったボスに、すごく気に入られてるみたい。

　あたしも挿絵の仕事の口を失った。クライアントの何社かはハリウッドとも繋がりの深い出版社だし、悪影響を恐れたんだろうね。他にもエージェントが当たっているけど、あまり期待できなそう。ニューヨークの出版社も一社当たってる。キョウに紹介してもらったの。彼女も相変わらず出版部で忙しそうだよ。

　やっと戦争が終わったと思ったら、こんなふうに社会が変わってしまうなんて、思いもしなかったよね……。流石に落ち込んではいるけど、絶対に諦めるつもりはない。あの物語だって、諦めなかった女の子たちの物語なんだから、原案者のあたしが諦めてどうするってね。ソフィーにも、諦めたママよりしぶといママの背中を見せたい。いま偽名で出版することも考えてる。どちらにせよ、契約する上で完全に正体を隠すことは難しいだろうし、隠せたとしてもまったく実績のない新人ということになるから、リスクを冒してくれる出版社を探さないとだけどね。

　あなたはどう？　漫画映画から遠ざかって、そろそろうずうずしてるんじゃない？　子供が産まれてしばらくはまっっったく余裕がなくなるのはよーく知ってるけど、母の顔も妻の顔も脇にのけた、〝私〟の顔と時間は忘れちゃダメだよ。あたしにとってそれは描くとき！　夫の協力が不可欠だけど、あなたのウィルが理解ある夫でいてくれることを願ってる。何より、あたしはまたあなたの〝生きてる〟絵が見たい！

元気でね、またグレースから手紙を出すよ。　エステル

親愛なるレベッカ
　お久しぶりね。長く連絡ができずにいたけど、元気にお過ごしですか？　フロリダは今日も快晴？　エリック坊やもずいぶん大きくなったかしら。ノアのお古があれば送ったのに、ぜんぶカナダを出るときに処分してしまいました……。

　ノアといえば、いま大学入学準備中なのだけど、カリフォルニア大で建築を学びたいんですって。夫も天国で、喜んで応援してくれていると思います。アンバーは遂にティーンエイジャーよ！　どんな修羅場が来るかと身構えてるんだけど、あの通り天真爛漫な子なので、今のところ家庭は穏やかです。

『音楽は楽し』観てくれたんですね。ようやく公開されて私も感慨深かった。一時解雇されたり、戦争のせいで制作が中断したり、あの頃は本当に完成するなんて思えなかったものだけれど。マリッサの短編も素晴らしかったでしょう。始めから終わりまで彼女のスタイルを映像化する、という点では『友と踊ろう』『ガウチョと騎士』より格段に上ね。監督と、背景部門に新たに入ったアーティスト（なんと女性よ！）、あとカバ紳士もいい仕事をしたみたい。私が監督したかったから、正直少し悔しいです。

　今は第二弾、『メロディー・シーズン』を鋭意制作中です。大好きなクラシック曲をふんだんに盛り込む予定で、楽しいものになると思います。子供たちももう二人で留守番できるので、心置きなく残業できて大助かりよ。

エリックはそろそろかんしゃくの虫が暴れ出す頃かな？　もう育児なんて無理、と思ったときのおまじない、『苦しい時は近い未来に、確実に終わらむ。』彼はいずれ自分でお風呂に入るようになるし、あれだけママの後を追いかけていたことなんてすっかり忘れて、友達とばかり遊びたがり、ママの仕事が立て込んでるときは、留守番だってできるようになる。その頃には今のかんしゃくの悪魔みたいな顔が、懐かしくなってるはずよ。あとこれも忘れないで、『子を愛しむには、まず汝《なんじ》を愛しめ。』シェリル記二章三節、なんてね。

話は変わりますが、あのワシントンの高官がスパイ容疑で逮捕された件と、ソヴィエトの原子爆弾実験成功のニュースからこっち、〝赤狩り〟はますます苛烈になっています。スタジオ内も、スト推進派が完全に排除されて、今は私たち、社内労組を立ち上げたスタッフも共産主義の手先だと糾弾する人がいるの。カバ紳士たちはまだしも、役職もそれほど高くない女の私は格好の標的みたい。皆が民主主義や資本主義という正義の中毒にかかって理性を失っていくようで、私も疑心暗鬼でおかしくなりそう。今もダニエルのことは尊敬しているけれど、このことに関してだけは、私はエステルたちの側に立ちます。

そんなわけで、あの私たちの企画も、エステルも参加しているということもあって、変な眼鏡で見られているようです。あの猿真似男からは「そういえばあの話の中の王国は、どこかソヴィエト連邦を思わせる」なんて言われて、よほどヒールで蹴飛ばしてやろうかと思いました。我慢した私を褒めてちょうだい。万が一のことを考えて、私たちの制作物はどこかに隠しておこうと思ってるのだけど、なかなか返してもらえないの。でも絶対に取り返しますからね。

あの戦争だって終わったのだから、こんな馬鹿馬鹿しい状況は、絶対に長く続かないはずです。そう信じなければね。私たちが生きるこの世界の美しさを、多くの人が思い出せるように、あの物語を、早く漫画映画として世に出したい。

西海岸に帰ってくることがあったらきっと教えてね。またたくさん話しましょう。それまでどうかご自愛ください。　シェリル

親愛なるベッカ
この前は電話でたくさん話せてよかった。こちらの引っ越しで距離も縮まったことだし、これからも、いつでも連絡してね。同じ月齢の妊婦同士（二人目もなんて、ちょっとした奇跡じゃない？）、日々の小さな変化や疑問、嬉しいこと、不安なことなんかを、気軽におしゃべりしよう。長距離電話代は、私たちの大切な薬代！
その後ウィルの件は何かわかりましたか？　日々朝鮮戦争関連のニュースを追いかけているけど、まだ実感がわかないし、疑問だらけ。私たちはやっと戦争のなくなった世界で子供を産んだはずなのに、何故こんなすぐに、また戦いが始まるのか。ロニーは「これからは戦争があるのが当たり前の世界になるかもな」なんて不吉なことを言うの。デニスがいる今は、前の大戦のときよりもっと怖い（時々、あの子が軍隊に取られない女の子ならよかったのに、と思ってしまう）。とにかくウィルが戦地へ派遣されずに済むよう、心から祈ってます。
『ドナテラ』は引き続き大ヒットしていて、スタジオで私のスタイルを毛嫌いしていた人たちも少しだけ認めてくれたみたい。ダニエルの機嫌も、スタジオの財政も、このまま上向きを保ってくれるといいのだけど。例の新しい映画の件も、コンセプト画を手がけることになりました。てっきり東海岸へ引っ越したことで、もう仕事を失うかと思ってたけど、ダニエルが

『絵は家で描いて、必要なときだけ西へ出張してくればいい』って！　ストーリー部門からはシェリルもチームに参加するそうなので楽しみです。二人の子供を抱えて、大陸を横断しながら仕事なんてできるのかわからないけど、きっとなんとかなると思う。いえ、絶対になんとかしてみせる。幸運の女神の前髪を、私は二度と離さないと決めたから。

もしも体調が許すなら、『ふしぎ森のグレーテル』絵本版のお仕事、本気で考えてみて。あなたが手がけてくれるとなれば、ダニエルもキョウも安心だし、とても喜ぶと思う。でも絶対に無理はしないでね。あなた自身とお腹の赤ちゃん、そして家族の世話で大変なのはもちろんわかってるし、あなたがベストと思う選択を、私は全力で応援する。

無事に産まれた暁には、それぞれの家を訪問し合うのを、今からとても楽しみにしています。それまであなたが健康で穏やかに過ごせますように。　マリッサ

ハロー、ベッカ
元気にしてる？　こちらはグレース・ボールドウィンこと、エリザベス・クレイトンこと、エステルです。
まずは改めて、心からのお礼を。あなたが〝エリザベス・クレイトン〟に回してくれた『ふしぎ森のグレーテル』の絵本が大好評なお陰で、エリザベスには順調に仕事が舞い込んでるの。本当にありがとう。ソフィーはまだまだ幼くて、小学校で他の子に話してしまうといけないから、あたしが描いていることは秘密なんだけど、暇さえあればあの本を開いている。既に数ページが取れかかっているくらいお気に入りよ。早く安心してあの子に「これはママが描いた

んだよ」と教えてあげられる日が来るといいな。その時のあの子のびっくりした顔を想像するだけで、笑いが込み上げてきちゃう。

例のあの物語の企画は、スタジオではすっかり忘れられているみたいなので、時期を見てエリザベスとして出版することも考えたいと思ってます。もちろん皆が了解してくれたらだけど。どう思う？

正直、あたしのせいで企画そのものが変な色眼鏡で見られて、棚上げされてしまったこと、シェリルにもその影響が及んでしまったことが、苦しくて悔しくて、今もたまにうまく眠れない日がある。フーバー長官もマッカーシー議員も滅びろって毎日願ってる。彼らみたいな人を朝鮮半島の前線に送るべきだよね。まあ、あの戦闘能力の低そうな太鼓腹どもじゃ、ぜんぜん役に立たなそうだけれど。

でも不思議と、ダニエルを憎む気にはなれないんだよね（ベンは軽蔑し切ってるけど）。彼のお陰で私はストーリー・アーティストとして訓練を受け、漫画映画制作に携われて、その能力を活かして今もこうして仕事ができているんだもの。この間会ったとき、シェリルも同じことを言ってた。あと「彼は子供みたいに夢中になれるパワーが、人の一万倍くらいある天才だから、その分周りがまったく見えなくなる」って。共産主義を敵と見做したときから、そこにあるグラデーションや文脈は、彼の視界にまったく入らなくなって、彼なりの正義と悪の物語ができてしまったのかな……。

とにかく、くよくよせずに描き続けるのみ、よ。

エリザベスの最新作を同封するね。よかったらエリックとラルフ（まだ早い？）に読み聞かせてやって。こちらでも、ウィルが無事に朝鮮半島から帰ってくることを、西の空に向かって祈ってます。彼のことで気が気じゃないかもしれないけれど、もしもまたアニメーションを描き始めたら、絶対に教えてね！　エステル

親愛なるレベッカ

お元気ですか？『ブルータス少年』の感想を送ってくれたのに、返事ができてなくてごめんなさい。批評家の評価も観客の反応も悪くなかったのですが、残念ながら目標の興行収入には届きませんでした。『ドナテラ』で『ふしぎ森のグレーテル』の借金を少し取り戻せたと思ったら、また大きな赤字を出してしまって、一部の幹部たちは「もう漫画映画は終わった、これからは実写映画とテレビ番組の時代だ」と、声高に話しています。

先々週、私はスタジオを解雇されました。前回よりずっとショックが大きくて、年齢のこともあるし、もう戻るチャンスがないということもなんとなくわかるから、しばらく落ち込んで何も手に付きませんでした。手紙も書く元気が出せなくて。アンバーがいなかったら、立ち直れなかったかもしれません。

最後の週に、頼み込んでダニエルにあの企画を直接プレゼンさせてもらったのだけれど、彼は半ば上の空で、真剣には聞いてくれませんでした。オレンジ・カウンティにオープン予定のスタジオの遊園地の準備と、宣伝用のテレビ番組の制作で、彼は頭がいっぱいなのでしょう。幹部たちよりずっと前に、ダニエルの中で漫画映画は終わっていたのです。

私たちの企画の制作物はすべて持ち帰ろうと思っていたのですが、目ざとい人たちから「在職中に制作したものはすべてスタジオの所有なので必ず置いて行くように」、と命じられまし

いるのかしらね。

た。雇用契約書にも明記してあるそうだけど、そんな内容をいちいち覚えてる人が、どれほど
ただ置いて行ってやるのも悔しかったので、代わりに整理をするフリをして倉庫の奥底に隠してやりました。彼らが非難するところの、〃共産主義的〃な作品が、スタジオの中枢に眠っているのも一興かと思わない？　あの猿真似ディレクターみたいな人にクレジットを盗られないように、念のため、私たちの署名として〃M・S・HERSEA〃とサインしておきました。慌てて四人の名前のイニシャルを組み合わせてみたんだけど、少し風変わりで面白いかと思って。この愚かな赤狩りが終わったとき、マリッサに発掘してもらいましょう。その時こそ、あの物語が日の目を見ることを、今はただ祈ります。

あなたが「描けなくなった」と手紙に書いてきたとき、正直私はそんな状態がうまく想像できませんでした。でも今はとてもよくわかります。悲しみで、何も浮かばない。何も描きたいと思えない。鉛筆も絵筆も、今の私の手には重すぎる……。

でも私も、そしてきっとあなたも、また必ず絵筆を取るでしょう。私たちの、描く人としての自分への信頼だけは、私たち以外の誰も奪うことはできないのです。

とりあえず、休暇がてらアンバーと小旅行でもしてみようかと思います。フロリダも候補地の一つよ。可愛い坊やたちにも会えたら嬉しいです。

あなたたち家族の健康と平安を祈って　シェリル

一九五四年・ハワイ州オアフ島

「ママ、なに読んでるのー？」

机から半分顔を覗かせた男の子の、ヘーゼル色の瞳が好奇心いっぱいに見開かれている。

すっかり気持ちが過去へ遡っていたから、彼が現実の存在なのか、なかなか実感がわかない。

レベッカは机の上に頬を乗せ、真横から彼と真っ直ぐに目を合わせてみる。ふふふふ、とこの世の可愛らしいものすべてを丸くして転がしたような笑い声に、頭より先に、胸の奥がぎゅっと反応する。

これが愛おしさというもの、彼が甘えん坊の次男で、自分がまぎれもなく彼の母親なのだと、ゆっくりと確信する。ぷくりとした頬を指でつつくと、ラルフも同じことをしようと、レベッカの頬に小さな手を伸ばしてきて、この上ない幸福感に包まれた。

「フロリダから持ってきた、昔のお手紙だよ。ママが一緒にお仕事をしてたお友達からのね」

「まりっさ？」

「うん、マリッサからのもある。あとエステルとシェリル」

「だあれー？」

「もう覚えてないか。彼女たちと会ったときは二歳くらいだったもんね。君はみんなに可愛がられて、それぞれのお家のお姉さんやお兄さんにもたくさん遊んでもらったんだよ」

「ねぇこれよんでー」

ラルフが差し出したのは、エステルがエリザベス・クレイトン名義で挿絵を手がけた絵本だった。じわじわと人気が出ているようで、ここハワイ・オアフ島の書店でも見かけ、第二弾も決まっていると聞いた。愛娘のソフィーはすでに読者の対象年齢を超えているが、いまだに母親が『ふしぎ森のグレーテル』と共に、この話題の本を手がけていることを知らないらしい。レベッカも、自分の家族には教えていない。赤狩りの嵐が吹き荒れる本土から遠く離れているとはいえ、ここは海軍基地のただ中で、将校である夫のウィルは、かつて数回しか会っていないエステル夫妻のことを「君の共産主義者の友達」と呼び、彼らの話題を敬遠していた。

時計を見ればすでに五時を回っている。古い手紙の整理をしていたら、すっかり時間を忘れてしまった。

「ごめん、ラルフ。ママは夕食の支度があるから、お兄ちゃんに読んでもらって」

「お部屋にいないもん」

「まだ？　今日はパパが帰ってくるから早めに戻るように約束したのに」

幼児の頃はラルフと同じくらい甘えん坊でおとなしかった長男のエリックは、小学校にあがってからは、すっかりやんちゃな少年に成長した。母の言いつけを聞き流す一方で、朝鮮戦争の開戦以降、一年の半分は海の上か海の向こうにいる父親を、憧れの、そして唯一絶対の存在と捉えている節がある。

ポークチョップをオーブンに入れ、マッシュポテトと野菜スープができあがったところで、ようやくエリックが帰宅した。約束より遅い帰宅を叱ると、近所の仲良したちとの「戦争ごっこ」の決着がなかなかつかなかったのだと言い訳をする。

「ママは乱暴な戦争ごっこは嫌いだって言ったでしょ。どうして隠れん坊とか水泳とか、もっと平和な遊びができないのかな」

「でもほんとは僕が勝ったんだよ！　なのにハリーが飛行機と一緒に石を投げてきて、陣地を壊しちゃった。ジャップみたいにずるいんだ」

八歳児の話の通じなさに小さく苛立っていたところへ不快な単語を耳にして、レベッカは一瞬で沸点に達する。

「その言葉は二度と使わないって、前に約束したよね!?」

このハワイの地には多くの日系人がいて、ウィルの部下や、学校のボランティア活動で親しくなった人もいる。子供とはいえ、こんな差別語を許すわけにはいかなかった。

「でもダニーのおじさんの船はパール・ハーバーで日本軍に沈められたんだよ。ずるしていきなり攻撃してきたんでしょ。先生も卑怯だって言ってたもん！」

「ヨーロッパでテキサス大隊を救った勇敢な兵隊さんたちだって日系人だったでしょ！ジャップというのは日本人の血を持つ人をみんなまとめて侮辱する、愚かで乱暴な言葉なの。パパの仕事仲間にも、ママのお友達にも日系の人がいるんだから、その人たちが傷つく言葉を使わないでとお願いしてるの！　わかる!?」

エリックの、不満そうにこちらを睨みあげてくる顔が心底憎たらしくなって、レベッカはほとんど怒鳴っていた。

脳裏には無数の矢印が、泡立つように現れては増殖していく。矢印はあの小さな島国を目指して一斉に飛び立ったかと思うと、鋭角に方向転換して、レベッカの方へ真っ直ぐに向かってくる。「ギゼンシャ！　ギゼンシャ！」と耳障りなエンジン音を立てながら。

「おいおい、愛しの我が家で怒鳴り声とは穏やかじゃないなぁ」

庭へ通じる格子ガラスの扉の背後に、夕陽を受けて反射する光の柱のように、夫のウィリアム・ラドフォード少佐が立っていた。

彼が白い海軍帽を傾けキッチンに入ってきた途端、エリックがほとんどタックルをするようにその腰の辺りへ飛び込んでいく。

「パパー!!」

「んん？　誰だこの子は。うちの坊主はこんなに大きくなかったはずだぞ？」

ウィルは軽々とエリックを抱えあげると、頬に鼻を押し付けるようなキスをした。

「なんてこった！　この匂いはエリックじゃないか」

居間で騒ぎを聞きつけたラルフも「きゃー」と叫んで、父の元へとことこ駆け寄っていく。

ウィルはもう片方の手でラルフも抱え上げ、息子二人に交互に頬擦りする。黒と金の肩章を付けた真っ白い制服は、夫の逞しい体にこれ以上ないほど似合い、彼そっくりな子供たちは、父の力強い腕の中でどこか誇らしげだ。

「おかえりなさい」

「会いたかったよ、奥さん」

「私も」

口元に軽く触れるつもりが、唇で唇を覆うようなキスをされる。

かつて体中が満たされた夫のぬくもりを、どこか他人のそれのように感じてしまう。久しぶりだから、というだけではないことは、自分が一番よくわかっている。早く過去から醒めなければ。

「ほら、二人もママにキス攻撃だ」

促された子供たちが父に抱えられたまま上体を伸ばし、チュッチュッと音を立てながらレベッカの頬を濡らした。二人がいつもこんなふうに素直で天使のようだったら、育児はどんなに楽しいだろう。

　夕食の席でも、子供たちは父にまとわりついて離れようとせず、食事も疎かに、競うように話しかける。口の達者なエリックがラルフを遮って話題を奪ってばかりいるので窘めると、当然のように聞き流された。ウィルは息子たちのおしゃべりに大袈裟なくらい驚いたり感心したりして、合間には浮上した潜水艦の上から見えたイルカの群れや、補給に立ち寄った日本での奇妙な風習なんかを、面白おかしく話してくれる。

　少し焼きすぎたポークチョップを、皆が半分ほど皿に残していた。子供たちはどれだけ言ってもコーン以外の野菜はほとんど食べないから、茹で野菜を盛った大皿の中身はまったく減ってないように見える。我ながら塩を入れすぎたスープを我慢して最後のひと匙まで飲み、レベッカは肩から両腕の先がずしりと重たくなるような疲労感を覚えた。いつまでたっても、家事も育児も苦手だ。

「ごめんなさい、あまり美味しくできなかった」

「いや、うまいよ。でもごめん、ランチが遅かったからあまり腹がへってなくて」

　そう言いながら、夫が料理の後味を消そうとするかのようにひっきりなしに赤ワインの杯を空けているのを、レベッカは気付いていないフリをした。

「デザートはチョコレートアーモンドアイスを買ってあるから」

「いいね！　みんなへのプレゼントを開けながら食べよう」

　その言葉を合図に、子供たちはフォークを放り出して居間へ駆けて行く。レベッカは「最後までちゃんと食べなさい！」といつものように怒りたくなるのを、ぐっと堪える。

　ウィルが日本から持ち帰ったプレゼントは、エリックに潜水艦、ラルフには戦闘機の、薄い鉄板でできたおもちゃだった。子供たちは歓声を上げ、さっそくソファを戦場にして遊び始める。確かによくできたミニチュアだ。

「あのねぇ、ママは戦争ごっこが嫌いなんだって」

エリックはまるで告げ口するように、横目でレベッカをちらりと見ながら父に耳打ちする。

「女の人は綺麗なものとか可愛いものが好きなんだよ。こういう物のかっこよさは、男じゃないとわからないんだよなー」

言いながら、ウィルはエリックの潜水艦を手に取ると、船底に隠れたゼンマイを回してみせた。小さなエンジンが駆動するような音に、思わず皆で耳を澄ます。

「これ、水に入れたらちゃんと進むの⁉」

「そうだよ、すごいだろ。エリックは、いつかパパみたいな潜水艦乗りになるんだもんな」

「ぼくもー！」とラルフ。

「お前は戦闘機乗りになるって言ってたじゃんか。潜水艦は僕の！」

子供たちの攻防戦は、今朝念入りに掃除機をかけたカーペットの上へ戦線を移し、ウィルはそれを横目に、そっと赤い包み紙にくるまれた箱をレベッカに差し出す。

「可愛い奥さんには、これ」

開けてみると、綺麗な木の箱に入った二つの扇子だった。一つには日本の民族衣装を着た女性が、薄ピンクの花の咲く木の下に佇んでいる絵、もう一つには頂上が白く雪を被った、青灰色の高い山と不思議な形の建物の絵が描かれていた。

「木と紙でできてて、絵は手描きなんだってさ。綺麗だろ？　この山はフジといって、日本を象徴する山らしい。手前にあるのは仏教の寺院だよ。この女の子はゲイシャという女性のエンターテイナーで、パーティーのときなんかに伝統的な歌や踊りを披露するんだ」

とても緻密で鮮やかな絵だった。子供たちのおもちゃといい、日本には腕のいい職人が多いのだろう。衣装の柄は高貴で美しく、色合わせもデザインも西洋とはまったく違う感性だと思う。ファッション好きのマリッサが見たら、とても興味を持ちそうだ。キョウや日系の元同僚たちは、こうしたものにきっと幼い頃から触れていたのだ。懐かしい黒髪の面々が浮かび、レベッカは知らず微笑んでいた。

「すごく素敵。ありがとう、大事に飾るね」

レベッカの言葉にウィルは満足そうに頷いた。

「そうだ、君はスタジオ・ウォレス社にいたとき、馬の漫画映画を作ったと言ってたよな？」

「『ニーノ』のこと？　私が描いたのは主人公の馬じゃなくて、悪役の狼だけど」

ウィルがレベッカの昔の仕事に関心を持つことは珍しい。出会ったときから「カールキャットの短編は一度観たことあるけど、漫画映画は子供向けだろ？」と言っていた。

「そうそう『ニーノ』だ！　日本でちょうど上映してたんだよ。日本語で『コーマモノガリ』とか何とかってタイトルで、すごい人気なんだってさ」

レベッカは夫の精悍な顔をまじまじと見つめ返す。驚きのあとに、ゆっくりと彼の一語一語が意味を結ぶ。

「コーマモノ……？　え？　あの『ニーノ』を、日本で？」

「そうだよ。〝コーマモノガリ〟は単純に仔馬の物語って意味らしい。トーキョーの中心地にある映画館で、親子連れがたくさん並んでた。写真を撮ってくればよかったな」

日本人も映画を観るの？　日本にも馬はいるの？　アメリカのより小さいの？　子供たちの

重なる質問、それに答える夫の声も、こもった耳から少しずつ遠ざかる。代わりに、微かなコンガの音楽が、どこからか聞こえた気がした。
「親子って……日本人の子供も、大人も、観てるってこと？　みんな、あの映画を楽しんでくれてるの……？」
自分の声さえも、壁越しに聞く他人のもののようだ。
日本の人々は、首都を焼き、新型爆弾を二つも落としたアメリカ合衆国とその国民を憎んでいるはずではないのか。アメリカ製の漫画映画なんて、観るのも嫌だと思われたって仕方がない。
「映画館には入らなかったから見てないけど、きっとそうだと思うよ。日本語の歌まで作られてるくらいだから。残念ながらレコードは売り切れてたけど、通訳に歌詞を英訳してもらった。君は興味があるかと思ってさ。ホラこれ」
渡された紙片には、お手本のようなきっちりしたアルファベットで、詩が書かれていた。
——仔馬のニーノは春が好き　お花きれいでいい匂い
——仔馬のニーノはママが好き　優しい声で歌ってくれる
——仔馬のニーノは友が好き　リス、ブタ、ひばり、遊ぼうよ
——仔馬のニーノはパパが好き　賢く強い草原の王者
レベッカは、体の奥から胸を震わせてこみ上げてくるものを、抑えられなかった。
この歌を作った人も、歌う人も、『ニーノ』を大好きなことは、疑いようもない。
いつしかレベッカは心の中で、声をかぎりに彼を呼んでいた。
まるでほんの数ヶ月前の出来事のように、体も心も、たちまちあの夜の、バーの片隅に流れ

ていた時間の中へ還っていく。

あれは秋の終わりだった。でも季節なんてまるでないようなものだった。対日戦勝記念日《VJDAY》となった八月一四日から続く勝利の狂騒は、真夏のかげろうにも、水の中の浮遊感にも似て、長くロスの街と人々を覆っていた。

帰還したばかりのロニーや、他に従軍していたスタジオの仲間たちの無事を祝い、皆でダウンタウンのバーに集まった。夜も浅いうちから、店に入りきれなかった人々が、入り口を幾重にも取り巻くほど混雑していた。でもレベッカは、虫がたちまち光源に吸い寄せられるように、賑わうバーカウンターの一番奥に佇むアレックスを見つけた。刹那、二人の視線がぴたりと合った。

「やあベッカ、しばらく見ない間に背が伸びたか?」

三年という時間を飛び越えて、先月も会ったかのような気さくさで、あのときアレックスはレベッカに向けて両手を広げた。いたずらが成功して、ポーズを決めるカールキャットみたいだった。

軽口で返そうとしても、思いが溢れて何も言葉が出なかった。気付けばアレックスに力強く抱きしめられ、そのまま自然に頰をくっつけた。彼の肌の熱さに、嗚咽が漏れそうになるのをなんとか堪えた。彼の隣に立つライラの、そしてレベッカの手を握る、ウィルという婚約者の存在を、一瞬忘れた。世界がひっくり返り、また新たになって、生き生きと動き出したようだった。アレックスを前にすると、周りの風景ばかりか心まで、くるくるとカラフルな色に彩られて弾んでしまう。そのことに、レベッカ自身が一番戸惑っていた。

「ベッカ、そろそろ僕らのことも紹介してくれよ」

「ああごめんなさい、こちらアレックス・ベイリーと奥様のライラ。アレックスはスタジオ・ウォレスで私に作画を、一から教えてくれた、いわば師匠みたいな人なの。そして彼はウィリアム・ラドフォード……」

「ベッカの婚約者のウィルだ。会えて嬉しいよ、アレックスは海兵隊だって？」

「第四師団二五連隊。そっちは？」

「海軍潜水艦部隊――お互い、あの地獄の太平洋を生き抜いたんだな」

「俺たちの幸運に、乾杯」

ビール瓶を強く合わせた二人は、身長は優に七インチは違うが、同じ黒髪で、目鼻立ちもどこか似ていた。そのことにライラが気付くのではないかと、レベッカは人知れず焦っていた。

「にしても驚いた。ベッカに婚約者だって？　小学校を卒業したばかりかと思ってたら」

「慰問協会のダンスパーティーで彼女を見たときは僕も驚いた。子供がカクテルを飲んでるぞってね」

「二人とも、いい加減にしないとぶつわよ？」

「ごめんごめん冗談だよ。僕の子猫ちゃんは毛を逆立てても、とびきり可愛い」

ウィルがキスしてきそうな気配を感じ、レベッカはさり気なく体を離した。その時のウィルの不思議そうな顔だけでなく、実際には見ていなかった、アレックスの表情まで覚えている気がする。

真夜中を過ぎても、帰還兵とそのパートナーたちの馬鹿騒ぎは終わりそうもなかった。バーのフロアいっぱいに、コンガ・ダンスの列が連なり、次第にテンポアップする音楽の合間に、時おり椅子が倒れたり、誰かの嬌声、ガラスの割れる音が混じった。エステル夫妻やシェリルは、子供たちの待つ家に早々に帰宅し、マリッサは泥酔したロニーをずっと介抱していた。ライラとウィルは、それぞれの友人たちとカウンターのそばでずっと話し込んでいた。

「もうスタジオに戻る気はないのか？」

タバコの火を分け合いながらアレックスに問われ、レベッカはついにこの瞬間が来てしまったと思った。彼との再会を心待ちにしながらも、恐れていた所以だった。

「原画からずっと外されて、等級も下げられて……挙句の果ての解雇だから。もうスタジオには私が戻る場所はないし、ウィルと結婚したらロスを離れることになる。それに……」

本当はあの場所で頑張り続けることに疲れてしまったのだと、アレックスにだけは言えなかった。

来る日も来る日も、まるで面白みを感じられない政府のプロジェクトで、中割りやクリーンアップの作業ノルマをこなすのにも、一方で、レベッカより実力の劣る男性アニメーターたちが、どんどん重要な役割に抜擢されるのを、傍でただ眺めているだけなのにも、倦んでしまった。絵の一枚も描くことのできないジュニア・コマンドーたちに、お前の価値はこれくらいだと、等級と給与を下げられ、嫌なら辞めろと軽んじられて、レベッカの心はある朝ぽきりと折れてしまった。作画机に座っても、何も創造的なものが描ける気がしなかった。

アレックスを驚かすようなものを創ることもできず、四人で約束したように、例の企画に向けて自分の持ち場で踏ん張ることもできず、スタジオで描き続けるのだという意志に、心と体がついていけなかった。代わりに憂さ晴らしをするように、夜ごと軍人慰問協会が主催するパーティーへ、美術学校時代の旧友と繰り出すようになった。何人もの、名前も顔も覚えていない兵士たちと酒を飲み、踊り続けた。

ついに解雇を言い渡されたときは、もう悔しいという気持ちすら起こらなかった。同じ目に遭っても、「ぜったいに戻ってくる」と奮起したシェリルやエステルほど、レベッカは強くなかった。解雇通知と前後するように、ウィルから「一緒に世界中の海を巡ろう」とプロポーズされた。愛の喜びを感じる前に、これで自分を含め、誰もが納得する理由でスタジオを辞められる、と心から安堵した。かつて受け取った不採用通知の、〝結婚・出産などで数年内に退職することになる女性〟という呪いからは、とうとう逃れられなかった。

そんな卑怯で情けない心持ちを、アレックスに気付かれるのが、レベッカは何より怖かった。きっと彼は戦場で、再びアニメーションを描くことにずっと焦がれていただろう。たとえ面白みのないプロジェクトでも、レベッカの立場に立てるのなら、どんな屈辱にも耐えてみせたはずだ。

(私が逃げたと思わないで、私に、私の弱さに、失望しないで)

「……それに、会社の方針とか、自分が作ってきたものとか、何が正しかったのか、わからなくなってしまって。トーキョーの空爆や、あの新型爆弾の投下が成功したというニュースを聞いたとき、スタジオの皆は『空の覇者』の通りになったと手を叩いて喜んでたの。でも、私はどうしても一緒に笑えなかった。あの下でたくさんの人が死んだってことだから……」

すべては後付けだった。ニュースを聞いたとき、確かにキョウや日系の同僚たちを思い、小さな罪悪感はあった。だがそれは、続く日本降伏の報への喜びに、たちまち押し流してしまえるほどのものだった。結局のところ、レベッカは上層部に命じられるままに、与えられた仕事をこなし、日本へ向かう矢印を描いていただけなのだから。

「だけどスタジオを離れても、きっとエステルみたいに描き続けて……どうかした？」

アレックスはぼんやりとレベッカの背後の暗がりに視線を彷徨わせ、レベッカの言葉はまるで耳に入っていないようだった。必死で隠してきた嘘の不快な匂いを、もう嗅ぎとってしまったのかと、レベッカは焦った。

「彼らは、〝死〟に向かってくるんだ」

「え？」

「生き残るために戦っていた俺たちとはまるで違う。そして死の寸前まで、俺たちを道連れにしようと……日本人の、あの目がずっと頭から離れない。目を瞑っても無駄だ。彼らの飛び散った肉片や血と一緒に、俺の瞼の裏にこびりついてしまった」

アレックスの口元が震え出した。強ばった顔は、ほとんど笑っているようだった。

「顔の半分が吹っ飛んでいるのに、憎しみの籠った瞳が、俺を見つめてる。こっちを見るな、こっちへ来るなって――俺は銃を撃ち続けた。顔が潰れて目元が見えなくなるまで撃った。怖かった。ただ怖かったんだ。生き残るために、殺し続けるしかなかった」

「アレックス、ここはもう戦場じゃない。大丈夫だから」

言いながら、全身を震わせてどこも見ていない彼と、彼の恐怖そのものが、レベッカは恐ろしかった。

背中をさすろうと伸ばした腕を、アレックスにすごい力で摑まれた。二の腕に太い指が食い込んで、呻き声が出そうになるのを、辛うじて堪えた。

「ベッカ、あの爆弾のお陰で、俺は再び地獄へ行かずに済んだ」

ゾッとするほど平坦な声だった。

身体はダウンタウンのバーにありながら、遠い戦場を見つめたままの黒い瞳が、レベッカのそれに触れそうなくらい間近で、忙しなく揺らいでいた。

「もし日本が降伏しなければ、俺たちの部隊は、本土南側からの上陸作戦に向かうはずだった。軍のラジオで爆弾投下の成功を告げる大統領声明を聞いたとき、俺は、俺たちは、その場にいた誰彼構わず抱き合った。信じてもいなかった神とやらにだって感謝した。『主よ、日本人たちに天罰を与えてくれて、ありがとうございます』とね」

「あなたがそう思うのは、当たりま……」

「街なんだよ、ベッカ！　何万人も暮らしてた二つの街が、あの爆弾で一瞬にして壊滅したんだ。向こう百年は人が入れないくらいに汚染されて。あそこには、きっと誰かの母親がいて、老いた祖父がいて、大事な恋人がいて、何も知らない子供たちがいたんだ！　あの日、俺たちが喜びで抱き合っていた瞬間にも、そういう人たちが、何が起こっているのかもわからないまま、鉄を溶かすほどの熱で焼かれて死んでいったんだ！」

増殖する矢印が小さな島国を覆い尽くす。そこへ向かえ、奴らを殺せ、全滅させろ。

炸裂する爆弾の下で、画面には敢えて描かれず、平面的に描かれた煙幕で、存在を消された人々が、黒焦げの死体となって幾重にも折り重なっている。培ってきた観察眼と、記憶を想像力で補強し、見たことのないものでも鮮やかなイメージを結べるレベッカの絵描きとしての能力が、生々しい光景を頭の中に映し出していた。

「でも……でも、わかってても俺は、あの瞬間、生涯でいちばん嬉しかった。民間人への攻撃をずっと嫌悪していたのに。あの地獄をまた見なくて済むなら、日本人が何十万人と死のうが構わなかった。あの日の祝杯のビールは信じられないほど美味くて、仲間たちの笑顔も、海も空も何もかも美しくて、世界中が祝福に満ちてるみたいだった。今だって、あの爆弾投下が成功してよかったと、あの〝恐ろしい死〟そのものみたいな日本兵たちに二度と対峙しなくて済んだと、心から安堵してる」

　止めどなく流れる涙を拭う様子も見せず、アレックスの頰も鼻も口元も、ぐちゃぐちゃに濡れていた。でもその顔の上には〝虚無〟があった。かつて描くものと同じくらい表情豊かで、全身が生命力に満ち溢れていた彼が、一瞬で何十歳も老いてしまったようだった。再会のときのアレックスは、まるでカールの被り物を付けるように、笑顔を被っていたのだ。

　レベッカの二の腕を、指が食い込むくらい摑んでいた手が、急速に力を失い、滑り落ちた。

「俺は変わってしまった。もう永遠に戻れない――」

「……ごめんなさい、こんな、あなたに思い出させるつもりは……本当にごめんなさい……」

　自分のつまらないプライドが、アレックスの中の耐え難い苦しみを掘り起こしたのだ。レベッカは罪悪感と恥ずかしさで消えてしまいたかった。

　そして皮肉にも、そんなアレックスを通じて、『空の覇者』のアニメーションの煙幕が覆った現実が、レベッカの言い訳じみた義憤など寄せ付けないほど、その想像の何百倍も残酷なものだったことを、悟った。

　コンガの音楽がますます激しく陽気に、深夜のバーに響き渡り、誰かのけたたましい笑い声が、店の隅に凝《こご》った闇を見つめる二人に、追い討ちをかけるようだった。

　あのときレベッカはアレックスに触れることもできないまま、歯を食いしばり、涙を堪えた。自分の犯した二重の罪を、涙なんかでぼやけさせはしない、という一心だった。

結婚しロスを離れたあとも、レベッカは四人で創ってきた物語のための絵は描くつもりだった。スタジオの作画机がなくたって、当然のように描き続けられるものだと思っていた。レベッカはこれまでの人生のほとんどを、ひたすら描いて過ごしてきたのだから。

だが何度描いても、レベッカの線が再び命を宿すことはなかった。鉛筆は紙の上を思い通りに滑ってくれなかった。ショックは大きかったが、スタジオから逃げた挙句に、アレックスまで苦しめた自分への、これが罰なのかもしれない、と思ったりもした。あれほど鮮明だった、翼ある馬を駆る少女のイメージも、次第にぼんやりと霞んでいった。

慣れない家事に悪戦苦闘するうちにエリックが生まれ、休む間も無く育児が始まり、士官の妻の勤めとして、ボランティアだのチャリティーパーティーだのにもしょっちゅう協力しなければならず、気の休まることがなかった。結婚も出産も周囲の母親たちに比べて遅かった分、加齢と共に気力と体力はますます落ちて、ちょっとした絵を描く元気もなくなった。やがて朝鮮半島で再び戦争が始まり、ウィルが出征した。ちょうどラルフの妊娠と重なり、独りで二つの命を守らねばならない不安の中、レベッカは毎日を乗り越えるだけで精一杯だった。追い討ちをかけるように父が亡くなり、心身ともに弱り果てた母は、シアトル郊外の兄の家に移った。レベッカが生まれ育った農場は、とうとう人手に渡ってしまった。

そうしている間にも、マリッサはますますキャリアの高みを駆け上がり、エステルとシェリルは赤狩りなどという愚かな政争に翻弄され、四人の企画も理不尽に棚上げされていた。レベッカは彼女たちの身を案じ、手紙だけは書き続けたが、ロスからも基地の外の社会からも長く離れ、独身の頃のように自由にできる自分だけの金もなく、何より、自分以外にも守るものができた身では、スタジオにいた頃よりもずっと無力な気がした。

シェリルの解雇であの企画が実質的に封印され、レベッカにはもう自分の絵を描く目的がなくなった。目的がなければ描けない時点で、絵描きとしてのレベッカは終わったのだと思う。朝鮮戦争が終わり、穏やかな生活を取り戻しても、気付けば子供に請われたときしか絵を描かなくなっていた。カールキャットもフレッドフラッフィーも、あるいは近所の犬だって、レベッカの鉛筆はまだ、本物を写すことは難なくできた。そこに魂がなくても、それは子供たちにとっては十分に「上手い」絵だった。

だが当時は「ママに描けないものはないんだね！」と喜んでくれたエリックも、もう〝おえかき〟に戦争ごっこや野球ほどの興味は示してくれない。ラルフの成長と共に、これからますます描く機会は減っていくのだろう。レベッカはいつしか、ウォレスや他のスタジオが作った漫画映画を観ることすら、辛くなっていた。そんなふうに、描くことと少しずつ縁を切る日々がただ続いていき、その先には、過去の自分も情熱も、遠い幻のように感じる瞬間が待っているのだと思っていた。久しぶりに帰還した夫から、『ニーノ』の日本公開の話を聞くなんて、夢にも思っていなかった。

「あれぇ？　ママが泣いてるー！」

「レベッカ、大丈夫か？　君があの映画にそんな思い入れがあったなんて、知らなかったよ」

「なんでもないの、昔のことを色々思い出しちゃっただけ……」

レベッカはただ、遠いあの日の、アレックスと自分に教えてあげたかった。

描かれた攻撃の矢印の的となり、巨大爆弾の煙幕の下にかき消されていた人たちが、未来では焦土からゆっくりと立ち上がり、私たちの映画を観てくれているのだと。こんな優しい歌を歌いながら、私たちが創った命を、好きになってくれるのだと。眩しげな笑顔でスクリーンを見上げながら歌っている日本の人々のイメージが、レベッカの中で確かな像を結んでいく。

映画ひとつで、戦争の傷跡が癒されるわけじゃない。長い戦いに敗れたあの島国には、今も絶望や悲しみ、怒り、憎しみが降り積もったままだろう。合わせ鏡のように、この国でも帰還兵や戦死者の遺族の心の中に、日本と日本人への憎しみ、戦争に蝕まれた傷が残ったままだ。アレックス自身の恐ろしい記憶や罪の意識も、レベッカが『空の覇者』に携わった事実も、この先も決して消えることはない。

でも、レベッカたちが描いた命《アニマ》は、日本の人々に届き、ほんのいっときでも、彼らの心を動かしたのだ。

それは、祈りが届いたということと、同じなのではないだろうか。

スタジオの幾百の作り手たちが、何年も心血を注ぎ、作品という形へ結晶させた、「観る人皆が幸せな気持ちになるように」という、尽きることのない祈り。アレックスも心から願っていたはずだ。きっと、今も。

「ママ、いい子いい子」

自分を慰めるときの母親の真似をして、ラルフが短い腕をいっぱいに伸ばしてレベッカの頭を撫でてくれる。エリックはアイスクリームをこんもりと盛った小皿をレベッカの前に無言で差し出してきて、思わず吹き出してしまった。

「こんなにいっぱいママ一人で食べたら、みんなの分がなくなっちゃわない?」

「……いいよ、僕とラルフは一人分を分けるから」

兄の言葉に「えー」と抗議の声を上げたラルフに、エリックは「お前にはちょっとだけ多めにやるから」と早口で囁いた。

「ママの涙を拭くのはパパの役目だと思ってたのに、すっかりお株を取られたなぁ」

ウィルが心底感心した様子で言う。レベッカも同じ気持ちだった。

ときに憎たらしく、苛立ってしまうことも多いが、子供たちはこんなにも思いやりの深い子に育ってくれている。

ロスを離れるのと一緒に、〝大事なものを置いてきてしまった〟という感覚がずっと拭えなかった。でも描くことと引き換えにしたと思っていた人生の、その大事な実りも、何にも比べようもないものなのだと、レベッカは喜びと共に実感する。

（描きたい）

今この瞬間を。我が子たちがこうして見せてくれる、忘れかけていた美しい命のかたちを。

〝スタジオで再び〟や〝アニメーターとして〟などといった現実的な希求とは違う、レベッカの本能からの衝動だった。握った鉛筆が紙の上を滑り、少しずつ頭の中のイメージを描き出していくこの上ない感触、計算し尽くした動作の連続が、確かに命を宿したときの感覚。それらを体が鮮明に思い出し、心臓までぶるりと震えるようだった。

「みんなありがとう。大好きよ」

二〇XX年十月・東京

「渡辺さん、この度は本当にすみませんでした」

キャラクターに因んでフレッドと名付けられた中会議室で、山野と真琴が頭を下げると、渡辺はいやいや、と手を振って、いつでも笑っているような細い垂れ目をさらに細めた。田丸が言った通り、渡辺はその実績と年齢のわりに偉ぶったところがまったくなく、本当に話しやすい人だった。

「気にしないでください。本国で作れるなら、あの作品にとっても何よりじゃないですか。個人的にもどんな映画になるのか楽しみですよ」

「そう言っていただけると……むしろ渡辺さんがすぐにリアクションをくださったから、本国も背中を押されたというか、焦って腰を上げたんじゃないかと」

山野の言葉に真琴も深く頷く。感触を聞くだけだったはずが、真琴たちの企画にすぐに乗り気になってくれた渡辺も、彼がＨＥＲＳＥＡ作品のアニメ化にあたり候補に挙げた制作会社も、日本支社の本気を示すに十分な実績を持っていた。渡辺はカンヌ国際映画祭のアニメーション部門とも言えるアヌシー国際アニメーション映画祭で審査員特別賞を受賞した映画のプロデューサーであり、制作会社はかつて、アニメーションのアカデミー賞と呼ばれるアニー賞のインディペンデント作品賞にノミネートされた作品を手掛けていた。

あのビデオ会議で、そうした詳細を含めてプレゼンテーションをしたら、スミスさんたちから、まずはスタジオ部門の意向を聞いてみるように、と慌てて諭されたのだ。

「前にマコトに話した通り、現役のアニメーターの中には、うちのアーカイブでＨＥＲＳＥＡたちそれぞれの仕事を熱心に参照してきたスタッフたちがいるんだ。知らない間に日本のクリエイターに彼女たちの企画を進められてしまったら、きっと悔しがるだろう」

「なるほど……」

山野がスミスさんとスクリーン越しに会話しながら、こちらへ確認の視線を送ってきたので、真琴は小さく頷いた。

「承知しました。あちらの意向を確認するにあたり、私たちは、というか日本のどの部門も、スタジオ部門とは直接の接点がないのですが、スミスさんからお繋ぎいただくことは可能ですか?」

「喜んで！　何人かのスタッフはすでに絵の鑑定を手伝ってくれているし、チーフ・クリエイティブ・オフィサーのフラビオにも早速話してみるよ」

本国確認というのは並《な》べて時間がかかる。普段接点のない、そしてウォレス社の本丸ともいうべきスタジオ部門預かりとなればなおさらで、展覧会のPR企画としてスケジュールに間に合わせることはおそらく難しいだろう。真琴も山野も腹を括ったが、巡り合わせだったのか、ハーシーたちの作品の力か、一ヶ月も経たないうちに、アニメーション部門の開発マネージャーから「HER SEAの企画について」という件名のメールが来た。

——まずは日本チームのすばらしい発見を、心から讃えさせてください。そして彼女たちの遠い継承者の一人として、最初に絵を見つけてくれたマコトへ、心からの感謝を。この偉大な遺産が見つかったことは、アニメーション部門全体にとっての福音です。

スミス氏から、あなたたちの野心的なPR企画について伺いました。ワタナベ氏のチームが意欲も実力も十二分であることは、疑いようがありません。しかしながら、今回は私たちに、とりわけ若手スタッフたちに、アニメーション化の最初のチャンスをもらえませんか?

実はスタジオ部門では、『マジック・プレミア』内で若手の育成を兼ねて、配信オリジナルの短編シリーズを制作していく予定なのです。ジュニアスタッフたちを中心に、作品ごとにチーム編成し、経験豊富なシニアスタッフがアドバイザーとなり、五分程度の短編をゼロから制作させます。すでに三本、開発に着手しているのですが、その中の一チームが、短編完成後に本件の担当をしたいと手を挙げています。

アドバイザーのブレンダは、開発チーフとして一〇年前に入社した頃からマリッサの熱心な信奉者で、スミス氏の調査にも協力していて、HERSEA企画の映画化についても内々に検討を始めていました。そして彼女が支える若手チームは、才能溢れるディレクターのシルヴィアを始めとする、女性スタッフが中心のチームなのです。彼女たちの短編はリールの試写段階から、社内では大きな評判になっていて、長編化の検討もあるくらいです。意欲と能力を十二分に備えた新たな〝海の一滴たち〟へ、この光栄な制作機会を譲っていただけましたら幸いです──

「アーカイブは基本的にアニメーション部門の資産ですから、開発の権利を主張して当然と言えば当然なんですが、マネージャーの方がすごく丁寧なメールをくれたんですよね」

真琴にとっては残念がって然るべき内容なのだろうが、名指しの感謝を読んだときは、やはりドキドキするほど嬉しかった。

〝海の一滴たち〟というフレーズが、HERSEAをかけていることは、真琴も山野もすぐに気が付いた。よくよく見れば、件名もHER SEAとわざわざ間にスペースを入れて書かれていた。彼女の、彼女たちの、海。その言葉の響きが、今も真琴を捉えて離さない。

渡辺は次のアメリカ出張で、『マジック・プレミア』部門との会合のあと、アニメーション部門やアーカイブ部門も見学させてもらう予定だと言う。

「アニメに携わるものとして見逃せないですし、ぜひみなさんにご挨拶したいですから。にしてもブレンダ・チャドウィックといえば、ウォレス初の女性ストーリー監督じゃないですか。彼女の『キング・マックス』、僕も息子も大好きなんですよ。彼女がＨＥＲＳＥＡの作品を手がけるかもしれないなんて、ドラマチックの極みだなぁ」

「あちらのプロデューサーによると、彼女たちの制作の過程を追いかけたドキュメンタリーの企画込みでプロジェクトを動かそうとしてるみたいです。従来ならＤＶＤの特典映像になるようなコンテンツも、どんどん配信に乗せていく方針らしくて。実際ドキュメンタリーのようなロングテールの番組は、先行する欧米市場では配信サービスとの相性がいいという分析があるそうですし」

「さっすが抜け目ないですねぇ。まあ日本は日本で、しっかり展覧会で無料視聴キャンペーンを張らせていただければ。日本オリジナルの大型シリーズや映画もいくつか企画が動いてますんで、プレス・リリースの際にはまたぜひ相談させてください」

「はい、今後ともよろしくお願いします！」

　映像化の可能性があることを確認できた時点で、真琴たちは大田原の判断を仰いでいて、無料視聴キャンペーンは彼女の指示によるものだ。衛星放送局『ウォレス・テレビ』開局時のマーケティングを統括していた大田原は、真琴たちの企画を承認した上で、『ウォレス・マジック・プレミア』の無料視聴特典を来場者向けに付けてもらいなさい、と助言してくれた。引き換えに、こちらは東京での凱旋時に、新規加入者向けの展覧会招待券を用意する。広告代理店を交えて、ほかにも共同施策をいくつか検討していく予定だ。日本支社が指揮を執っての映像制作は叶わなかったが、展覧会と配信事業とのコラボレーションという方向性は、そのまま続行させることになっている。

そうしたPR施策が八割ほど固まった頃、ダニエル・ウォレス・レガシー・ミュージアムの倉庫で、ウォレス氏個人が所有していたアート作品の中に、レベッカ・スコフィールドの絵が数枚見つかったという報がもたらされた。M・S・HERSEAサインではなく、彼女本人の署名だったが、いくつかのスケッチは、明らかにHERSEAの企画がモチーフとなっているようで、真琴が最初に見つけた絵――おそらくエステルの作品と思われる――の三人の少女たちが、それぞれのアイテムを持ち、動いている鉛筆画だった。

望遠鏡を覗いている少女は、左手で土の上に何か絵を描いている。竪琴を弾く少女は、鍋のドラムセットのペダルを足で踏んでいる。そしてもう一人の少女は、馬に跨ったまま、分厚い本を読み耽っている。今にもギャロップの振動が伝わってくるようだった。『仔馬物語』の原画データの中に見つけた、画面から飛び出しそうな勢いでペガサスに跨っていたのは、きっと彼女なのだろう。

どういう経緯でそれらの絵がダニエル・ウォレス本人の所有となったのかは不明だが、サインと一緒に書かれた日付は一九六〇年となっていて、レベッカはとうにスタジオ・ウォレスを辞して、家庭に入っていたはずだった。

「彼女も描き続けてたんだね……！」

真琴の報告を受けた山野の頬は興奮で上気していた。真琴も胸が高鳴るのを抑えられなかった。

マリッサの戦後の活躍は既に広く知られており、シェリルはスタジオ解雇後に教育関係の映像制作会社を元同僚と起こしたことがわかっている。エステルも、アレンさんの仮説が正しければ、解雇後は人気絵本作家として第一線で描いていた。HERSEAの中でただ一人、アニメーションの世界から遠く離れたと思われていたレベッカが、解雇後一五年の時を経ても、現役時代に勝るとも劣らない絵を描き、アニメーションへの情熱を失っていなかったという事実が、真琴たちに説明できない高揚をもたらした。

嬉しい、とは少し違うと思う。むしろ真琴は当初、どこかで彼女たちが自分と近しい存在であってほしいと願っていた。

（でも私は、彼女たちに諦めてほしくもなかったんだ――）

スミスさんたちは、当時のスタジオ内で企画が再浮上した可能性も視野に入れ、調査を進めるらしい。一九六〇年といえば、ウォレス氏は新たにフロリダの地に巨大リゾート『ウォレス・マジック・スフィア』を建設する計画を始動させており、それ以降の数年間、新たに制作着手された長編アニメ映画は年一本程度だ。絵がスタジオではなく彼個人の所有となっていることもあり、あくまで私的なスケッチなのではないか、という見解が優勢とのことだった。ともあれこの発見を契機に、ハーシーたちのスタジオ後の活動や晩年について、より詳細を摑むため、遂にスタジオ・ウォレス・アーカイブ部門の名の下に、ソーシャルネットワークサービス上で、遺族や関係者へ情報提供を求める呼びかけが始まった。

既に見つかっているハーシー作品のほか、追加分を含めたアーカイブ部門からの貸与リストが確定し、上総大学で発見された作品群の修復も進み、ポスターのデザイン案も出揃って、いよいよ展覧会の準備が佳境に入る頃、チョウ社長からウォレス日本支社の全スタッフ宛に一通のメールが送られた。それによれば、日本支社の全派遣・契約社員は次の契約更新タイミングを以て雇用を終了すること、正社員においても、新たなレイオフ対象者には近く人事部からの連絡がある、とのことだった。以前田丸が話していた〝噂〟が、真琴にとってより残酷な形で、遂に現実となった。

メールを受信したとき、ちょうどコーポレートPRチームは全員ミーティングや外出で出払っており、真琴は何も考えられず、スクリーンセーバーの色とりどりの線画が優雅に舞い踊るのをただ眺めていた。

どれくらいそうしていたのか、けたたましく部署の電話が鳴った。染み付いた習性でほとんど無意識に取り上げると、大田原だった。

「今出先から戻って駅なんだけど、少し出てこられる？　大通り沿いのカフェで少し話しましょう」

「……でも、オフィスが無人になりますが……」

「急ぎの連絡なら直通で皆のスマホに転送されるから大丈夫。なんなら荷物を持ってきて、直帰でもOKです。今日は仕事が手につかなくなって当然だから」

真琴と違い、正社員たちは皆、会社貸与のスマートフォンを持っている。受話器を握る指にうまく力が入らず、今にも掌から滑り落ちてしまいそうだった。

「今から向かいます」

大田原はカフェの一番奥まったところにあるソファ席で真琴を待っていた。店内の客はまばらで、平年より暖かい気温と綺麗な夕陽のせいか、テラス席がほとんど埋まっていた。真琴がコーデュロイの一人がけソファに腰を下ろすと、大田原から開口一番に頭を下げて謝罪された。

「今回の件、まずは私たちマネージャーから個別に状況を伝えさせて、とお願いしてたんだけど、テッドと人事部にフライングされてしまったの。あまりにも配慮の欠いた通達で、ショックを受けたと思います。本当に、申し訳ない」

「いえ、あの……展覧会のオープニングまではいられるので、それはよかったなって……」

口に出しながら、真琴はようやく現状を認識していく。契約更新日は展覧会の公開日の翌週にあたり、仕事のヤマ場は会期前日の関係者内覧会で終わるはずだ。それ以上言葉の出ない真琴を、大田原は例の圧力の強い視線でじっと見て、言った。

「私としては、展覧会後もチームには西さんが必要だと考えてます」

でも、力及ばずでごめんなさい。でも、上の決定には逆らえないから。でも、でも——。

続く大田原の言葉は、真琴がこれまでの経験から予想した、いく通りもの言い訳とは、まったく違うものだった。

「だから、徹底的に抵抗するつもり。でもその前に西さんの意向を確認させて。あなたはこれからも、うちの会社で働き続けたい？　それともとっとと見切りをつけて、新たなキャリアを考えたい？　その場合も、希望があれば紹介できる会社は二、三あります」

真琴は大田原の説明が、すぐには飲み込めなかった。ここで働き続けたいかなんて、聞くまでもないことだ。混乱に苛立ちが混ざる。取り乱さないように、できるだけゆっくりと息を吸った。

「……てっていてきにていこう……って、会社にですか？」

「そう。元々あなたの次の契約更新のタイミングで、正社員登用したいって希望は人事にもテッドにも伝えてたの。回答が今回の通達だったわけだけど。テッドには改めて申し入れるつもりです。せめて展覧会の結果を見てからにしろってね」

良い知らせと悪い知らせと、次から次へ新たになる情報についていけない。でも暗闇に叩き落とされたようなショックから、真琴は少しずつ平常心を取り戻しつつあった。大田原を〝信じたい〟と〝信じられない〟の間で、気持ちだけがいつまでも落ち着かない。

「なんでそこまでしてくださるんですか……自分で言うのもなんですが、私は山野さんたちに比べたら、平々凡々な経歴しか持ち合わせてないと思うんですけど」

「仕事が一〇〇パーセント信頼できる、それで十分。しかも今回のHERSEAの件で、意外と大胆さも持ってる面白い人材だってことがわかったし」

PRでアニメを作ってしまえなんて、突拍子もない案が出てくるとは思わなかった。大田原は心底おかしそうな様子で続けた。

「ただ私がいくら粘っても、正直言って状況が不確かなのは変わらない。もう一つ、あなたの立場を法的に守るために、労働組合に加入するという手もあります。興味があれば、あとで加入手続きの案内を送ります」

「――うちの会社に、組合なんてないですよね？」

真琴はHERSEAの件で初めて、かつて本社で組合活動が盛んだったことを知ったくらいなのだ。日本の労働組合といえば春闘の賃上げ要求だが、個別の交渉で年俸が決まる外資系の企業には見当違いの在り方だ。さらに、社会人生活のほとんどを中小企業の非正規スタッフとして働いてきた真琴は、ふつう正社員のみで組織される労働組合そのものに縁がなかった。真琴の問いに、大田原は「作った」とあっさり答えた。

「このリストラが水面化で始まったときから、数人の有志で準備を進めてきたの。うちの組合は派遣社員や契約社員も入れるものにしてるんだけど、報復人事を警戒してたから、広く告知できてなくて、間に合わなかった人もたくさんいた。ちなみにアドバイスをくれたのは高木くん。彼の転職先って組合がすごくしっかりしてるらしいの」

もしも間に合っていたら——真琴は田丸を思う。そして会社を去った後も、こうしてよすがを残してくれる高木に、真琴は改めて尊敬の念を覚えた。

大田原は真琴の表情を別の意味に取ったのか、加入しても、組合員であることをどんな形でも公にする必要はない、と言った。

「会社側には契約交渉の席に着くときまで明かす必要はない。うちの組合が属してる業界組合の上位組織から交渉のプロが出てきてくれるし、弁護士のアドバイスも受けられる。間も無くこの組合の存在自体を公にするときは、ビデオ部門の小泉さんが代表として立つ予定」

田丸の元上司である小泉の名が、こんなところで出てくると思わなかった。真琴が勢いこんで尋ねようとすると、大田原のスマートフォンが震えた。「ちょっと失礼」と画面をスワイプした大田原は、素早く目を走らせながら、「グッド・タイミング」と邪悪な魔女のような笑みを浮かべた。

「うまく実を結んでくれたみたい。読む？」

示された画面は大手のニュースサイトで、見出しには「揺れるスタジオ・ウォレス、非正規スタッフと女性の待遇改善を求めて労働組合が大規模デモ」とあった。

記事によれば、ウォレスのアメリカ本社を始めとする、同一賃金・同一労働法を敷く各国の支社で、非正規雇用の従業員に対し正当な額の給与が支払われていないことが発覚し、さらには女性社員の平均給与額が、同じ職位・仕事内容の男性社員のそれより低いことも、社員有志が行った任意のアンケート調査でわかったとある。回答数は三〇〇〇を超える規模だったらしく、情報の信憑性は十分だった。

これを受けて、非正規スタッフを含むウォレス社員有志は労働組合を組織し、不当に低く設定された差額の給与の支払いと、今後は契約形態やジェンダーに依《よ》らず、全部門の全スタッフに公正な待遇を求める署名活動を兼ねてデモ行進を行った、とある。つい昨日のことだった。写真にはまるで休日のウォレス・マジックワールドのような、カールの耳を付けたり、キャラクターのTシャツを着たりして、色とりどりの看板を掲げた、人種も年代もまちまちの人々が楽しそうに連なって歩く光景が写っている。記者は「社のDNAか、往時の歴史的大ストを想起させる」と、以前ビデオ会議でアレンさんが見せてくれた、一九四〇年代のストライキの写真も掲載していた。

数ヶ月前に山野が〝女性〟を押し出すPRについて危惧していたような、ジェンダー差別問題の特大のブーメランが飛んできたのだ。記事はさらに続く。

「折しも近日公開予定の『ウォレス・アートの魔法』展で、再発見された女性アーティストたちの作品を目玉の一つにしているスタジオ・ウォレス日本法人。関係者によれば、シンガポールのアジア太平洋本部にビジネスを集約する中、日本でも苛烈なレイオフが進行中とのこと。非正規雇用がマイノリティや女性に偏りがちなアメリカと同様、全女性労働者の半分以上が非正規雇用の日本にあって、日本支社はどんな対応をしているのか、現在の状況について関係者に話を聞いた。

――日本法人の皆さんは本社のこの動きをどう捉えていますか？

――性別や雇用形態に拘わらず、公正な待遇は当然だと思います。展覧会チームでも女性の契約スタッフが活躍しており、重要な作品のいくつかは、彼女のお陰で新たに発見されたと聞いています。彼女の貢献に、会社がきちんと報いると信じたいですね。

――現在、日本法人ではリストラが進行中とのことですが、こういう時に起きがちな、派遣切りなどはありますか？　また、日本法人の皆さんが本社の組合に合流するなどの動きはありますか？

――（派遣切りについて）そういったことが起きつつある、とは社内で噂になっています。労働組合も最近できたと聞きました。私たちは世界中の人々へ、良質なファミリー・エンターテイメントを通してハピネスをお届けする、という社訓のもとに集まった、ワン・チームです。どこで、どのような立場で働いていいようと、同じ志を持つ同僚たちをできるだけ支えたい、応援したい、そして誰もが安心して働ける職場環境を築きたいという気持ちは、多くのスタッフが持っていると思います。」

記事の最後にはウォレス日本法人の労働組合のウェブサイトと、ＳＮＳアカウントの案内まで入っていた。

真琴は文字を目で追いながら、視界がゆっくりと霞んでいくのを止められなかった。

「……この関係者って、大田原さんですか？」

「さあ？」

続けて大田原が画面に表示したのは件の組合サイトのようで、促されてクリックした「Petition《署名》」ページには、記事が紹介していた本社デモへの連帯、そして正規・非正規問わずスタッフの強引な解雇に反対する旨が日本語と英語で併記され、署名フォームの下には一三五一と表示されたカウンターがあった。さらにその下にはエントリー番号、ニックネームとアルファベット表記の国名が並んだリストがあり、末尾に日本を表すＪＰと付いた行にはすでに五

○ほどの名前が並んでいる。リストの最後の名は１　ｏｆ　ＨＥＲＳＥＡｓとなっていた。
　ハーシーたちの一人、彼女たちの海の一滴――その名を使ったのは、きっと山野だろう、と真琴は思った。

「今日の通達とこの記事を受けて、間もなくウォレス日本法人の労働組合結成のリリースが出る。先んじて国内の信頼できる人たちと、海外支社の知り合いたちにも署名を呼びかけておいたの。カナダとアメリカの組合代表には、日本の労働環境での女性差別と派遣・契約切りの背景は説明してあったから、すぐに『もちろん連帯して協力する』と返してきてくれた」

「大田原さんの立場は、大丈夫なんですか？」

「一応しらを切るつもりだけど、少し考えれば察しはつくでしょうね。テッドは本社のシニア・バイス《上級幹部》でもあるし、バレたらまぁ、面白くはないんじゃない？」

　まるで他人事のような口ぶりだった。

「展覧会もせっかくここまでこぎつけて、チョウ社長も協力的なのに……？」

「私とテッド、そして会社との間には、利害関係はあっても信頼関係はないの。信頼は雇用契約書では結べないからね。でもテッドや上層部も、この件についての対応を間違えば、展覧会やＨＥＲＳＥＡプロジェクトのネガティブキャンペーンになりかねないことはわかっているはず。逆に言えば、うまく対応した上で、ああした社会的意義の大きいプロジェクトを利用することで、このデモで棄損された会社のブランド価値を、一気に押し上げて余りある結果を得ることも可能ってわけ」

　この人はいつから、どこまでを見越していたのだろう。

　真琴は呆気に取られたまま、頼んだことも忘れていたカフェラテに口を付けた。喉はカラカラに乾いていたが、薄茶色の液体はすっかり冷めて不味かった。何かの警告のように、口の中の苦味はなかなか消えない。

「会社からはいつ切られてもおかしくない、それは承知の上。リスクヘッジもしてある」

「どういうことですか？」

「いつでも動き出せるように、ヘッド・ハンター何人かと連絡は常に取ってる。有難いことに、管理職や役員待遇のオファーもいくつかもらってる。あなたに紹介できる会社というのもその関係」

転職先をもう確保しているなら、組合員になってまで解雇に抵抗する必要はないのでは。

真琴が思ったまま疑問を口にすると、大田原は「私に関してはそうね」と再び他人事のように平然と答えた。大田原に限っては、田丸や真琴のように、ウォレスへの愛着、あるいは執着があるようにも見えない。一番あり得ない、最後の可能性とは。

「まさか……私の解雇を止めるために、リスクを承知でわざわざ動いてくださったんですか？」

「私がそんな青臭い正義感を持った、利他的な人間に見える？」

大田原は心外だ、とでもいうように顔をしかめてみせた。真琴は大きく首を振って否定した後で我に返り、曖昧な相槌を打った。

「私の行動原理はむしろとても利己的なの。あのね西さん、私は怒ってるのよ。それこそハーシーたちの時代から何十年も変わらない、このクソみたいなゲームルールに」

勇ましい言葉とは裏腹に、大田原はゆったりと椅子に体を預けて優雅に足を組む。

「私の元同僚や同級生たちはとても有能だったのに、育児や夫の転勤やらで、キャリアを諦めざるを得なかった人が多かった。で、いま彼女たちの多くは子供たちが巣立って、もう一度思い切り働きたいって意志がある。でも一〇年以上のブランクがある四、五十代の彼女たちを、企業は決して正規で雇おうとはしない。うちの会社に限らずね。退職前のキャリアも、ケアワークの価値も完全に無視して、バカの一つ覚えみたいに〝おばさん〟にバツを付ける。結果、彼女たちの多くが能力に見合わない仕事に甘んじて、正当な対価を得て働くこと自体を諦めてる。あなたのような就職氷河期の、新卒ベルトコンベアーに乗れないまま非正規待遇に固定されてしまった人たちもだけど、人材の多いなる持ち腐れでしょう」

何世代も、何百万人にも諦めさせて。呟きに、一瞬だけ剝き出しの怒りが垣間見えた。

「私はチームでいい仕事がしたいの。それを邪魔する非効率なことは嫌い。これまでも、能力と関係のないところでスタッフの仕事を判断するような無能なマネージャーには絶対なるまいと思ってきた。私自身、そういうマネージャーに不本意な扱いを受けたことがあるしね。機会があれば必ず、マミートラックや非正規差別みたいな、馬鹿馬鹿しくて非効率な文化は潰すって決めてる。幸い私はゲームルールに従うしか能のない輩よりずっと出世が得意だし、それができる。能力は自分のものでも他人のものでも、有効に生かさなくちゃ」

大田原はまだまだ何かを企んでいるような笑みを浮かべた。

効率至上主義のように話していても、やはり大田原の根底にあるのは正義感なのでは、と思ったが、真琴は黙っていた。

ゲームルールを壊す大田原の能力の源泉は何なのか。はったりか、あるいは魔力か。とにかく真琴は、この魔女のような上司の下でもっと仕事がしたいと思った。自然と言葉が口をついて出る。

「私は今回の展覧会を、東京での凱旋開催まで、ちゃんと見届けたいです」

大田原は静かに頷いて、上体を乗り出した。

「OK。じゃあまずは、徹底的に抵抗しましょう」

「徹底的に、よろしくお願いします」

一九七三年七月・サンタクルーズ

その丘の上の小さな教会は、ひどくひっそりとしていた。

七年前にダニエルが死去したときには、全国的な主要紙が大々的に報じ、スタジオのみならずロサンゼルス市庁舎やマジックワールドにも半旗が掲げられ、政府要人もその死に言及するなど、まるで合衆国中が喪に服しているようだった。だが今、ダニエルがその才能を讃え続けた彼女の生前の偉業を知り、その死を悼んでいる人は、この教会の外にどれほどいるだろう。

牧師の祈禱のあと讃美歌の斉唱があり、ロニーが挨拶に立った。数ヶ月前に会ったときからさらに萎んでしまい、後頭部は完全に禿げていた。今日のために一時退院が許されたらしい長男のデニスは、最前列の席から忙しなく参列者の方を振り向いては、不安げな視線を走らせる。次男のカイルは三人の中で誰よりも堂々と微動だにせず、彼のまだ二十代半ばにもならない若さを思うと、それがなおさら痛ましく映る。まったく同じ年齢の自分の息子たちを思い、レベッカは身の内を二重に切り裂かれる思いがした。

「マリッサは、よき妻であり、よき母であり、愛に溢れた女性でした……」

そこかしこから鼻を啜る音がしたが、レベッカは毅然としてロニーから目を離さなかった。

それはロニー本人や、ブレイク家の内情を知る者たちから見たら、彼女の親友からの、非難の眼差しに見えただろう。彼の飲酒と暴力、そして妻の才能と実績への嫉妬が、マリッサのアルコール依存とデニスの神経症を悪化させ、マリッサの後半生を気苦労の絶えないものにして、その寿命をも縮めたであろうことは、紛れもない事実だ。

でもレベッカは、家庭内暴力で罪に問われ、収監されたロニーが一年の刑期を終えて帰ってきたとき、諦め混じりではあっても、マリッサが彼の悔恨を受け入れたことを知っている。ロニーが会社をたたみ、ロングアイランドの邸宅も引き払い、心機一転引っ越してきたサンノゼ郊外の新居を訪れたとき、夫婦の間の空気が、これまでで一番穏やかで優しいものに変わっていたことを知っている。

今のレベッカはただ、かけがえのない友のために、ロニーに向かって必死に願っていた。

(彼女を役割ばかりで呼ばないで――どうか彼女自身を――彼女の魂を、語って)

かつて「この世界に描かされてる」と言った彼女は、魂からしてアーティストだった。ロニーはそのことを、誰よりも認め、祝福するべきだった。でもレベッカがどれほど強く願おうとも、ロニーにも、誰にも、どこにも届かない。

棺の中のマリッサは、ほんの数ヶ月前に会ったときと何ら変わらない様子で、今にも目を開けて「ベッカ、驚いた?」と微笑みかけてくれそうな気がした。白い百合は彼女の容姿にはよく似合ったし、白は彼女の好きな色でもあったが、棺のデザインや着る服については、本人はもっとカラフルで楽しいものにしたかったんじゃないだろうか。音楽だって、讃美歌ではなく彼女がグランドデザインを手がけた人気アトラクション、「ワン・ワールド・サウザンド・ソングス」の曲の方が、素敵なサプライズが大好きだった彼女を見送るのにふさわしいのに。

こんなふうに彼女の話ができる人たちは、もうこの世にはいない。

五〇年代終わりに、カナダの海の見える墓地でシェリルを見送ったときは、レベッカの傍にはエステルとマリッサがいた。三年前、ロス市内の教会で行われたエステルの葬儀のときは、隣でマリッサが肩を抱いていてくれた。

たった一人取り残されて、今やレベッカは心の内で、自分自身と話すことしかできない。母が死んだときや、夫と離婚したときよりもさらに深まった孤独は全身を深々と貫き、涙さえも凍りついていくような思いがした。

追悼集会で皆が談笑する中、レベッカが会堂の隅でひとり赤ワインを傾けていると、突然「ベッカ」と肩を叩かれた。

「ラガーディア空港で飛行機がなかなか飛び立たなくて、いま着いたの。何年振り？　元気？」

「まさか……」

そこにいたのは白髪交じりの黒髪をボブにして、若い頃よりぐんと垢抜けたキョウだった。

レベッカと同じだけ歳をとっているはずなのに、東洋人特有の剝き卵のような肌は潑剌として、中年期の終わりくらいにしか見えない。それでも間違いなくキョウだと確信すると同時に、レベッカは彼女に抱きついていた。

「ああ本当にキョウなのね！　最後に会ったのは、私とマリッサがヨーロッパ旅行に行ったあとだから、一〇年……いえ一二年ぶり？　あなたがいてくれてよかった。私、もう一人ぼっちになってしまったかと……」

「私も、あなたがいてくれてよかった」

キョウは華奢な腕で、優しく抱擁を返してくれた。

「でも、あなたたち四人は〝チーム〟だった。『シンフォニア』のプレミアで皆に会ったとき、すごく羨ましかったのを今でも覚えてるもの。だから……寂しいね」

キョウの気遣いに満ちた言葉に、やっと引いたと思った涙がまたレベッカの下瞼に溢れていく。

「あなたとマリッサも、特別な絆があったよね……」

二人はシェパード美術学院の同期生で、レベッカよりも長い付き合いだった。マリッサが東海岸に住んでいたときは、それこそ毎週のように行き来があったと聞いていた。

徐々に会堂から人が消え、追悼集会がすっかり終わっても話し足りず、レベッカはキョウを自分の小さなアパートへ招待した。そこは偶然にも、三〇年あまり昔、レベッカがスタジオ・ウォレスに就職してしばらく住んでいた下宿先から、ほんの二ブロックしか離れていない場所だった。

「狭いけど、私のお城へようこそ」

国内外の赴任地で家族と暮らした邸宅と違い、応接間はなかったが、レベッカはキョウに座り心地のいい二人掛けのカウチを勧め、冷蔵庫からビール瓶を取り出す。キョウはチェストに飾っている、二人の息子たちの写真を手に取った。

「マリッサの子供たちと同い歳なんだっけ……最近は会えてるの？」

「シカゴのエリックとは時々電話で話してる。ラルフは入隊以来、ぜんぜん。手紙の返事もくれない」

ウィルと離婚したのは、ラルフの高校卒業のタイミングだった。気持ちはとうに離れていたが、向こうに新たな相手が現れたことが決定打になった。

離婚を決めてみれば、レベッカも長年患っていた不眠症や鬱の症状が寛解し、互いにとってベストな選択だったのだと思えた。だが二人の子供たちの、特にラルフの気持ちはすっかり母親から離れ、レベッカが知らないうちに大学を中退し、代わりに海軍に入隊してベトナム戦争へ身を投じてしまった。後日、息子が父親にはずっと入隊について相談していたことを知ったとき、レベッカはさらに傷付いた。今年のアメリカ軍のベトナムからの完全撤退まで生きた心地がしなかったが、ラルフは無事に帰還したとウィルから聞いた。レベッカはもう、彼が健康に生きていてくれればそれでいい、という境地だった。

「寂しいことだけど、私はあまりいい母でも妻でもなかったからね……代わりではないけど、ロスではシェリルやエステルの子供たちが姪や甥みたいに接してくれるの。ときどきランチしたり、一緒に美術展に行ったりして」

大学院でランドスケープ・デザインの修士号を修め、以来ずっとサンフランシスコ市の公共工事を手掛けるセクションで公務員として働いているノアは、今や三児のパパだ。アンバーはロサンゼルスの設計事務所で建築士を、ソフィーは郊外の私立高校の美術教師をしており、それぞれが素敵な大人に成長している。特にアンバーとソフィーは、亡くなった彼女たちの母に代わり、人生の、そして働く女性の先輩として、レベッカはなんでも相談に乗りたいと思っていた。去年男女差別を禁じる憲法修正案が議会で承認されたとはいえ、独身のキャリアウーマンへの風当たりは、いまだに根強いと聞いている。

「私も日本にいる姪たちが可愛くてしょうがない」

「日本には今もよく行くの？　今はどんな感じ？」

「忙しくて一年に一度も行けてないけどね。どうしても春には川沿いの桜、秋には紅葉した山っていう、私にとって四季を象徴する日本の風景の中に身を置きたくなっちゃうの。でもオリンピックからこっち、トーキョーなんてニューヨークと変わらないくらい、人も高層ビルも車も増えて、すごくごちゃごちゃした大都市になってる」

「そう……どんどん変わっていくのね」

あの破壊的な世界戦争から、もう四半世紀以上が経ったのだ。その間に合衆国は、朝鮮半島とベトナムで戦争に明け暮れ、軍人家庭であるレベッカたち家族も、ある意味で戦争に翻弄され続けた。

キョウと再び交流が始まったのは、『ニーノ』の日本公開を知った後だった。レベッカが日本と『空の覇者』へのまとまらない思いを長い文面にしたため、『ニーノ』のために日本で作られたという歌の歌詞も添えた手紙を出したら、キョウからすぐに返事が来たのだった。

「私も両親の故国への複雑な思いを抱えたままだけど、あなたが一人のアメリカ人として、そして私の友人として、日本や日本人に思いを馳せてくれたことが、ただ嬉しい」と。

翌年にキョウは戦後初めて日本へ旅行し、二つの被爆地も訪れて、「まだ痛々しい破壊の跡はあるけど、街に活気があって、『七〇年は草木も生えない』なんて言われていたのが嘘みたい。できたての平和記念公園は芝生の美しい場所よ」と手紙で教えてくれた。さらに日本で当時公開されていた『シンフォニア』の解説が載った、美しい冊子まで送ってくれた。中身はすべて日本語で書かれていたので、レベッカにはまったく読めなかったが、劇中内の音楽や、制作過程を専門家が説明するといった、とても充実した内容で、映画館で売られていたらしい。

それは離婚してここロスへ引っ越すときにも、かつてウィルがくれた扇子や『ニーノ』の歌の英語訳の紙片と共に、大事に持ってきていた。

レベッカもウィルの海軍の仕事について、日本のいくつかの街で家族と共に短期間だけ過ごしたことがあったが、桜の季節ではなかった。いまだ桜並木といえば、日本から寄贈されたというワシントンのものしか知らない。いつか名高い日本の桜の景色を見てみたいと思う。

「そういえば『ワン・ワールド・サウザンド・ソングス』の日本パートには桜の木があったね。あれ、もしかしてあなたがアドバイスしたの？」

「日本人の桜への思いは特別だから、マリッサに話したことはあったけど、どうだったかな」

ニューヨーク万国博覧会のためにダニエルがプロデュースし、マリッサがアート・ディレクターを務めたそのアトラクションは、世界の子供たちがそれぞれの音楽を歌い踊る中を、方舟を模したライドに乗って眺めるというもので、博覧会終了後に移設したマジックワールドでも大人気なのだという。レベッカはニューヨークで体験し、胸がいっぱいになるほど感動した。

「きっとあなたの影響だよ……ねえ、マリッサの絵が最近また変わってきてたの、知ってた？」

「まだ彼女が東海岸にいたときに作ってた、キャンバスに端切れを貼ったコラージュ作品は見たけど」

「ダニエルが亡くなってから、彼女の描くものは背景が黒やグレーの無彩色だったり、異様にコントラストの強いものだったりしたの。モチーフもギラついた目の裸婦像だったり、執拗に船や猫ばかり描き入れたり……彼女らしくなくて、見ていてどこか不安になるような絵が多かった」

ダニエルの死は、もちろんレベッカにとってもショックだった。

スタジオ在籍中は第二の父のように慕い、退職したあとも何度かカードをやり取りし、レベッカの息子たちが誕生したときには、ダニエルはそれぞれにお祝いのプレゼントまで送ってくれた。訃報を聞いたときは、もう二度と彼の癖の強い字で書かれた、ユーモアいっぱいのメッセージカードを受け取ることはないのだと、寂しかった。

だがマリッサの嘆きようはその比ではなかった。比類なきプロデューサーとアーティストとして、二人は互いを尊敬し合う仕事仲間だったのだ。それに『ワン・ワールド・サウザンド・ソングス』のプロジェクトのために、マリッサが仕事へ復帰して以来、ダニエルはマリッサに次々に魅力的なプロジェクトをオファーしていた。だが彼が亡くなった途端、それらがすべて立ち消えになり、彼女はあっさりとスタジオから放り出された。戦前に在籍していた頃から苛《さいな》まれ続けた同僚たちの陰湿な嫉妬が、彼女から仕事を奪い、ダニエルの全幅の信頼すら、なかったことにしてしまった。マリッサのアルコール依存は加速し、最近では手足の痺れや物忘れの症状もひどくなって、まだ描けているのが不思議なくらいの状態だった。

「でも一ヶ月くらい前に送ってくれたこれ、見てみて」

レベッカは折皺を伸ばすために、スケッチブックに挟んでいた一枚の絵をキョウに渡す。

それは高台にある彼女の自宅のバルコニーから眺めた、霧の朝の風景を描いたアクリルスケッチだった。辺りを海のように飲み込んでうねる、様式化された白い霧と、まだ朝日の届かない影の中にも、驚くほど豊かな色彩が躍っている。霧の中から天辺だけがのぞいている、遠景の教会か学校のものらしき鐘楼は、どこかレベッカたちの物語の、国境に立つ空の塔を思わせた。

「私の思い込みとかじゃなくて、彼女は、あの風景を目にしたとき、昔あの物語のために自分が描いた絵を思い出したんだと思う。構図もそっくりだったし、きっとそうだって」

キョウも昔レベッカたち四人が構想していた漫画映画のことは知っていた。その後それぞれが描いた絵が、どんな経緯で会社の倉庫に眠っているのかも。当時「いよいよ公開ってときは、デザインワークは任せて」と頼もしく請け負ってくれたものだった。

「なんて豊かな白……」

言いかけたキョウの頬を、静かに涙が伝う。微笑んで上がった口角で涙の流れは止まり、彼女はその雫を、さっと指先で拭った。

「マリッサが大好きだった、祝祭の色だね。光にも影にも、感情の色が溢れてるけど、やっぱりここにあるのは……とても大きな、喜び」

「やっぱりそうだよね！　私もこれを見たとき、本当に嬉しかったの。マリッサも皆と同じように、自分の絵を、あの物語を、手放してなかった」

戦争中に、皆で夜な夜な集まってはアイデアを出し合い、持ち寄った数々の絵は、シェリルがスタジオの企画会議で正式にプレゼンテーションしたあと、会社に半ば奪われる形になり、退職するときにシェリル自身が倉庫の奥深くに隠した。

シェリルが旅先で亡くなったとき、持ち歩いていたらしい新たなストーリー・スケッチは、マリッサがアンバーから託され、スタジオ地下の、当時「死体置き場《モルグ》」と呼ばれるようになっていた倉庫に一時的に保管した。赤狩りを遣《や》り過ごし、好機が来たら、最初にシェリルが隠した絵たちと一緒に、取り出すつもりでいたのだ。

エステルが亡くなるまで、忙しい仕事の合間に何年もかけて少しずつ描き溜めていたキャラクター・アートやストーリー・スケッチは、ソフィーがいずれ絵本として出版することを見据え、保管している。

レベッカも再び絵筆を握るようになってから、あの物語のスケッチを描き溜めていた。それらはダニエルに再就職を直談判しに行ったときに、ポートフォリオとして渡してもいた。当時のスタジオは、ウォレス・マジック・スフィア建設計画のためにアニメーション部門を縮小しており、レベッカが再就職できる余地はなかった。落胆している間もなく、すぐにウィルのパナマ赴任が決まり、絵はいずれ返してもらおうとしている間にダニエルが亡くなり、マリッサもスタジオとの契約を解除されてしまった。

モルグの奥深くに眠っているはずの絵を取り戻そうにも、所有の権利を主張して誰が信じてくれるというのか。再び入社でもしない限り、探せるチャンスすらないだろう。たとえ取り戻せたとしても、皆がいなければ、あの物語を完成させることはできない。そう思うと、レベッカは途方に暮れるしかなかった。

でもきっとまだ、自分には何かできるはず——先に逝ってしまった彼女たちが、最後まで自分の絵を描き続けていたという事実、そして三人が遺した数々の絵の記憶が、もう一度、とレベッカの肩を背後から強く支え、前へ前へと押し出してくれる。

「私ね、ウォレスは無理でも、何とかしてもう一度、アニメーターになりたいと思ってるの。こんなおばあちゃんを雇う、奇特なスタジオがあるかわからないけど」

レベッカの告白に、キョウは「ワーオ」と両手で口を覆った。彼女の背後で、シェリルたちも同じポーズで喜んでくれているような気がする。

「アニメーターに性別は関係ないって証明したあなたなら、年齢も関係ないってきっと証明できるよ！　復帰したら、いずれあの物語に着手するの？」

「それは……正直なところ、わからない。でも描き続けて、漫画映画に関わり続けていたら、私はいつだってあの物語の傍にいられる。いつか、もしかしたらって希望を、失わずにいられるんじゃないかなって」

キョウは眩しげにレベッカを見つめ、「じゃあ私は、あなたのことを応援し続ける」と微笑んだ。

「なんかもうわくわくしてきた。ねえ、もう一度乾杯しよう！」

キョウは飛び上がるようにカウチから立ち上がると、冷蔵庫から出してあったビール瓶二本を瞬く間に開栓する。二人とも最初の一本はとっくに飲んでしまっていた。

「レベッカの前途に!!」

キョウが叫ぶと、レベッカも大声を張り上げて答えた。

「天国の三人と漫画映画に!!」

瓶が割れそうなほど強く乾杯すると、電球の光の輪の端に飛沫が散り、一瞬だけ虹のような帯ができた。今度こそ確かに、レベッカはそこに乾杯のグラスを掲げる、あの頃の三人の姿を見出した。

二〇XX年四月・東京

「……かつて女性だからというだけで、職業が限られていた時代に、スタジオ・ウォレスには素晴らしい仕事をした女性の描き手たちがいました。彼女たちの隠れた功績を、半世紀以上の時を経て、今を生きる私たちが再発見し、皆様にお届けできることに、大きな喜びと希望を感じます」

美術館館長とチョウ社長の挨拶の後に、大田原がM・S・HERSEAの特別展示セクションについて説明を始めると、明らかに前の二人よりカメラのフラッシュが増えた。

『ウォレス・アートの魔法』展の開催前日の関係者・マスコミ向け内覧会は、大盛況だった。協賛するテレビ局の情報番組や系列の全国紙はもちろん、紙・ネット両方の有力メディア、国際的なニュースネットワーク、芸術系の専門誌や女性向けウェブメディアからもクルーや記者が来場している。そこへ展覧会アンバサダーと音声ガイドを務める人気俳優、総合司会の有名アナウンサー、カルチャー系インフルエンサーらも顔を揃え、真琴は日常とかけ離れた華やかさに浮き足立ったまま、連日の準備の疲れや緊張を感じる余裕もなかった。

「M・S・HERSEAを名乗った彼女たちが企画した映画は、当時の困難な状況下では、実を結ぶことができませんでした。彼女たち自身も、スタジオ・ウォレスの一〇〇年に迫る長く大きな物語の中では、決して主人公にはなり得なかった。でもそれは、一面的な見方に過ぎません。卓越した技術、それらを磨く弛《たゆ》まぬ努力、尽きることのない情熱――優れた芸術家の資質を、逆境の中でも失わず、美しい命の物語を届けようとした彼女たちの作品は、見る側の私たちに「自分の物語の主《あるじ》であれ」という希望の力を与えてくれます。

このたびスタジオ・ウォレスでは、M・S・HERSEAが残した希望の種を花開かせるべく、新たなプロジェクトが始動いたしました。発見された作品群を元に、既に若手女性監督を中心としたチームが本国スタジオ部門で開発を進めております。彼女たち新世代のクリエイターたちの創作の一端も、本展示でご覧いただけます。映画の仮タイトルは『HER SEA――彼女の海の物語』とし、二年後の公開を目指しておりますので、皆様どうぞご期待ください！」

事前情報を完全に伏せていたので、途端に会場中が響《どよ》めき、さらに多くのシャッター音が鳴った。

ストーリー監修のブレンダ・チャドウィックと、監督のシルヴィア・リーを中心とした制作チームには、男性もノンバイナリーもいるが、今や皆でチームM・S・HERSEAと自称しているらしい。偶然にも、監督のシルヴィアを始め、プロダクションマネージャーのメアリー、アニメーターにはレッタやエセルと、本家HERSEAたちとイニシャルの近いスタッフも多いのだと、スミスさんが面白そうに話してくれた。

「……彼女たちが使った〝ハーシー〟つまり〝彼女の海〟という名前のごとく、一人ひとりのスタッフの存在が、ウォレスという広く豊かな海の一滴です。この特別展示をご覧になるお客様の心にも、その一滴の波紋が広がっていくよう、願ってやみません」

大田原がスピーチを締め括ると、ひときわ大きな拍手が起こった。山野や真琴もできるだけ大きく手を叩く。隣では川島がスマートフォンで記録用の写真を何枚も撮っていた。

やがて今日のために手配した若い音楽家たちのアンサンブルが、誰もが知るカールキャットのテーマをストリングスで奏で始め、その音色に誘われるように、歓談の時間に移った。会場中央のテーブルに置かれた特大のカールキャットのケーキに皆がスマートフォンを構え、とりどりのフィンガーフードが並ぶカウンターの前にはみるみる列が伸びていく。ドリンクのトレーを持ったウェイターたちが行き交う向こうに、にこやかに談笑する大田原とチョウ社長が見えた。真琴の処遇と組合を巡る攻防で今日までにも相当やり合っているはずだが、そんなことはおくびにも出さない。二人の笑顔の下の鍔《つば》迫《ぜ》り合いに気付く人は、社外では滅多にいないだろう。

「西さん、ずっと出ずっぱりでまだ展示を見てないでしょ。今のうちに行って来なよ」

「お土産の配布は僕とイベント事業部さんで対応しますんで、大丈夫ですよ」

山野と川島に口々に言われ、面食らう。展示を見てないのは二人も同じはずだ。そう遠慮したが、

「やっぱり一番に見るべき人が見ないと」と促された。

ありがたくその場を離れ、真琴は目立たないように展示スペースへ入った。内覧会の来場者は既に見学時間を終えてエントランスホールへ集まっているので、誰もいない。

展示はスタジオ・ウォレスの歴史に始まり、作品ごとにウォレス・アニメーションならではの制作プロセスを見せるという形を取っている。上総大学で発見された主に一九五〇年代の作品から始まり、コンセプト画、ストーリー・スケッチ、レイアウトと背景画、キャラクター・デザイン、アニメーション原画が並び、ときには音響効果の録音風景や、作画デスクに向かうアーティストの写真などのコーナーもある。照明を抑えたしんとした空間に真琴の足音だけが響き、まるで作品の中のキャラクターたちと、その作り手たちに見守られているような、非現実的な雰囲気があった。

最奥の小さな展示室前まで辿り着き、真琴はドキドキしながら歩を進めた。青みがかった深いグレーの壁の部屋には、木製の額に入れられた数々のスケッチや水彩画、パステル画が、開発過程の順に並んでいて、各ゾーンの横には、それぞれの作者の写真と共に、簡単なプロフィールの説明書きがあった。

コンセプト画のゾーンには、マリッサによる、森を見下ろす高い塔のような場所に集まる女

性たちの大きな水彩画と、三人の少女たちそれぞれの個性が溢れた部屋の小さな絵が、壁一面を使って展示されている。

ストーリー・スケッチのゾーンには、シェリルが描いた、ご馳走の周りに魔女と共に人々が集まってくる、城の祝宴のシーンの絵コンテが、当時のストーリー会議での、ストーリーボードによるプレゼンテーションをイメージした形で張り出されている。その脇には別のシーンを背景まで描き込んだ水彩画が三枚。

彼女たちの物語の全容は、ＳＮＳの呼びかけに応えてくれた関係者たちによって明らかにされた。特に大きかったのが、エステルの娘である、ソフィー・ビアンカ・フリードマン＝コロニッツが保管していた資料で、その中にはエステルが描いた膨大なキャラクター・デザイン画だけでなく、シェリルによって書かれたトリートメント《脚本梗概》も含まれていた。後から書き加えられたと思われるメモ書きで余白がみっちりと埋まっており、彼女たちがストーリーと繰り返し格闘したことが窺えた。

ＳＮＳで連絡をくれたのはソフィーの元教え子というアーティストの女性で、ソフィー本人は認知症でもう話ができる状態ではなかったが、老人ホームに入った三年前に荷物の整理を手伝った際、有名な絵本画家だった「先生のママ」の数奇な人生と、残された魅力的な絵の存在を教えてもらったのだという。資料を借り受けるため、老人ホームにはアレンさんがわざわざ出向いてくれ、「娘さんと一緒にエステル本人にお会いできたような気持ちだった」と報告してくれた。

キャラクター・デザインのコーナーには、そうやって見つかった二人の老魔女のデザイン画と、真琴が最初に見つけた三人の少女の絵が展示されている。デザイン画は、エステルらしい円で構成された柔らかな輪郭は変わらないが、若い頃より進化した表現力で、気難しいがユーモアのある魔女と、おおらかで少しとぼけた魔女の、様々な表情やポーズが描かれていた。

レベッカの原画のコーナーには、真琴が『仔馬物語』のデータベースで見つけたペガサスを駆る少女の絵、そしてレガシー・ミュージアムで発見された、三人の少女たちのスケッチが選ばれた。今や彼女たちの名がヴィリジアン、モーブ、カーマインであることもわかっている。ペガサスに乗っているのは、読書と乗馬が大好きなヴィリジアン姫だ。

作者のレベッカについて情報を提供してくれた一人は、意外なことに、四国に住む日本人だった。郷土史家を自称するその男性の妻が、独身で子供のいなかった「ニューヨークのおおばあ」の遺品から形見分けされた文箱《ふばこ》の中に、レベッカ・スコフィールドからの手紙があったという。

「〝おおばあ〟は母の叔母で、名は早川京というのですが、若い頃にスタジオ・ウォレスのニューヨーク支社でデザイナーをしていたと聞いてます。日系アメリカ人で、すごくおしゃれな人でね。ちょくちょく日本へ旅行に来てて、うちにも泊まったことがあるんです。私も母もとても可愛がってもらいました」

スミスさんから依頼されて真琴が電話をかけると、当の女性は気さくに話してくれた。早川京自身は、二〇〇〇年代始めまで存命だったという。ネットで調べると、有名な広告イラストレーターとして長く活躍していたようで、スコフィールドやブレイクと同じ美術学校の卒業生だった。

コピーを送ってもらったレベッカから早川京宛の手紙の内容は、驚くべきものだった。

レベッカ・スコフィールドは、齢六十を過ぎてアニメーターに復帰しようとしていたのだ。

文面からはアニメーションと、彼女自身の人生への情熱が迸《ほとばし》っていた。絵と同じく明るい生命力に満ちた人だったのだと思う。そうして真琴だけでなく、山野も、大田原も、そしてもしかしたら川島も、あの手紙に少なからず揺さぶられた。山野のデスクのパーティションには、いつの間にか手紙のコピーが張り出されていたし、大田原は、先ほどのスピーチを聞けば明らかだった。「自分の物語の主《マスター》になる」はレベッカの手紙にあったフレーズなのだ。

レベッカが実際に、手紙が書かれた直後から亡くなる三年前まで、小さな制作会社で第一原画としてアニメーション制作に携わっていたことは、つい先々週わかった。情報の提供者は、当時の彼女と同僚だったというアニメーターの男性で、彼からのメッセージには、レベッカの卓越した画力のことや、彼女がよくウォレス時代の思い出話を語ってくれたことなどが書かれていた。これからアレンさんが本格的な聞き取り調査をすると聞いている。

特別セクションの最後には、実際のスタジオ風景を模して、新生M・S・HERSEAたちの、開発段階の様々なスケッチがみっちりと貼り出されている。もちろんまだ確定段階のものは一つもないが、若いアーティストたちが、オリジナルからどのような影響を受け、現代の観客に向けてどんなアレンジを加えようとしているのか、発想の一端が見える仕掛けになっていた。

今の真琴の目標は、この映画の日本向けPRプロジェクトに携わることだ。展覧会の東京凱旋以降もウォレス社に留まるために何をすべきか、大田原たちのアドバイスを仰ぎながら、少しずつできることを進めている。

仕事もプライベートも、相変わらずままならないことばかりで、多くは自分ではどうにもならない要因で左右される。長くそうやって諦めることに慣れてきた。でもとりあえず今は、自分の人生の舵取りを、何ものにも簡単に委ねてやるもんか、と決めた。

（私の人生という物語の、主は私。たった一滴でも、海なんだ）

カツンカツンと自分のローヒールの靴音だけが響く空間で、真琴は神社にお参りするように、呼吸を整えてその絵の前に進み出た。スクリーン上ではなく、本物を目の当たりにするのを一番楽しみにしていた作品だ。

思ったよりも大きな絵で、でも画面の中の少女は、額縁に到底収まりきらないパワーに満ちていた。翻るマント、髪の毛先の一本一本、手綱を握る指にも、彼女の喜びが溢れている。馬も彼女の期待に応えて、筋肉をいっぱいにしならせ、美しい羽を広げている。その羽音と嘶きまで聞こえてきそうな線画の迫力に圧倒され、やがてこの上ない高揚と浮遊感に包まれた。

「初めまして」でもない。「久しぶり」とも違う。

真琴はもう一度、展示室の中に誰もいないことを確かめて、小声でそっと、少女と、少女を描いた彼女に呼びかけた。

「やっと、会えましたね」

親愛なるキョウ
お元気ですか？　もうニューヨークは上着が必要なくらい涼しいのかな。
マリッサのお葬式のときは、久しぶりにゆっくり話せて本当に嬉しかった。話題があとからあとから尽きなくて、もしかして私たち、これまでで一番長く話し込んでたんじゃない？
このまえ新興のニーダム・プロダクションという小さなスタジオに応募してみました。ウォレスを辞めた若手アニメーターも何人かいるらしいの。入社できたとして、もうそんなたくさんの作品に携われる体力はないし、まして新しい企画をリードするチャンスなんてなかなか無いと思うけど、挑戦あるのみ、よね。

　いま腕慣らしに、毎日最低でも二〇枚の原画を描くことを自分に課してるの。当たり前だけど、たくさん描けば描くほど勘が戻って来て、鉛筆の先から自由になっていける気がする。本当に気分がいい《I truely feel myself》の。描きながら、私は〝描く人〟としての自分を取り戻しているのかもしれない。

　あの漫画映画のストーリーを皆で考えているとき、シェリルが「主人公の女の子たち自身が、物語を動かす存在なんだ」って言ってた。あの言葉の意味が、何十年も経って心底理解できた気がするの。あの少女たちも、三人も、誰かの物語のヒロイン《女主人公》じゃなくて、物語のマスター《主人》だった。私だって、そうありたい。私の物語の主は私、どういうストーリーにするか、私が決めて、作っていかなくちゃね。残された時間を、ただ諦めたように過ごす、墓場に真っ直ぐ向かっていくだけのストーリーなんて、つまらない！

　私たちはどうして漫画映画を作るんだろうって、スタジオを初めて訪れた日から四〇年近く経つのに、いまだに考えることがある。アニメートするのは生命《アニマ》を生み出すことなんだって教わった日や、自分の絵がスクリーンで動くのを初めて見た日、皆で『舞踏への招待』を作り上げた時間、灯火管制の中、薄暗い部屋で順番に描いてきた絵を見せ合った楽しい夜のことなんかを思い出したりしながらね。

　幸せな時間たちは、夜の星々みたいに、この世界の圧倒的な理不尽や暴力や絶望に晒されているとき、小さく瞬いてくれるものなのよね。だからこそ、私たちはそれに縋る。漫画映画は、時に希望が失われてしまうこの世の暗闇の中にあっても、そこだけはいつも変わらない光の輝きがあるように、光を見つけるよすがになるようにっていう、願いの結晶なのかもしれない。

まったく違う場所で、それこそ広大な海を挟んだ地球の裏側だったり、相容れない神様を持つ人だったり、ぜんぜん違う生き方をしている人たちが、同じ光を美しいと思えたら、それは一つの希望になるのではないかしら。最近は、そんなふうに思うようになった。

私がまた新しい場所で、光る命を生み出せるか、きっと見ていて。

西海岸に来ることがあったら絶対に教えてね。私もそっちに行くことがあれば必ず連絡する。行き損ねた美術館ツアーもきっと。

それまで体に気を付けて。　レベッカ

一九八三年九月・ロサンゼルス

いつも通り七時半に出社すると、珍しくライアンとチャーリーが既に作画ルームにいた。昨日と同じ服を着ていたので、朝早く起きて来たのではなく、スタジオでそのまま夜を過ごしていたのだとわかる。こうして見ると、レベッカが若い頃は会社で働く服装としてあり得なかった下着のようなTシャツや、カジュアルに過ぎるジーンズも、〝リラックスできる残業着〟としては、最高の機能性をもっているのかもしれない。

「いやあねぇ、ちゃんと夕食や朝食は食べたの？」

「チップスとチョコバーとソーダで、お腹は膨らましといたよ」

「それは食事とは呼ばないよ」

レベッカは自分が若い同僚たちから陰で〝グランマ〟と呼ばれているのは知っていたが、こういう時はどうしてもおばあちゃん目線になってしまう。実際彼らは、シカゴに暮らす長男のエリックのところの孫と、十歳と離れていないのだった。

「鹿の角のせいでぜんぜん進まないんだよ。いっそぜんぶ正面からの画にして、角のないメスしか出てこないことにできないのかな」

「アニメーターの都合でストーリーを阻害してどうすんの。どれ、見せてみなさい」

チャーリーの描きかけの作画用紙を見て、レベッカは思わず脱力してしまう。

そこには顔はエルクなのに、角の形状はムースみたいなちぐはぐな動物が描かれていた。

この自然を知らない都会っ子たちは、きっと動物園と図鑑でしか本物を見たことがないのだろう。そしてそれをうろ覚えのまま描いてしまったのだろう。もっともレベッカのように、幼い頃から動物たちと身近に暮らしていたことに加え、より優れた作品を生み出すために、会社で動物を飼ってしまうような職場環境にあった者は、滅多にいないだろうけれど。

「いいわ、私が描き方を教えてあげる。この鹿の設定は何歳くらい？」

「え？　特に決めてないと思うけど……描くのに関係ある？」

「当たり前でしょ。角の大きさは年齢で変わるの。あと物語の中の季節によっても描き方が変わる。角が生え変わるから、春の間は角無しになるし、夏の間の角は皮を被った袋角だから形が違う」

若者たちは驚いて、弾かれたようにトリートメントとストーリーボードをひっくり返している。その間にレベッカはコーヒーを三人分淹れてやった。

「いい？　鹿の角っていうのは正面から見るとこう、緩やかな弧を描いて内へ向かっていくの。枝分かれの数は年齢に応じて増えるから、そうね、完全な成獣になった四歳くらいとして」

ライアンもチャーリーも、Oの字型に口を開けたまま、手元の鉛筆を動かす気配がない。一緒に描けばコツを摑むのも早いのに。

「なに？　描かないの？」

「あの……スケッチブックがこっちを向いてます」とライアン。

「あなたたちに向けてるんだから当たり前でしょう」

「あの、えと……スケッチがこっち向きなのに、鹿が、正面から、描かれてます」とチャーリー。

「だから、あなたたちがわかるように描いてるんだってば」

レベッカはさらに真横から見たプロファイルを、正面の頭部と高さを揃えて隣に描き足す。若い雄鹿の、美しく伸びやかな角は、側面から捉えると悠々と天に向けて枝葉を伸ばす植物のようでもあり、モダンな彫刻のようでもあり、自然の造形の完璧さに、描きながらうっとりする。彼が優雅に歩く様を、頭の中で一カット一カット原画へ落とし込んでいく。

「うわ、鹿だ。間違いなく鹿だ！　鹿の横顔だ！」

「……寝ぼけてるの？　コーヒー飲んでしゃっきりしなさいよ」

いやいやいや、反対向きに描くってどんな芸当？　すっげぇ、すご過ぎる、と若者たちがお祭りのように興奮して、大袈裟に騒ぎ立てる。レベッカも悪い気はしなかった。

「こういう複雑な形をアニメートさせるときは粘土モデルを作ったほうがいいんだけど、うちの会社はウォレスみたいな専門の部門がないもんねー……」

「グラン――いや、レベッカさんがスタジオ・ウォレスで原画を描いてたというのも、本当なんですね。女の動画ならまだしも原画なんて、どこのスタジオでもいまだに会ったことないし、まして何十年も前でしょ、正直眉唾かと思ってたんだけど、こんなすげぇ技見せられると、納得……！」

「ホント失礼なガキんちょね」

レベッカが軽く睨むとライアンが「ごめんなさい」と素直に謝った。

当初ブランクや年齢のこともあり、実績を考慮してもらえなかったレベッカは、とりあえず動画として入社し、すぐに実力で周囲を納得させ、原画へ昇格していた。

「『ニーノ』では狼のシーンと鳥たちのお祝いのシーンの原画を担当して、ちゃんとオープニングでクレジットもされてたんだからね」

「えぇ!?　俺あの映画観ましたよ」

「嘘おっしゃい、公開されたとき、あんたたちこの世に影も形もないでしょう」

「リバイバル上映ですよ。すごい人気で、うちの妹に付き合って観に行ったらマジでイケてた！　俺の方が感動しちゃって――うっわー！　あの狼かぁ」

「スタジオ・ウォレスと言えば、俺は『シンフォニア』に痺れた！　シンプルな線のアート・アニメもかっちょいいけど、ああしてフレームを贅沢に使った動きの滑らかさとか、技術の高さに震えたね。あれが戦前に作られたなんて、いまだに信じられないよ」

「……『シンフォニア』にも参加してたよ。『舞踏への招待』が、公開された順番で言えば、原画デビューだった」

それぞれの作品を公開したときは、激しい毀誉褒貶《きよほうへん》に晒され、戦時下ということもあり、興行成績も振るわず、天井知らずに嵩《かさ》んだ製作費はスタジオの財政を圧迫し、赤字の垂れ流しとまで言われた。それがこんな何十年も経って、孫のような世代の人たちの心を動かしているなんて。

——『ニーノ』は何十年、ううん、百年後だって残る、そういう価値を持った作品だよ。芸術は一過性のものじゃない

——人の心は恐ろしいものをずっと見続けられるほど強くはないの。遠からず、きっと『ニーノ』のように、美しいものや心安らぐものが世界中で必要になるはず

遠い日のマリッサたちの声が、まるで先月のことのように、はっきりと聞こえてくる。

(みんなの言う通りだった。ねえ私たち、なかなかすごい仕事をしたんじゃない!?)

今はもうこの地上にいない彼女たちに、レベッカは心の中で、精一杯の大声で呼びかける。

「マジかぁ！　え、待って待って、ということは、もしかしてイレブン・ナイツとか、アレックス・ベイリーとか、ああいう伝説のアニメーターたちと一緒に仕事してたんすか!?」

「アレックス……？　なんで知ってるの？」

長い間口に出すこともなかった大切な名前が、レベッカの鼓膜を揺らし、胸の奥底にまで反響する。何十年を経ても、小さな切なさと喜びを運んでくる、懐かしい響き。

「そりゃ知ってますよ！　フレッドフラッフィーの生みの親でしょ。俺が前にいたイギリスのスタジオで特別講習してくれたんですよ。すごいひょうきんで元気なじいさんで。今もあそこで指導してんじゃなかったかな。それともどっかの美大の講師だったかな……？」

アレックスが、赤狩りの影響で思うような仕事ができず、五〇年代後半にヨーロッパへ渡り、あちらのアニメーションプロジェクトに参加したことまでは、風の噂に聞いていた。

描き続けていれば、どこかできっとまた出会えると思っていた。彼は今、どんな絵を描いているのだろう。自分はまだ、彼が嫉妬するものを描けるだろうか。

「講習のとき、変な被り物してた?」

「かぶりもの……? いやとにかく授業がめちゃくちゃ面白くて、ためになりました。あそこから俺も入れて何人も、いま業界の第一線にいるアニメーターを育ててますよ」

「彼とかイレブン・ナイツの若い頃の武勇伝とかないんすか? ノルマ最低一日五〇枚とか本当に? あとダニエル・ウォレス伝説の裏話とか、すっげー聞きたい!」

「――彼らももちろんすごかった。尊敬する上司でもあった」

懐かしい面々が浮かぶ――第二の父のように優しく、時に冷徹な鬼のようでもあったダニエル。それぞれに卓越した技術と指導力で、皆を率いた灰色熊にカバ紳士。たくさんの悔しい思いもして、時に蹴飛ばしてやりたいほど憎んだはずなのに、振り返ってみれば、彼らに全力で向かっていった若い頃の自分も含めて、愉快な気持ちを覚えてしまう。

(まあ時間が戻ったとしても、また全力でぶつかるだろうし、喧嘩もするだろうけどさ)

皆があの嵐の時代の中、必死に仕事をし、生き抜いていた。そのことがただただいとおしい。

こんな境地は目の前の若者二人にはまだ理解できまい。墓場がそう遠くない、自分のような年寄りの特権だと、レベッカは知らず笑みを浮かべる。

「でもね、有名でなくても、騎士の円卓に座ってなくても、優れたアーティストが、スタジオにはたくさんいたの」

一人、また一人と彼女たちを見送り、自分だけが取り残されて、それでもまだ生き続けていることに、レベッカは時おり虚しくなることもある。たった一人では、漫画映画は作れない。

不安な夜に皆で集まっては情熱を傾けたあの物語を、あの世界を紡ぐことは、もうできないのだ。

でもあの物語の欠片は、今もあのスタジオの奥底に、きっと眠っている。

絶望するたびにそれを思い出すことが、今のレベッカの救いにもなっている。彼女たちが残した種をいつか誰かが見つけるように、信じて種に水をやり、陽を当てるように、描き、語り継ぐことができるのは、いま生きているレベッカだけなのだ。

「『シンフォニア』の『舞踏への招待』、あれを監督したシェリル・ホールデン、コンセプト画を描いたマリッサ・ブレイク、キャラクターをデザインしたエステル・コロニッツ。みんな本当に、素晴らしい絵を描く人たちだった……」

彼女たちは騎士ではなく、それぞれの王国の王様で、自らの物語の主《マスター》。時に絶望の底へ叩き落とされても、自分の絵を信じ、描き続けた、世にも素敵な、〝描くひと〟たち。

好奇心で目をキラキラさせた孫世代の若者を前に、レベッカはゆっくりと、彼女たちが紡いだストーリーを語り始める。

本書中に、
今日の人権擁護の見地に照らして、
不適切と思われる語句や
表現等がありますが、
作品舞台の時代や社会において
日常的に使用されていたものを
そのまま描くためであり、
差別を肯定するものではありません。

本書は「カドブンノベル」
2020年1月号・7月号・11月号に
掲載された作品を加筆修正し、
大幅な書き下ろしを加え単行本化したものです。

監修・協力
生井英考
株式会社 レイジングブル

白尾 悠（しらお　はるか）

神奈川県生まれ。アメリカの大学で政治学と人類学を専攻する。卒業後、ウォルト・ディズニー・ジャパン株式会社などでの勤務を経て、現在はフリーランスのデジタルコンテンツ・プロデューサー、マーケター。広島の被爆二世でもある。2017年、「アクロス・ザ・ユニバース」で〈女による女のためのR-18文学賞〉大賞と読者賞をダブル受賞。著書に、改題した受賞作を含む『いまは、空しか見えない』や、『サード・キッチン』『ゴールドサンセット』『隣人のうたはうるさくて、ときどきやさしい』がある。『アンソロジー　舞台！』『Story for you』にも参加している。

装画　森 ノリコ

装丁　イケダデザイン

魔《ま》法《ほう》を描《えが》くひと

2025年2月7日　初版発行

著　者　白尾《しらお》　悠《はるか》

発行者　山下直久

発　行　株式会社KADOKAWA
〒102-8177
東京都千代田区富士見2-13-3
電話 0570-002-301（ナビダイヤル）

印刷所　旭印刷株式会社

製本所　本間製本株式会社

 ISBN 978-4-04-115331-4　C0093
Printed in Japan